JN201475

PAY IT FORWARD

A heartwarming story from New York

yoko kawakami

CHOEISHA

ペイフォワード　ニューヨークから心をつなぐ物語　目次

I

1　ニューパルツ

バスの窓の向こうにりんご畑がどこまでも広がっていた。ところどころにある雑木林の枝に、見たこともない鮮やかな水色の羽根のある大きな鳥がとまっていた。村の一角にモーホンク・マウンテンと呼ばれる、二つの巨大な岩が重なりあうような特徴的な形をした山があり、バスの座席からその山の美しく雄大な全景が望めた。

ログハウスふうの造りのバス停で、岡本アヤカは長距離バスを降りると、スーツケースを引きながら、村で唯一のメインストリートを歩いた。メインストリートは二車線の道路わきに広い歩道があり、そこに沿ってアメリカの田舎町らしいカラフルで可愛らしい個人商店がびっしり並んでいた。雑貨店や洋服屋、カフェやデリカテッセンにベーカリー、書店に中華料理屋にタロット占いの館まであった。どの店も大学生のような若い客たちで賑《にぎ》わっているのを見て、アヤカは「田舎だけれど生活に不便はなさそうだな」とほっとした。

1 Hawk Dr.
New Paltz, NY 12561

これが、アヤカが留学することになった大学の住所だ。高層ビルがそびえたつ、きらびやかなニューヨークの中心部マンハッタンから長距離バスに乗り、州間高速道路87号線をひたすらまっすぐ二時間北上したこの場所に、ニューパルツという村はある。

なだらかな下り坂が続くメインストリートのはるか遠くに、モーホンク・マウンテンが広がっていた。一羽の鷹《たか》が、まぶしいほど青く澄んだ真夏の空をゆっくり優雅に旋回していた。街並みも山並みも、空を舞う鷹も、第一希望だったニューヨーク州立大学ニューパルツ校から東京世田谷区の家に合格通知が届いた時、同封されていた大学のパンフレットに載っていた景色とまったく同じだった。

目に映るすべての景色が、はるばる日本からやってきた私をウェルカムと歓迎してくれているようだとアヤカは思った。

「結局のところ、世界中の人間は、農耕民族か狩猟民族かのどちらかに分かれると思うんだよね。あたしみたいなヴィーガンは農耕民族。アヤカは肉好きだから狩猟民族だよね」

友人のジョアンヌが、大学のカフェテリアのテーブルで、サラダに入った生のブロッコリーをフォークでつつきながら話していた。アフリカ系のジョアンヌは、ニューパルツでアヤカが最初にできた友人だった。二人はシェアハウスのハウスメイトでもあったから、大学でも家でも一緒に過ごす時間が増えるにつれて、自然と親しくなっていった。

「確かに私は肉が好きだよ。ペパロニなんか特に好き。しかも私、魚も好きなんだよね。日本のお寿司が恋しい。つまりあなたの定義でいえば、私は狩猟民族で、さらには海賊《パイレーツ》というカテゴリーになるのかもね」

アヤカは紙皿にのった脂っこいペパロニ・ピッツァをほおばりながら、私はとてもジョアンヌのように生のブロッコリーだけでランチを済ませるなんて耐えられないと思っていた。

昼下がりのカフェテリアは学生たちで混んでいた。秋学期の中間試験が近いとあって、大学図書館の傍にあるカフェはさらに学生で埋まっていたから、少し離れた校舎の一階にあるこのカフェテリアにしたのだったが、ここも混雑していた。店内はバフェ形式で、パスタもバーガーもチキンもワッフルもスイーツも、自由に好きなだけ取れるようになっていた。トレーを手にした学生たちの長い列ができている。

アヤカはざわついた店内でテーブルの向かいのジョアンヌにしっかり声が届くようにと、少し身を乗り出した。

「きっと私は『パイレーツ・オブ・カリビアン』のペネロペ・クルスみたいに、船の上で戦いながら魚を獲るタイプの人間かもね。モリでグサッと一突きで魚を獲るの。あの女優さん、ステーキもお寿司も似合いそうだよね。私もあんなふうになりたい」

「あたしは、あの映画のシリーズは暴力的過ぎて苦手なんだよね」

「それじゃあ、あなたのお気に入りの映画は？」

「あたしのいちばんは『不都合な真実』かな。アル・ゴアの作品だよ。元副大統領のね。古い作品だけど今見ても新鮮だな。ようは世界があまり変わってないってことだけど」

「知ってるよ。地球温暖化についてのドキュメントでしょ。あんな面白みのない教科書みたいな映画が好きだなんて、あなたらしいね。もしかして、ジョアンヌはアル・ゴアの影響でヴィーガンになったの？」

「まさか。誰の影響かなんて関係ないよ。今の時代はね、地球環境への意識が高い人はみんなヴィーガンなんだよ。それに、アル・ゴアなんて古い。あたしのママの世代に人気があった政治家だよ。あたしは断然ミシェル・オバマの方が好きだけど」

　そこでジョアンヌはいったん会話を止めてブロッコリーを口に入れると、ぼりぼりと噛む音を立てた。生だから乾いていて飲み込みにくいのか、ミネラルウォーターで口の中を潤しながら、噛んでは飲んで噛んでは飲んでを繰り返している。

　アヤカはペットボトルのラベルの森のイラストを見るともなく眺めていた。ジョアンヌは体に悪いからと言ってコーラを飲まない。コーラだけでなくコーヒーのカフェインも悪いからと言い、飲むのはハーブティーか水だけと決めていた。お酒も飲まないし、タバコも吸わない。マリファナなど当然吸わない。

ジョアンヌはアヤカの中の「アメリカの若者像」を壊した人だった。

アメリカの大学生はみんなドラッグをやっているものだと、アヤカは思い込んでいたのだ。ネットフリックスやアマゾンプライムで見る連続ドラマの中では、大学生たちはマリファナやコカインをとてもカジュアルに吸っていた。ドラッグを通して彼らは交友関係を広げ、友情を深めていく。だから自分もアメリカに行ったら、ああいうことができるようにならないといけないのかと心配していた。ドラッグには抵抗があった。ドラッグからエイズがうつる。コロナは治ってもエイズは治らない病気だから、なんとしてもドラッグの誘いだけはうまく断ろうと思っていた。だからジョアンヌのように、薬物はおろかお酒もタバコもコーヒーもコーラも口にせず、地球のためにヴィーガンになったと言って肉や卵や乳製品さえも遠ざける人がいたとは驚きだった。

ジョアンヌは真面目な大学生だった。毎晩遅くまで勉強して、授業の予習や復習も完璧にこなす。教室と図書館とシェアハウスを往復するような日々を送っていた。教育レベルが高いといわれる世田谷区で、中高一貫教育の進学校に通っていたアヤカでさえも、これほど勤勉なクラスメイトは見かけたことがなかった。

——日本でも出会わなかったような真面目な子に、まさかアメリカで出会うなんて！

と、アヤカは意外に思った。

しかし中身とは裏腹に、ジョアンヌの外見はアヤカの目には恐ろしく奇抜に見えた。背中まである長い黒髪が見事なブレイズヘアなのだ。まるでアフリカ系のラッパーみたいに（実際に、彼女はアフリカ系ではあるのだが）、髪の毛のすべてが地肌から細い三つ編みになっている。毛先（三つ編みの終点）を青や緑や銀などのカラフルなビーズで止めてある。シャンプーする時もその状態で洗うらしい。三ヵ月に一度、アフリカ系の髪専門の美容室に行き、けっこう高いお金を払って三つ編みを地肌から結い直してもらうのだそうだ。

「ヘアサロンに通うのは贅沢《ぜいたく》じゃないよ。文化なんだよ。あたしたちアフリカ系の子の髪はね、こうしたブレイズにするか、縮毛矯正して無理やりストレートにするかなの。ストレートは白人の真似しているみたいで嫌だから、あたしは断然、ブレイズ派だね」

得意げにそう言うジョアンヌから、ブレイズヘアとコーンロウとドレッドヘアの違いを詳しく教えてもらったことがあった。どれも結うのにとても痛そうな印象が残っただけで、結局アヤカには違いがよく分からなかった。

「ところで、もうすぐ中間試験だけど、アヤカ、何か困っていることない？」

テーブルの向かいでジョアンヌが話題を変えた。来週から中間試験が始まる。アメリカの大学で初めて迎える試験期間が不安だったが、親切な友人はアヤカの勉強まで見てくれようとしているらしい。ジョアンヌと一緒にいるおかげで英語力は上がったが、試験対策となると話はまた別だ。アヤカはこの際、優秀な友人に甘えてしまおうと考えた。

「ありがとう、助かる。ちょうど筆記試験をうまくやるコツを教えてもらいたかったんだ」

「それじゃあ夕方、授業が終わったら図書館で待ってるね」

「図書館じゃなくて学生課のビルにしてもらえるかな？　あっちの方がその、なんていうか、景色がきれいだから。雰囲気の良いところで勉強したいの」

「景色がきれいだって！　どうせまた、勉強するついでに動画を撮るつもりなんでしょ。いいえ、あなたはSNS投稿のついでに勉強かな？」

「いや……そういうわけでは……ほら、試験前の混んでいる図書館よりも、学生課のビルの方が集中できるかなと思って……」

図星を突かれて慌てて取り繕おうとするアヤカに向かって、ジョアンヌは「あたしは何でもお見通しだよ」と言って笑うと、ペットボトルの水をごくりと音を立てて飲んだ。


ジョアンヌの言うように、アヤカはいつも動画撮影のために映りの良いスポットを探していた。アヤカはネット界のいわゆるインフルエンサーなのだ。高校一年の時に遊び心で始めた投稿動画が順調に再生回数を伸ばし、今では七〇万人もの登録者がいるのだった。

『あやかんジャーナル』というチャンネルは、アヤカの何気ない日常を撮りためて配信したものだった。家の台所で母の料理の手伝いをする動画だったり、ドン・キホーテで福袋を買ってきて中身を開封して紹介するものだったり、父の日に花屋でプレゼントの花束を作ってもらう様子だったり、冬休みに友人とカラオケで「冬に聴きたいランキング曲」を制覇する企画だったり、買ってはみたものの結局着なかった洋服を一着ずつ試しては、どこが着ない原因になったのかを検証する動画だったりと、バラエティに富んでいた。始めた当初から面白いと言ってくれる人は多かったが、まさか登録者数三五万人にまで膨らむチャンネルに成長するとは、彼女自身予想もしていなかった。アヤカは特別に美人と呼べるほどの容姿ではなかったし、かといってアクのある強烈な個性もなかったが、ユーモアと明るさだけはあった。ようするに平凡なのだが、かえってそれが良かったらしい。「どこにでもいそうな普通の高校生」という雰囲気が親近感を呼び、視聴者がまるでアヤカと一緒に福袋を広げたりカラオケに行ったりする気分になれるというのだ。あどけない顔をした十六歳の女の子が少しずつ大人になっていく姿も共感を呼んだ。高校の卒業式が近づいた頃からメイクも始めて、アヤカがだんだんきれいになってくると、フォロワー数がさらに伸びて五〇万人を突破した。

アヤカは高校の三年間で貯めたネット動画の広告収入をすべて留学資金にあてて、渡米することにした。アメリカ留学をしたくなったきっかけはＳＮＳだった。インスタグラムやユーチューブでは、バイリンガルのインフルエンサーが数多く活躍している。彼らは巧みな英語と日本語で海外生活を紹介し、海の向こうの暮らしを身近に感じさせてくれた。アヤカは彼らの動画に魅了され、自分も英語を話せるバイリンガルになりたい、アメリカで暮らしてみたいと憧れるようになった。ニューヨークを選んだ理由は、そこが最も人気がある街に思えたからだ。ネットのインフルエンサーたちは世界のどこに住んでいようとも、たいてい一度はニューヨークを訪問し、そこから動画を配信していた。ならば自分はニューヨークを拠点にしたいと思った。そこで暮らしたら、憧れのインフルエンサーたちと自分も肩を並べられるような気がした。

「そんな単純な動機で留学するの？」と高校の同級生たちは、アヤカの進路を聞いて嗤《わら》った。英語を上達させたいなら今はアメリカよりもフィリピンだよと助言する友人もいたし、世界の「今」を見たいなら、英語圏よりもウクライナの隣国ポーランドやルーマニアに行くべきだと薦めてくれる友人もいた。しかしアヤカは、ニューヨークに行けばきっと何かがあると、根拠もなく確信していた。「だってこれほど多くのインフルエンサーが魅了される街なんだもの」と。

ネット動画にそこまで親近感を覚えるのは、アヤカ自身が同年代の間ですでにインフルエンサーだったせいもある。彼女は自身のチャンネルで動画の広告収入を——高校生がする普通のアルバイトではとうてい稼げない金額——手にしていたから、SNSをやらない人間には分からない独自の「感覚」で生きているのかもしれない。

しかしニューヨークを拠点にするといっても、アヤカが住んでいるのはマンハッタンから二時間も離れたニューパルツ村であり、華やかなニューヨーク動画は撮れなかったが、この村のこともそれはそれで好きになっていた。東京育ちのアヤカにとって、田舎暮らしは新鮮に感じられたし、そして矛盾するようだが、動画を撮るにはマンハッタンはすでに多くのインフルエンサーから紹介され過ぎていて、情報も映像も飽和状態だった。だから自分はきらびやかな都会ではない、

「田舎のニューヨーク」というふうに視点を変えて撮影したら面白いだろうと思った。

ジョアンヌと待ちあわせた学生課のビルは「アトリウム」と呼ばれていて、壁も天井もすべてガラス張りのピラミッド型の建造物だ。青みがかったガラスが直射日光の刺激をやわらげ、それでいて太陽のぬくもりをふんだんに取り込み、とても心地よい。ロビーにはカラフルなソファーがいくつも並んでいた。ロビーの中央には大きな木が一本、植えられていて、天井のピラミッドの頂点に向かって枝を伸ばしていた。木の幹の周りをぐるりとコンピュータ・デスクが囲んでいて、学生たちは自由にそこのパソコンを使えるようになっていた。

——ここは映《ば》える。

アヤカは嬉《うれ》しくなった。

特に夕方の今は、夕日がピラミッドに差し込んであたりがオレンジ色に染まり、まるで宇宙空間に迷い込んだかのように幻想的なのだ。窓の向こうに大学の広大なキャンパスが広がり、その遥か先には紅葉に色づいたモーホンク・マウンテン。思わずため息が出るほど美しいこの場所から配信したら、再生回数が伸びるだろう。

ジョアンヌが到着する前にセットしておこうと、さっそくデジカメを回す。同時にノートパソコンも開いて、どちらがより綺麗に撮影できるかチェックした。

「高校卒業後にニューヨークに留学します」と自身の『あやかんジャーナル』で宣言してから、フォロワーからの反響は日増しに大きくなった。入学願書をアメリカから取り寄せる手続きも、SATとACT（アメリカの大学入学のために世界中の高校生が受ける試験）の受験勉強の様子も、TOEICのスコアも、留学の準備期間にあたるものはすべて配信してきた。チャンネルの登録者数と再生回数は収益に直結するから、アメリカに来てからも安定的な収入を維持するために、すべての動画を大切に丁寧に撮っている。広告収入がなかったら、世界的な物価高と円安の今の時代にアメリカ留学は叶《かな》わなかったにちがいない。

待ちあわせ時刻に一分も遅れずにやってきたジョアンヌは、ロビーのソファーに撮影機材が整っているのを見て呆《あき》れたように訊《き》いた。

「あたしもまた出演するの？」

「あなたの自由でいいよ。嫌なら顔とか映らないようにするから」

「今さら何を言ってんのよ。あたしニッポンですでに有名なんでしょ」

ジョアンヌは過去に何度か『あやかんジャーナル』に出演していた。シェアハウスで一緒に撮影したこともある。アヤカがアメリカで初めてできた友達がアフリカ系（しかもブレイズヘアの）だったことで、フォロワーからの注目度が高かった。

【え？　友達って、いきなり黒人かよ】

【あやかんさんのお友達、いかにも、ザ・アフリカ系って感じだね（笑）】
【友達っていうから、てっきりテイラー・スウィフトとかアリアナ・グランデみたいな可愛い子を期待してたのに、これじゃあウーピーじゃんかｗｗｗｗｗ若返らせたウーピー・ゴールドバーグみたいだｗｗｗｗｗ】

なぜだろう。日本ではいまだにアメリカ人というと白人を連想するのだろうか。ジョアンヌの容姿を見てフォロワーたちは勝手に盛りあがった。微妙な表現もあったが、あからさまに人種差別的なリプライは来なかったので、アヤカはジョアンヌが了承してくれる時は動画投稿を続けていた。

「それで、困っているのは哲学の筆記試験だっけ？」

ジョアンヌはカメラが回っていることなど気にしない様子で、ロビーのソファーの上で教科書を広げると、さっそく指導を開始した。「具体的にどこが分からないの？」

「ミシェル・フーコーって、どんなことを言っている人？　私が理解できたのは、フーコーが哲学者だってことだけだわ」

「どうやら基礎から始めないとダメみたいだね。あなたは頭の中がコンピュータでできているから、文系は難しいんだろうね」

ジョアンヌはどうやって教えたらいいものかと、顎に手を当てて唸《うな》った。

大学でのアヤカの専攻はコンピュータ・サイエンスだったが、まだ一年生なので多くの一般教養科目《リベラルアーツ》を取らなくてはならなかった。哲学、心理学、社会学、政治学、美術史など、初めての分野の授業は面白かったが、内容を英語で聞き取って理解するのに苦戦していた。アヤカは難しい英語の教科書を頑張って読んでいる自分の姿をライブ配信することで、フォロワーからの応援を受けていたので、試験で「C」をとって彼らを落胆させるわけにはいかなかった。

ジョアンヌは、途方に暮れるアヤカに哲学思想を分かりやすく解説してくれた。論理的で簡潔で、しかも相手の理解度にぴたりと合わせてくれる。彼女の頭の良さにアヤカはつくづく感心させられた。

ジョアンヌは教育学と経営学のダブル専攻《メジャー》だった。受ける試験も提出する課題もそのぶん倍になるわけだから、大学内でもダブルメジャーの学生はそう多くはない。そんなハードタスクを易々とこなすジョアンヌは、やはり人並外れて優秀だ。

「ジョアンヌって、ほんとうに教えるのうまいよね。頭の回転早いし、論理的だし。羨ましいよ。きっと将来は、大学教授になれるよ」

「そんなの嫌だよ。大学教授なんかになったって、この国では満足に食べてもいかれないわ。特に、州立大学の教授なんかになったら最悪だ。あたしたちのシェアハウスの大家さんを見れば分かるでしょう」

「そうだったね」

ジョアンヌが皮肉交じりにぴしゃりと否定するので、アヤカは苦笑せずにはいられなかった。二人が暮らすシェアハウスの大家は日系人で、この大学の准教授だったのだ。ニューヨーク州立大学は州内に何十ものキャンパスがあり、ニューパルツ校はそのひとつなのだが、大学で教えるだけでは生活できず、学生に部屋を貸していた。

同じ大学の教授と学生が、ひとつ屋根の下で暮らすというのは、アヤカにとっては慣れないことだった。リビングのテーブルに置きっぱなしにされた論文や筆記テストから、他の学生の成績をうっかり目にしてしまうことがあるし、他の教授と電話で大事なことを話しあうのが聞こえてくることもある。そのたびにアヤカは、見ないように聞かないようにと気を遣ってしまう。

しかしアメリカ人の感覚では、そんなことは気にもならないのか、教授は教え子の成績の悪さをリビングで堂々とぼやき、アヤカとジョアンヌは愚痴につきあわされることもあった。

「大家さんって、うちの大学で何を教えているんだっけ？」

「確か、文学だよ。文学と文芸評論とか言っていた」

「あの先生って、いつも色々ストレス抱えてそうだね。文芸評論家って、神経質な人が多いのかな」

アヤカとジョアンヌは互いに顔を見あわせて、軽く肩をすくめた。

「アヤカ。筆記試験のコツはね、ただ説明するように書くだけじゃダメなのよ」

ジョアンヌは分かりやすくアヤカに助言してくれた。

「アメリカの大学ではね、常に自分の意見が求められるの。哲学思想からアヤカは何を考えたの？　それを表明することが求められるわけ。反対する意見でもいいし、賛同するなら、どこをどう具体的に共鳴したのか、詳しく主張しないといけないの。今あたしが解説した内容をそのまま答案用紙に書いたりしたら『C』だよ」

「なるほど。自分の意見を持って初めて理解したと見なされるわけか。アメリカらしいね」

「この国では意見を持たない人は、死んでいるのも同然だからね。だから授業中にみんな必死に手をあげて先生に質問するんだよ。『あたしたち、ここにいます！　生きてます！』ってアピールするためにね」

だからアメリカの授業は賑やかなのかとアヤカは納得した。先生を中心に椅子を輪のように囲んでするディスカッション。板書する時間よりも議論の方が圧倒的に長い。

「お取込み中のところ失礼します。まもなくこのビル、閉まります」

学生課のスタッフが、二人が教科書を挟んで真剣に話していたところに、申し訳なさそうな顔で現れた。時刻を見るともう九時を過ぎていて、外はすっかり暗くなっていた。空を見上げると、ピラミッド型の天井一面に夜空の星が輝いていて、まるでプラネタリウムみたいだ。アヤカは急いでデジカメでロビー全体の様子と、ガラス越しに見える星空を撮影すると、機材と教科書をまとめて背中のバックパックにしまい、学生課のビルを出た。

夜のキャンパスはひんやり冷たい風が吹いていた。初めてニューパルツに来た時は夏だったが、秋学期も半ばになり紅葉の美しい季節になると、早くも冬の気配が感じられた。この村の空気は澄んでいて、風に季節の匂いがする。

「ダイナーにでも寄っていかない？　夕食、軽く食べて帰ろうよ」

キャンパス内の駐車場に止めていた車の前で、ジョアンヌがアヤカを誘った。シェアハウスまで徒歩二十分ほどだが、ジョアンヌはころんとした丸いフォルムがおしゃれな赤いフィアット500で通学していて、アヤカをよく乗せてくれた。弁護士だという彼女の母親が、入学祝いにイタリア製の高級車を買ってくれたのだという。スケールの違いに驚かされた。

「分かった。あそこの『プラザ・ダイナー』だよね？」

ほんとうはマクドナルドの方がよかったが、ヴィーガンのジョアンヌが食べられるメニューはそこにはない。ダイナーはオムレツやパンケーキを中心とした、アメリカの典型的な大衆食堂だ。シンプルなパスタやサンドイッチを頼んでも、チップを含めたら一人あたり四〇ドルはする。アメリカ人にとっては一般的な値段でも、日本から来たアヤカにとっては高く感じる。勉強を教えてもらい、車にも乗せてもらう手前、ダイナーには行きたくないから私だけシェアハウスの前で降ろしてくれと言うのはさすがに気が引けたので、誘いにのることにした。

四〇ドル。頭の中で今日の日本円のレートに換算してみると、四〇ドルは五〇〇〇円を超えるか……。いずれにしても、アヤカにとって夕食に気軽に出せる金額ではなかった。

――アメリカの外食って高いんだなぁ。

そう思いながら助手席に乗り込むと、ため息が出た。外食だけではなく、教科書も服も日用品も、アメリカのほとんどの物がアヤカには高く感じられた。

「ちゃんと腹ごしらえしておけば、夜中まで試験勉強に集中できるよ」

ジョアンヌはそう言って、車のラジオを討論番組に合わせると、夜のメインストリートを走った。ニューパルツは田舎町だが、夜の交通量はまあまあ多く、対向車のヘッドライトがまぶしい。ストリート沿いに並ぶ民家が、ハロウィンに向けて大きなかぼちゃを外に飾っていて可愛らしかった。怒ったような声で討論する男女の声が、ラジオから流れてくる。いかにもアメリカ的な夜の中を走っていると感じた。

アヤカは無性に動画が撮りたくなった。

2　真夜中のキャンパスの白いフクロウ

大学一年生のオーランド・シュナイダーは、母親から借りたキャンピング・カーの中で寝泊まりしていた。「アトリウム」と呼ばれるピラミッドみたいな形をした学生課の裏にある広い駐車場はいつも空いていて、しかも無料で何日でも停めていられる。住みつくには最適な場所だった。

オーランドは天井から吊《つ》るしたキャンプ用のランタンの明かりで夜食をとっていた。キャンピング・カーには小さなキッチンが備わっていて、持ち手が畳めるキャンプ用の鍋でじゃがいもを茹《ゆ》でた。キャベツも刻んで野菜のビタミンも摂る。健康には人一倍気をつけていた。

ミネラルウォーターのボトルは運転席に転がしたままだった。水分はあまり摂らないようにしていた。トイレに行きたくなるからだ。キャンピング・カーにはいちおう簡易トイレもついているが、溜めた自分の汚物を人目につかないように、どこか後ろめたい気持ちで大学のトイレにこっそり流すのは嫌だった。だから用を足したくなったらその都度、深夜でも開いている大学図書館のトイレを使うようにしていた。キャンピング・カーで暮らしてはいても、これはキャンプではないのだ。楽しいことなど何ひとつあるわけがない。

オーランドは、日中は授業に出て、勉強は図書館でして、夜になるとこの駐車場に停めてあるキャンピング・カーの中で眠っていた。そして朝になるとまた授業に出る。大学内のスポーツジムでシャワーを浴びて清潔を保ち、衣服の洗濯は近くのコインランドリーでしていた。

ニューヨーク州立大学ニューパルツ校に入学してからずっと、そんな車中泊を余儀なくされていた。シングルマザーで自分を育ててくれた母が失業したせいで、経済的な余裕がなくなったからだ。それでも授業料だけは母がなんとか頑張って工面してくれるから、せめて自分は生活費を徹底的に切り詰めようとオーランドは心に決めたのだ。ニューパルツのアパートやシェアハウスは、彼の家庭の経済事情ではどこも借りられるような家賃の部屋はなく、学生寮も入居費が高くて諦めた。そこで思いついたのが、母のキャンピング・カーで寝泊まりすることだった。

キャンピング・カーとはいえ、夜ごと無料の駐車場を転々と変えながら、人目につかないようにひとり孤独に過ごすのは楽ではなかった。オーランドはそんな生活から早く抜け出したくて、大学付近のダイナーや本屋で働こうとアルバイト募集を片端からあたってみたが、住所がないという理由で断られてしまった。当然といえば当然のことだった。住所不定でホームレス状態の学生を雇いたい店はないのだろう。

こうした事情から、オーランドは今も車中泊を続けていた。こんな状況でも奨学金を受けようとしないのは、失業した母親が借金の返済に追われていたからだ。母だけでなく、さらに自分までが奨学金という名の借金を背負いたいとは思わなかった。


遠くでフクロウの鳴き声がした。

オーランドは車内の床に転がしてあった一眼レフを手に取ると、カメラにつなげているストラップを首にかけて、車を出た。暗い駐車場で目を凝らして辺りを見渡してみる。ピラミッド形をした学生課のビルは、真夜中でもうっすらと黄色いライトが灯っているから、まるで建物自体が生きているみたいで薄気味悪かった。その近くのニレの木の枝に、一羽のフクロウがいるのを見つけた。まるでハリーポッターに出てくるような、真っ白で大きくてぷっくり太った、とても可愛らしいフクロウだった。

「今夜は良い写真が撮れるぞ」

オーランドはひとりそう呟《つぶや》いて、シャッターを切った。足音を立てないようにそっと木に近づいて、さらに何枚も撮る。彼が愛用しているデジタル一眼レフは超高性能で、暗い中でも鮮明にフクロウを写すことができる。

真夜中の大学のキャンパスで小動物に遭遇することは、駐車場で孤独な夜を過ごさなければならないオーランドの唯一の喜びだった。野良猫、ウサギ、キツネ、たぬき、鴨、アヒル、リスなど、大学にはたくさんの生き物がいたが、彼は特にフクロウを好んだ。仲間と群れずに孤独でいるくせに、お世辞にも孤高とは呼べないぽっちゃりして鈍そうな姿が、どこか自分と似ているような気がするからだ。今夜出会ったフクロウは特に、自分にそっくりな気がした。全身の羽根が真っ白だからかもしれない。

オーランドは子供の頃から学校で、周りから「白い、白い」と言われて、からかわれてきたのだ。

ニューヨーク州中部の都市、シラキュースの閑静な住宅地でオーランドは育った。両親ともにドイツ系だから、生まれつき肌が白いのは仕方がない。肌が白いことが蔑みや、時にはいじめの対象になることは、白人男子の間だけで通用しているスクール・カーストみたいなものだった。アフリカ系やアラブ系の子たち、ヒスパニックや東南アジア系の子たちは、誰もオーランドの肌を「白すぎる」などと言って、からかったりはしなかった。

シラキュースの白人男子たちは、小中学生のうちは庭の芝生で日光浴をして肌を焼き、高校生になるとジムで体を鍛えて、日焼けサロンに通うようになる。小麦色のたくましい男になることが、どうやら彼らが共通して目指すところのようだった。

――僕にはとてもじゃないが、あいつらのマッチョイズムにはついて行かれない。僕はそういうカルチャーから降りたいんだ。

オーランドはずっとそう思っていた。動物の写真を撮るようになったのは、心のバランスを取るためだったのかもしれない。レンズを覗《のぞ》いている時はいっさいの雑念が頭から消えて、白人男子同士の競いあいや見栄の張りあいから抜けられる気がしたのだ。

レンズ越しに白いフクロウと目が合った。

黄色いまん丸の目がじっとこちらを見つめ返してくる。カメラの存在に気づいているのか、いないのか。たとえ気づいたとしても、かまうものかといった様子で、フクロウは気持ちよさそうに鳴き始めた。何度かホーホーホーと鳴くと、いったん止んで、今度は思い切り息を吸い込んだ。

オーランドはフクロウの呼吸が大好きだった。鳴く時は低くよく伸びる声をどこまでも響かせるのに、息を吸う時はまるで息切れした老人のようにヒィィィィと苦しげに喉の奥から音を鳴らすのだ。そのギャップがたまらなく可愛くて萌《も》えるのだった。

「癒されるなあ」

呟きながら何度もシャッターを切った。高性能のカメラはシャッター音が静かだから被写体を安心させるのか、フクロウは再び鳴きモードに入った。まるでレンズを介して自分だけに向けて鳴いてくれている気がして、オーランドはとても幸せな気持ちになった。

そうして一時間ほど撮影を続けると、さすがに寒くなったので車に戻った。

組み立て式のベッドに寝転がって、冷えたカメラの表面を慈しむようにそっと指先で撫でてみる。宝物のデジタル一眼レフは、高校生の時にピザハットのデリバリーで稼いで買った、三〇〇〇ドルもしたものだった。

「こんなことになるなら、贅沢なカメラなんか買うんじゃなかったな。そうすれば、こんな車中泊なんかしなくて済んだかもしれないのに」

オーランドの心から先ほどまでの至福の時間が嘘のように消えていく。悔しくて悲しくて、そしてなぜだか無性に腹が立った。

寝転がっていたキャンピング・カー用の薄いマットレスを拳で思い切り叩《たた》くと、振動でカメラが車内の床にゴトンと落ちた。

十年前の夏に、母がこのキャンピング・カーを買った。茶色と白の縞《しま》模様の車体は、大らかな性格の母好みのデザインだった。当時はまだ両親が離婚する前だったから父もいて、家族三人でレジャーを楽しんでいた。二人の親がいる幸せな日々がずっと続くと思っていた。離婚後、キャンピング・カーは自宅のガレージに眠ったまま、一時は売り払うことも検討したが、母は将来何かあった時のために手放さないと気持ちを変えた。

——今にして思えば、おふくろはあの時すでに未来を予感していたのかもな。

オーランドは昔を思い返しながら、憂鬱な気持ちでマットレスに仰向けになると、そっと瞼《まぶた》を閉じた。すべてが間違っているように思えた。こんなふうに車中泊をしながら大学に通うことも、失業中の母から学費を出してもらうことも……すべてが根本的にゆがんでいるように思えてならなかった。


オーランドの母親は、シラキュースの中心街で長いことデンタル・クリニックを営んできた歯科医だった。世の中の景気が年々悪くなるにつれて、クリニックの経営は傾いていった。国民皆保険制度のないアメリカでは、病院に行くのをためらう人が多い。景気が悪くなれば、なおさらそういう人が増えていく。なかでも歯の治療は民間保険の適用外になることが多いので、なんとか歯医者に行かずに済ませようとする人がじつに多い。虫歯で口の中がボロボロになっても我慢する人が、アメリカには驚くほどいるのだ。手遅れになってからクリニックに駆け込んできても治療の施しようがなく、抜歯するだけだ。その抜歯でさえも費用が払えず、国からの援助で無償の処置を要求する人がいる。

なかには、抗生剤だけくれと訴える患者もいた。

「抗生剤の処方箋だけ書いて頂ければいいんです。痛み止めはドラッグストアで買います。虫歯は糸かなんかで引っ張ったり、フォークでほじったりして自力で抜きますから」

そう言うのだ。

そんな患者に出くわすたびに、とてもアメリカとは思えないと、母はぼやいた。

「昔のアメリカは、国民が普通に歯医者にかかれた国だったのに」

半年前、母はついにデンタル・クリニックを畳むことに決めた。息子と二人で長年暮らしてきた二階建ての家を売った金で、かさんでいたクリニックの借金の半分を返済したが、残りの半分はまだ残っていて、生活は依然として苦しかった。

街の中心から外れた物騒なストリートに二人で引っ越した。母は歯科医の求人はないかと、総合病院を片端から当たっていた。歯科はどこも患者が少なく、なかなか見つからなかった。そんな最悪なタイミングで、息子のオーランドがニューパルツ大学から合格通知をもらったのだった。

「あんたは心配しなくていいよ。とにかく勉強、頑張りなさいね。授業料は母さんがなんとかするからね」

母からそう言われた時、オーランドは不安に押しつぶされそうになりながらも、母の言葉に迷わず従った。どんなに経済的に苦しくても、子供に大学教育を受けさせるのは当然だというのが、歯科医である母の子育ての方針だったからだ。ただ、オーランドは歯医者になるつもりはなかった。アメリカでは医者は儲《もう》かる仕事ではないことが、母の苦労を見てよく分かったからだ。

「僕はプログラマーになるよ」

プログラマーなら、景気の波に多少なりとも左右されても、医者よりも安定的な収入が望めるだろうと思った。大学でコンピュータ・サイエンスを専攻すると言ったら、反対されるかと思いきや、あっさり賛成してくれて、そこでオーランドは改めて、自分にはもう継ぐべきクリニックが残されていないことを知り、寂しく思った。

週末になると、ニューパルツから片道四時間かけてシラキュースに帰ることにしていた。母が今住んでいるアパートは古くて狭く、帰るたびに惨めな気持ちになったが、それでもキャンピング・カー仕様の組み立て式ではないベッドで眠れて、温かいバスタブに浸かれるだけありがたい。しかし最近はガソリン価格が再び高騰しているから、帰宅する頻度を減らさないといけない。シラキュースまでの片道四時間、往復八時間のガソリン代が、大学の教科書一冊分と同じ値段なのだ。ガソリン代が高すぎるのか、教科書が高すぎるのか。いずれにしても、バカげている。

――地球は僕ら人間を殺そうとしているんじゃないか？

オーランドの頭にふと、そんな考えが浮かんだ。最近は、おかしな発想が頭をよぎることが多くなった。毎晩、車の中にたった独りでいるせいかもしれない。

だって、おかしいじゃないか、と彼は思う。

――パンデミックにウクライナ戦争。異常なまでに高騰するガソリン代に、急激な物価高。アメリカは世界中に武器を送っている先進国なのに、国民がまともに病院にもかかれず、歯医者が廃業するなんて。地球は確実に僕らを殺しにかかっているんだ！

いったんそうした考えに取り憑かれると、妄想がぐんぐん膨らみ頭から離れなくなった。

オーランドはマットレスの上で体を丸めると、頭から毛布をかぶり、がくがく震えた。その震えが恐怖から来るものなのか、それとも怒りなのか、もはや彼自身にも分からなかった。

3　配信とヴァージン・カクテル

「日本のみなさん、こんばんは。ニューパルツから生配信しています。そちら日本は朝ですよね。おはようございます」

岡本アヤカはメインストリートの舗道に立ち、スマホ片手にライブ配信をしていた。

一週間続いた中間試験の最終日。今夜は試験から解放された学生がいっせいにバーに繰り出すと聞き、これは配信しない手はないと思った。

アヤカは自身のチャンネル『あやかんジャーナル』の配信内容に変化をつけるためのネタを探していたのだった。

試験期間中はずっと机の前にカメラを固定して、勉強する自身の姿を投稿していた。専攻しているコンピュータ・サイエンスだけでなく、社会学や政治学の教科書を朗読しながら日本語に訳したり、哲学の筆記試験のために英語で文章を書いたりする様子などを毎日配信することで、日本のフォロワーにもアメリカ留学している気分を味わってもらおうとした。

アヤカのフォロワーには、大きく分けて三種類の人がいる。

まずはアヤカと同年代の人たちだ。高校の頃から彼女の動画を見てくれていて、今は大学生になっている。次は小中学生で、アヤカのことを「年上のお姉さん」を眺めるような感覚で動画を楽しんでくれた。そして最後はアヤカの親世代の人たちで、まるで娘の成長を見守るようにチャンネルにアクセスしてくれる。

試験の一週間は机から配信するだけのヴィジュアル的に動きのないものだったので、小中学生を飽きさせてしまったが、同世代からのアクセスはまあまあで、親世代からの受けはとても良かった。高校の頃からこうした試験勉強の配信は――TOEICやSATやACTの試験対策をする様子など――定期的に行ってきた。カラオケや料理の投稿に比べて再生回数はそう伸びないものの、一定の真面目な視聴者を惹きつけてはいる。特に親世代のフォロワーはアヤカが勉強する姿に感心するのか、コメントをたくさん寄せてくれた。

中間試験は無事に終わったので、今日からは配信内容をがらりと変えて、離れてしまった小中学生と一部の同世代フォロワーを再び取り込もうと、アヤカは躍起になっていた。

アメリカで初めてバーに行くのだからと張り切って、アヤカは秋にぴったりなオリーヴ色の長袖のワンピースを選んだ。メイクもリップとシャドウを淡いオレンジで合わせ、肩までの髪はヘアアイロンで軽く巻いた。

そんなふうに気合を入れて、街歩き動画を撮っている。

「バーが開く前に、まずはニューパルツを散策しますよ。ほら、遠くに山が見えるでしょう。あれがモーホンク・マウンテンです。私のチャンネルで何度か紹介したことがあるから、すでに知っているよと言う方もいらっしゃるかな？　ご覧のとおり、今は紅葉の真っ盛りです。アメリカの紅葉って日本と色が違いますよね。こちらの方が、なんていうか、全体的に山が明るいんです。葉っぱが黄金色や朱色に輝いて見えます。空気が乾燥しているせいなのかな」

アヤカはセルフィーこと、自撮り棒の先端につけたスマホを空にかざして、遠くに広がる山並みを映した。スマホだと遠くの紅葉の色まで正確にキャッチできないかと思いきや、意外とよく撮れる。セルフィーの棒の長さを調節して、今度は近くに焦点を切り替えると、街歩き動画を続けた。

ニューパルツはうっそうとした雑木林と、のどかなりんご畑が広がる田舎町でありながら、メインストリートの両端に沿って約二〇〇軒もの商店が軒を連ねている。飲食店だけでなく郵便局もヘアサロンも銀行もコインランドリーも、小さなクリニックも薬局もガソリンスタンドもその中にあるので、生活に必要なほとんどのことはメインストリートでまかなうことができた。しかもほとんどの施設が徒歩圏内に集中しているので、とてもコンパクトな田舎町なのだ。

なだらかな坂道を描くストリートの両脇に、赤や緑やピンクなど壁をカラフルに塗った店がびっしりと並ぶ風景は、賑やかで可愛らしく、そして冬が長いニューヨーク州特有の何ともいえない温もりのようなものにあふれていた。

丸太が重なったログハウスふうの眼科は、コンタクトレンズもそろえている。大きなもみの木が目印のメソジスト教会は、日曜日でなくても人の出入りが多い。六〇年代ヒッピーテイストの個性的な服を売るブティックは、店の壁を目が覚めるような原色の赤で塗っている。落ち着いた山小屋ふうのベーカリーでは、木陰のテラスで食事もできる。

アヤカは日本のフォロワーたちに、一緒にニューパルツを散歩しているような親近感を抱いてもらえるように、なるべく詳細に店の説明をし、撮り方にも工夫を凝らした。その甲斐《かい》あって、まるで時差などないかのように、オンタイムで続々とスマホにコメントが入った。

【あやかんさんが住んでいる町、可愛いね。ぜんぶお菓子の家みたい　笑】

【田舎っぽくてニューヨークじゃないみたい。あ、ニューパルツかｗｗｗｗ】

【アメリカの田舎町って笑っちゃうくらい派手なんですね。ピンク色の一軒家とか、ターコイズブルーの店なんかあるよ】

【今度、お店の食レポもやってくださ〜い。テラスでお茶が飲めるベーカリー、アメリカっぽい

雰囲気で良さそう♡】

銀行がある交差点に出た。

まるで古城のような荘厳な石造りの銀行だった。その銀行の交差点を囲むように、二軒のバーが向かいあっていた。どちらもニューパルツに古くからあると言われるバーで、一軒はグリーンのひさしが張り出した「P&G」という洗剤の会社みたいな名前の店で、もう片方は「マギリカディース」という発音もスペルも難しい店だった。この二軒のバーが学生に人気のスポットだという。

「P&G」と「マギリカディース」は木と石で組まれた二階建ての店構えも、赤いクロスがかかった木のテーブルが並ぶだけの飾り気のない店内の雰囲気も、まるで双子のようにそっくりだった。

時刻はサマータイムとあって、日はまだ落ちていないが、早くも客で混雑していて、双方のバーを行き来する学生たちが表通りを埋めていた。

「それでは、今から私も飲みに行ってきますね。日本のみなさんも、私と一緒にアメリカのナイトライフを味わう気分になってみてくださいね！」

そうコメントして、スマホ越しにウインクしてみせたものの、内心、さあこれからどうしようかと困った。アメリカでは二十一歳からでないと飲酒ができないのだ。未成年のアヤカでは入店を断られるかもしれないが、とりあえず店員に説明して撮影許可だけでももらおうか？

さっそく「Ｐ＆Ｇ」に入店した。

入口でＩＤをチェックしていた店員は、アヤカが差し出した学生証をろくに見ずに中に通した。

混雑した店内は、陽気なサルサの音楽が天井のスピーカーから爆音で流れていて、派手な服を着た学生たちが大胆に腰をくねらせて踊っていた。肩や背中を出したセクシーなドレスで着飾っていても、顔には幼さが残る子も多く、おそらく彼女たちも未成年かもしれない。

アヤカはだんだん不安になってきた。アメリカの法律は飲酒に厳しく、二十一歳以下に酒を提供する店は罰せられるという。しかし現実には多くのティーンエイジャーが、あの手この手でごまかしては酒を飲んでいる。これだけ多くの学生が押し寄せたのでは、一人ひとり年齢確認するのも難しいのかもしれないが、未成年者が飲酒している様子をライブ配信して、あとで問題になったら厄介だ。やはりきちんと店に撮影許可を取ろうと思ったが、黒いシャツの店員たちは学生に負けじと激しく踊っていて、とても話しかけられる雰囲気ではなかった。

——店員の方が学生よりも踊ってる。この店、大丈夫かな？

途方に暮れて店内を見渡すと、大勢の踊る人たちの頭上で、セルフィーの長い棒が何本も伸びていた。アヤカ以外にも動画撮影している人が、何人もいるのだ。セルフィーのカメラの下で、みんなが映りたがっている様子だった。未成年のような子もその中に交じっている。

——もう、いいや。みんな撮っているし。私もとりあえず配信始めようか。あとでもし問題になったら削除すればいい。

吹っ切れてセルフィーを高く掲げると、あっという間に学生に取り囲まれた。アヤカのスマホに映ろうとする彼らは、酔っているせいなのかテンションが高く、抜群にノリが良い。カクテルグラスを持つ手を上にあげ、陽気に腰をくねらせてステップを踏みながら、

「そこでネット覗いているおまえたち、一緒に踊ろうぜ！」と叫んだ。

「リクエスト曲があったら、ここに書き込んでくれよな。店に頼んでかけてもらうからさ。オンラインとリアルでつながろうぜ！」

「ニューパルツ最高！　みんな、『ニューパルツ最高』ってハッシュタグつけて拡散してね！　『ニューパルツ最高』をトレンド入りさせようよ！」

学生たちが次々とアヤカのところにやってきては、ライブ配信を盛りあげてくれた。

ノリの良さもさることながら、彼らがカメラ慣れしていることに、アヤカはすっかり感心していた。アメリカの大学生の間では、リールを始めとした動画系SNSがとても身近で、撮ることも撮られることもまるで日常の一部であるかのように、カメラの前で面白いポーズを取ったり、上手なコメントができたりする人が多いと聞いていた。ほんとうにそうだったんだと、アヤカは嬉しくなった。日本では友人や同級生を撮ったことはなかった。自分の動画を視聴してはくれても、そこに一緒に映ることには多くの人が抵抗を覚えたからだ。しかしアメリカでは、こちらが頼んでもいないのにカメラの前に出てきて、一緒に配信を盛りあげてくれる人がこんなにいるの

だ。さすがはユーチューブを生み出した国だ。考えてみれば、あの真面目なハウスメイトのジョアンヌでさえも、『あやかんジャーナル』には気軽に出演してくれるのだ。アメリカの大学生の動画へのハードルの低さに、インフルエンサーのアヤカとしては感謝しかない。

ジョアンヌはきっと今頃、自室の机の上で静かに教科書を開いているだろう。彼女は中間試験が終わった今夜から、さっそく期末試験に向けて勉強を始める。シェアハウスに帰ってこの配信動画を見せたら、きっと呆れ返るに違いない。お酒もコーヒーも飲まないジョアンヌのことを思うと、アヤカはなんだか笑いがこみあげてきた。

——アメリカって、ほんとうに色んな人がいるんだなぁ。こういうのを多様性と呼ぶのかな。哲学の筆記試験のコツを伝授してくれたジョアンヌと、カクテル片手に踊りながら配信を盛りあげてくれる人たちが、同じ大学の学生であることが面白かった。

「さあ、おまえたち、夜は始まったばかりだ。朝まで踊り明かそうぜ！」

「P&G」のロゴが入った黒いTシャツを着た店員が、アヤカのセルフィーの下にやってきて、店のマイクでそう叫んだ。太い眉毛が印象的な店員は、両手を下から上にぶわっと持ちあげるしぐさをして、学生客を煽《あお》る。フロアーからイェーイと明るい歓声があがる。天井から爆音で流れていたサルサが、さらにアップテンポの曲に変わると、店内の熱気もいっそう増した。

「あんたもインスタ映え、狙ってんだろ？」

バーカウンターの向こうから、別の店員がアヤカに呼びかけてきた。

黒いシャツに黒いベストでスタイリッシュな雰囲気の店員は、カメラを手にした学生たちに囲まれていた。どうやら彼は人気のバーテンダーらしく、カクテルの注文を受けるたびに、シェイカーを宙で高く回す派手なパフォーマンスを披露して、学生たちを喜ばせていた。

「さあ、あんたもオーダーしろよ。どんなカクテルでも作ってやるぜ」

――店員が未成年を煽ってどうする！

アヤカは自分はまだカクテルは飲めない年齢なんですと正直に伝えて、ノンアルコールのドリンクをオーダーした。

「よく分からないので、種類はおまかせします」

「それなら、とっておきのヴァージン、作ってやるよ。ヴァージンの意味、分かるかい？」

バーテンダーは得意げにそう言って銀色の細いシェイカーに氷を放り込むと、数種類の液体を注ぎ入れて威勢よくそれを振った。慣れた身のこなしはまるで俳優のようだった。

アヤカの前にヴァージン・ピニャコラーダが注がれた。

マリブミルクとパイナップルジュースを割ったフローズンカクテルだというそれは、アヤカのためにココナッツミルクで代用してくれた。カリブ海生まれのピニャコラーダは、南国の果樹園のような甘ったるい香りがして、秋のニューパルツで口にするにはちぐはぐな感じがしたが、黄みがかった液体の色も、グラスの縁に挟んだパイナップルのスライスも、動画映えは抜群だった。

「日本のみなさん、『ヴァージン・ピニャコラーダ』を頂きます。ヴァージンの意味は、お酒が入っていないという意味です。声に出して言うのはちょっと照れくさいですね。でも『セックス・オン・ザ・ビーチ』ほどではないけどね。みなさん、見て、この可愛らしいカクテル。パイナップルの飾りがすてきでしょ」

アヤカがスマホの前でグラスを持ちあげて微笑んでみせると、日本のフォロワーからオンタイムでコメントが届いた。

【あやかんさん、昨日まで真面目に勉強してたのに、どうしちゃったんですか？　急にキャラ変わってますよ　驚！】

【アメリカの大学生やばくね？　試験終わったばかりだろ。勉強したことぜんぶ吹っ飛んだんじゃね？　日本人のあやかんまで、おバカなアメリカ人に合わせる必要ある？】

【あやかん応援隊のおばちゃんです。あんなに真面目だったあなたが、アメリカで不良になる姿なんて見たくない。親御さんが見たら泣きますよ。まったく。親に代わってあんたを叱ってやりたい。おばちゃんはがっかりです】

コメントを読んでしまったアヤカは、しまった、と思ったが、時すでに遅かった。

配信に変化をつけようとした試みは裏目に出たらしい。ニューパルツと日本で離れていても、時差を飛び越えて大切なフォロワーたちが心底呆れているのが、嫌というほど伝わってきた。

すっかり恥ずかしくなったアヤカは、頭を冷やそうと冷たいピニャコラーダを一気に飲み干すと、チップを置いて「P&G」を出た。

交差点の向かいでは、もうひとつのバー「マギリカディース」が大盛況で、「P&G」に負けじと派手な音楽を店の外まで流していた。踊り狂う学生たちの姿がガラス越しに揺れている。双方の店を行き来する学生が、交差点の赤信号を無視して歩く。

交差点の端で女子学生がひとり、水色のワンピースの背中を丸めて苦しそうに嘔吐《おうと》していた。

「あの子もヴァージン・カクテルにしておけばよかったのに」

見かねて思わずそう呟いた時、一台のキャンピング・カーが交差点の中に入ってきた。

茶色と白の縞模様のキャンピング・カーは、酔った学生たちがふらついた足取りで赤信号を無視するのを轢《ひ》かないように、交差点の中でいったん停止した。人の流れが途切れたのを確認すると、ゆっくりと慎重に左折していく。フロントガラス越しに運転席が見えると、若い男の子がハンドルを握っているのが分かった。おそらくアヤカと同じくらいの年齢だろうか。

――アメリカって凄いなあ。私と同じような歳の子が、もうあんなに大きな車を運転するんだ。

運転免許のないアヤカにとって、同世代が悠々と大型車を運転していることが、いかにもアメリカ的なものに思えた。道の隅に立ち、キャンピング・カーがゆっくりと交差点を離れていくのを見守った。縞模様の四角い大きな車体は、路上駐車する車や勝手に道路を横断する学生を注意深く避けながら、賑わう夜のメインストリートを這《は》うように下っていった。

4　孤独なヴァンライフ

――まったく、ふざけた夜だ！

安全第一の運転を心がけているオーランド・シュナイダーは、右足でブレーキとアクセルを交互に踏みかえながら、赤信号を無視して交差点を突っ切る人や、路上駐車した車から後ろもろくに確認せずにがばっと降りてくる人と、くれぐれも接触しないように神経を尖らせていた。ストリート沿いのバーがまき散らすけたたましい音楽も、彼の集中力をかき乱そうとしていた。酔っている奴らは命知らずで、車が来ようとおかまいなしに道路に飛び出してくる。びっくりしてクラクションを鳴らしたら、逆ギレされて中指を突き立てられた。こちらを非難する言葉を怒鳴ってくる奴もいる。あたりの騒音ではっきり聞き取れないが、口の形でファックユーとかマザーファッカーと罵っているのが分かった。

――まったく、この町のふらふらしている奴ら全員、ひき殺したい！

オーランドはハンドルを握りながら大きく舌打ちした。小さな田舎町のけっして広くはないメインストリートなのに、誰もルールを守ろうとしないことに、彼は心底苛立っていたのだ。

中間試験が終わったとたんに羽を伸ばす学生たちに、商店の側も便乗している。交差点に面した「P&G」と「マギリカディース」を筆頭に、ストリート沿いに軒を連ねる数多くの飲食店が、今こそ書き入れ時とばかりに騒々しい音楽で学生を惹きつけて、アルコールを提供していた。

「まったく、お気楽な奴らばかりだ。同じカネなら酒なんかじゃなく、もっと真面目なことに使うべきだ。あいつらのようにだけは、なりたくないね」

オーランドは独りごとを吐き捨てた。バーのカモにされていることにも気づかずに、明け方まで高いビールやカクテルを飲みながら、楽しげに踊り明かす学生たちのことを蔑んでいた。

子供の頃に見た古い映画を思い出した。邪魔な奴らを次々に撃ち殺していくクエンティン・タランティーノのバイオレンス作品だった。さあ、今こそあの映画をリアルに再現する夜が来た。

――ニューパルツのメインストリートで、酔っぱらっている奴らを片っ端から始末してやれ！

腹の中が毒でいっぱいだった。ハンドルを握る手に力が入った。

オーランドは優雅なハンドルさばきですべての交通違反者を見事に避けると、いくつ目かの交差点を右折して、郵便局の広い駐車場に入った。郵便局の隣にコインランドリーがある。今日は一週間ぶりに洗濯をする日だった。

夜なので郵便局は閉まっていたが、向かいあうガソリンスタンドと小さなコンビニはまだ営業の明かりを灯していた。オーランドは給油を済ませると、駐車場のなるべく目立たない場所にキャンピング・カーを停めた。それから隣のコンビニに駆け込んで、洗濯洗剤と食器洗い洗剤、タンクサイズの水、キッチンペーパー、ファブリーズ、ウェットティッシュの箱、リンス・イン・シャンプーとホッカイロ《ホッティーズ》など、車上生活に必要なあれこれの物を買いそろえた。

いったん車に戻ると、今度は大きな紙袋に一週間分の汚れた衣服を詰めて、洗濯をする。コインランドリーに誰も人はいなかった。こんな賑やかな金曜の夜に、ひとりで洗濯などしている人間は彼くらいだろう。

衣類をTシャツや下着などの薄いものと、スウェットやパーカーなどの丈夫なものに分別して、巨大な洗濯機二台に分けて入れると、二五セントコインを数枚ずつ差し込んだ。洗濯機がぐうううんと鈍い音を立てて動き始めたのを確認すると、車に戻り、洗濯が終わるまでの待ち時間は、車の掃除をして過ごす。

車中泊をするようになってから、オーランドは清潔第一を心がけていた。車内の乱れは心の乱れに直結すると考えていて、孤独で不安定になりがちな心を整えるには、安定剤《ピル》よりも掃除が安上がりだ。

キャンピング・カーは普通の乗用車よりも、収納キャビネットが多いのが利点だった。中間試験の勉強期間中、組み立て式ベッドに散乱したままだった教科書やファイルを、科目ごとにそろえてベッド脇の引き出しにしまった。授業で配られたプリントも散らばっていたので、一枚ずつ丁寧にまとめてステープラーで綴じると、こちらは軽くて薄いので天井付近のキャビネットに入れた。

毛布を畳み、組み立て式ベッドのマットレスを外して、ベッドボードの位置を変えると、ベッドのあった場所はダイニングスペースとして活用することができる。万年床だと体臭がつくので、毛布やマットレスに定期的にファブリーズをかけて、なるべく頻繁にダイニングスペースにコンバートするようにしていた。

車内には二つのコンロがついたキッチンと、小型冷蔵庫、数枚の皿なら洗えるシンクもついていた。オーランドは節約を徹底し、冷蔵庫にあるキャベツとじゃがいもだけで一週間の食事をしのいでいた。朝食の時から出しっぱなしになっていた、コレールの割れないボウルとマグカップをシンクの水でざっと洗って、ペーパータオルで水を拭き取る。持ち手が畳めるキャンプ用の鍋とフライパンもウェットティッシュできれいに磨きあげると、すべてをキッチン下のキャビネットにきちんと収めた。

それだけで車内は見違えるようにすっきりした。

コインランドリーで洗濯物を洗い終えると、今度は乾燥機にかけた。乾燥は洗濯よりも時間がかかるので、オーランドは柔軟剤の花の香りが充満するコインランドリーの長椅子に腰かけて、スマホで動画をゆっくり見てくつろぐことにした。ホーム画面に追加したショートカット・ボタンを人差し指でタップすると、馴染みの動画が現れる。彼には子供の頃からずっと憧れている作家がいて、最近その作家が動画チャンネルを始めたのだ。

タイトルが流れた。

ハビエル・ゲレロの世界の旅物語

ハビエル・ゲレロは、ヒスパニック系アメリカ人の四十代の作家で、オーランドが十三歳の時に初めて彼のデビュー作を読んで以来、ファンになった。ハビエル・ゲレロは世界中の紛争地や被災地をたったひとりで旅して回り、現地の人たちと交流しては、それをテーマに小説やエッセイを書いている。ミサイルが落ちるような危険な地域や、地震で壊滅した町でも、危険を厭《いと》わずに訪れる勇敢な作家の姿は、オーランドをいつも驚かせた。

「ゲレロさんは今、パレスチナにいるのか」

憧れの作家は今週からパレスチナのガザ地区で取材を開始していた。ミサイルで破壊された建物を背景に、現地の人々の声を聞いている。スマホひとつで映像と声を拾っているせいか、所どころ音声が途切れたり、手ブレで画像も乱れたりするが、それがかえって臨場感を視聴者に与えていた。倒壊した灰色のビルの周りで、年寄りと若者がカメラに向かって大声で何かを怒鳴っている。アラビア語が分からなくても、それがイスラエルへの強い非難であることは、オーランドにも理解できた。

汚れた服を着た青年が、破壊されたビルから立ち昇る煙で曇った空に両手を伸ばし、何かを叫ぶと、そのまま泣き崩れた。ハビエル・ゲレロが青年に駆け寄ると、肩を抱いてさすっている。ハビエル・ゲレロは背が高く、日に焼けた小麦色の肌に精悍《せいかん》な顔立ちをした頼もしい印象の男だが、今はガザ地区の人々と同じように、打ちひしがれた悲しい表情をしていた。

「パレスチナの人は、ゲレロさんに寄り添ってもらえるのに、どうして僕はたった独りなんだろう。彼らが羨ましいよ」

そんな不謹慎な言葉が出たことに、オーランドは自分でも愕然《がくぜん》とした。

ガザ地区の人たちの方が遥かに大変な状況にあることは、頭では分かっているつもりだった。しかし心が反対のことを思ってしまう。僕の方がずっと孤独で寂しいのに。憧れの作家は遠いパレスチナには目を向けるのに、長年にわたって熱烈な読者である僕のことなどきっと永遠に知ることもない。「不平等」という言葉をここで使うのは明らかに間違っていると分かってはいるが、オーランドは胸の奥に湧きあがるモヤモヤした気持ちを静めることができなかった。

「僕は病んでいるのかな？」

オーランドは深くため息をついて、おもむろに次の動画をクリックした。すぐにパリの街の様子に切り替わる。三週間前に、フランスで起きた抗議集会をハビエル・ゲレロが取材した動画だった。イスラエルを非難するデモ行進で、それはかなり過激なものだった。プラカードを手にしたデモ隊がシャンゼリゼ通りを練り歩き、大声をあげながら、火炎瓶を投げていた。警察が出動し、デモ隊は暴徒化し、ついには大通りに面した高級ブティックにまでデモ隊が乱入する騒ぎに発展した。ハビエル・ゲレロはデモ隊にもみくちゃにされながら、ブティックが略奪されていく様子をカメラに収めていた。

「よし、いいぞ！　もっとやれ！　打倒イスラエルだ」

オーランドはコインランドリーの中で、ひとり声をあげて興奮していた。またもや自分でも意外だった。もともと彼は政治にさほど関心のある人間ではない。いちおう選挙には行き、民主党に投票するが、それはニューヨーク州全体が民主党支持基盤のいわゆる「青い州」だから環境にあわせているだけで、特別に何か思想を持っているわけではなかった。

「頑張れ！　デモ隊、頑張れ！　シャンゼリゼ通りを破壊しろ！」

これじゃあ僕はまるで危険思想を持った奴みたいだなと、オーランドはふと我に返った。ドイツ系である自分がイスラエルを非難するデモ隊を応援するということは、ともすればユダヤ人差別につながり、デリケートな問題になりかねなかった。それでも彼は動画に惹きつけられた。暴徒と化した過激な抗議デモを眺めていると、なぜだか無性に元気が出るからだ。不思議とスカッとした気持ちにさえなった。

今夜の彼には刺激が必要だったのだ。

多くの学生がカクテル片手にメインストリートのバーで楽しく踊るなか、ひとり疎外感を抱えながらコインランドリーで寂しく過ごすオーランドにとって、火炎瓶のように一瞬にして孤独を吹き飛ばしてくれる爆風が必要だった。シャンゼリゼ通りのデモ隊がそれを叶えてくれる気がした。

最近のオーランドはいつも怒っていた。しかし自分が何に対して憤りを感じているのか——先の見えない車中泊への苛立ちなのか、裕福そうに見える他の学生への嫉妬なのか、それとも母と自分を貧困に陥れたアメリカ社会への恨みなのか——自分でも具体的には分からなかった。

コインランドリーの中は静かだった。他に誰かがやってくる気配もない。オーランドはスマホのボリュームを上げた。


翌朝、オーランドは学生課の裏の駐車場で普段よりも早く目を覚ました。車の中が寒かったせいだ。ハロウィンが近づくと、ニューヨーク州はいよいよ冬の到来を感じさせる気候になり、朝晩が冷え込む。車の暖房はガソリン代を考えてなるべく我慢していたが、これからはそうもいかないだろう。ベッドの毛布から出て運転席に移動すると、エンジンをかけて車内の暖房をつけた。もうひと眠りできるかと思ったが、空腹ですっかり目が覚めてしまった。

仕方なくコンロで湯を沸かしてインスタントコーヒーを淹《い》れた。夜に茹でておいたじゃがいもは、車内の冷え込みのせいで硬くなっていたので食べる気が失せてしまい、代わりにキャビネットの下にしまっていたコーンフレークの箱を出すことにした。冷蔵庫の牛乳をキャンプ用の鍋で軽く温めると、コレールのボウルに注ぐ。熱々のコーヒーと、温かい牛乳をかけたシュガーフロストのコーンフレークを前にすると、人間の暮らしに戻れた気がした。

ようやく暖房が効いてきたので、もうカーテンを開けても大丈夫だろう。オーランドは車のすべての窓を分厚い遮光カーテンで覆っていた。睡眠中に誰かに中を覗かれないよう、防犯のためでもあるし、意外と防寒にもなる。

カーテンを開けると、淡く柔らかい朝日が車内を明るく照らした。

すると、車の外に一人のアジア系の女子学生が立っていて、窓からこちらを覗いていた。

見覚えのある顔だった。

あの子は確か、プログラミングの授業を一緒に取っているクラスメイトで、日本か韓国かどちらか分からないが、留学生のはずだ。名前はうろ覚えだが、アヤカとかいったはずだ。窓越しに目があうと、彼女は少し微笑むような表情をして、明らかにオーランドと何かを話したがっている様子だった。

——面倒くさいな。

オーランドは半分ほど窓を開けてしぶしぶ顔を出すと、「何《ワット》?」と不愛想に訊いた。クラスメイトでなかったら絶対に無視していたはずだ。車にいる自分の姿は誰にも見られたくない。

「このキャンピング・カー、あなたの?」

アヤカは好奇心を露わにした丸い黒い目でそう訊いた。

「見てのとおり、そうだけど」

「もしかして、あなた昨日の夜、メインストリートを走ってなかった？　これとそっくりな茶色と白のストライプのキャンピング・カーを、『P＆G』の交差点で見たんだよね。私の思い違いだったらごめんね。いいえ、やっぱり思い違いじゃないと思う。運転している人の顔も見えたから。でも暗かったし、あなただとは気づかなかった。私たちクラスメイトだけど、あんまり話したことなかったよね？」

「ああ、走っていたよ。酔っぱらってバカ騒ぎする連中を避けながらね。それがどうしたの？　僕に何か用でもあるのかい？」

オーランドは眉間に皺を寄せ、アヤカの話を早く切りあげさせようとした。昨夜も見られていたなんて。恥ずかしさと劣等感で頬が火照る。

「別に用があるわけじゃないんだ。ただ、昨夜見かけたキャンピング・カーを今朝も見つけたから、大学で何かイベントでもあって、その準備なのかな、と思って声かけたの」

「イベント？　僕ひとりでいったい何のイベントをやれって言うんだよ。ところで、どうして君、こんなに朝早くに大学にいるんだい？　授業まだだろう？」

「あそこのピラミッドで動画を撮ろうと思ってね。みんなが来る前の静かな時に来たんだよ」

アヤカは向こうに見える学生課の「アトリウム」の建物を指さすと、くるりと体の向きを変えて、撮影機材を詰めた背中の大きなバックパックをこちらに見せた。

アヤカが大学によくいるユーチューバーの類だと、オーランドはすぐに理解した。授業に出るだけなのにやたらと大荷物で、しかも撮影のためにきちんとした身なりやメイクをしているから、彼らはキャンパスで目立つのだ。

教室では気にも留めなかったが、今改めてアヤカをよく見てみると、彼女にも明らかにユーチューバーと「同属」の雰囲気があった。大学のロゴが入ったピンクのパーカーと、ブラックのスキニージーンズ。肩までの黒いストレートヘアは一見、無造作に流しているようで、よく見ると顔の横にゆるいカールをかけていて、薄いメイクもしている。大学のキャンパスという撮影シーンにあうように派手過ぎず、それでいて見栄えがするよう計算され尽くした身なりをしていると、オーランドは見抜いた。

「まさか、僕の車を撮ろうなんて考えてないよね？　見てのとおり、僕は朝食の真っ最中なんだよ。朝のひとときを邪魔されるのは迷惑だ」

オーランドはコーンフレークのボウルを窓越しに持ちあげてみせた。

「動画撮るのが好きな奴らは、なんでも撮りたがるし、いつでも撮っている。僕はそういう不躾《ぶしつけ》な奴らが大嫌いなんだよね」

アヤカを追い払いたい一心で、あえて棘《とげ》のある言い方をした。

しかしアヤカは傷ついた様子もなく、それどころか「うん、分かる」と大きく頷《うなず》いた。

「失礼なことするつもりはないよ。アメリカでは、撮ってもいいよって言ってくれる人が多くて、私としては正直嬉しいけれど、でも撮られたくない人がいることも、ちゃんと知ってる。私、こう見えてもインフルエンサーだから、トラブルには気をつけてるんだよね。前に問題になったリール動画みたいなことはしないよ」

アヤカは、投稿者がリール動画を撮るために通行人にドッキリを仕掛けて、大怪我をさせたことを例に出した。

「それにしても、カッコいいキャンピング・カーだよね。茶色と白のストライプ、おしゃれだよ。もしかして、あなたは今流行の『ヴァンライフ』を送っている人なの？　ああ、これは撮影のためじゃなくて、あくまで私の個人的な好奇心から聞いてるだけだよ。ほら、大きな車で家のように寝泊まりしながら、あちこち移動して暮らしてる人が、今世界中にいるでしょう？　ヨーロッパとか、国境を越えながら車で暮らす『ヴァンライフ・ハッカー』が、今熱《ホット》いんだって。まあ、これもネットで得た情報なんだけどね」

「僕のはヴァンライフなんかじゃない。ただの車中泊だ」

「どう違うの？」

「どう違うだって？　君は趣味でそういう生き方をしてる人と、カネがないからそうなっている人の違いも分からないのか？　パンがないならケーキを食べればいいと言ったマリー・アントワネットかよ」

アヤカがあまりにも的外れなことを言うので、なんて世間知らずな奴なんだと、オーランドの胸に怒りが湧いてきた。車で暮らしていることを今まで誰にもバレないように隠してきたが、よりによってクラスメイトに知られてしまった。もうこうなれば、なるようになれだ。

「入れよ」

オーランドは座席からがばっと腰を上げ、乱暴にスライドドアを開けると、アヤカを車の中に招き入れた。

「趣味と貧困の違い、おまえの目でちゃんと確かめてみろよ」

最大限の皮肉を込めてそう言ったつもりだったが、アヤカは「ありがとう。お邪魔します」と嬉しそうにステップをあがってきた。好奇心旺盛な黒い目をきょろきょろさせながら、天井付近にずらりと取り付けられた収納キャビネットを、珍しい物を発見したように眺めたり、ベッドに置かれた一眼レフが車の振動で傷まないようタオルで包んであるのを、じっと見つめたりしている。昨晩、車内を掃除しておいて良かったとオーランドは思った。

「なんでもコンパクトにそろってるんだね。キッチンも冷蔵庫もあるんだ。お鍋もお皿もあるし。外だけじゃなくて中もカッコいい車なんだね。あなたって服も畳んでるし、教科書も科目ごとに整えていて、すごくきれい好きなんだね。ここで何でも一人でこなしてるんでしょう？　すごいなあ」

「コーヒーでも飲むかい？」

アヤカがたくさん褒めてくれるので、怒りが急にしぼんでしまった。あまりにもころりと変わる自分の心に自分でも驚いたが、人は誰でも褒められれば悪い気がしないものだ。

オーランドはコンロで湯を沸かすと、マグカップを出してインスタントの粉を溶かした。

「いい香りだね」

「キャラメル・フレーバーだ」

車中泊を知られたことを恥じ、追い払いたいと思っていたクラスメイトをあろうことか招き入れて、コーヒーまでふるまうことになるとは、どうしてこんな展開になったのだろう。オーランドはアヤカのことをほとんど知らなかった。アヤカに限らず、彼は大学入学以来、クラスメイトの誰ともほとんど口を利いたことがない。友達を作り、互いのアパートに誘いあったりする交流が、自分にはできないことを分かっていたからだ。

アヤカは猫舌なのか、コーヒーを冷まそうと、マグカップの縁に何度も息を吹きかけるたびに、車の中にキャラメルの甘い香りが広がっていく。

「僕がどうしてこんな暮らしするようになったのか、聞きたくないか？」

「教えてくれるの？」

アヤカが驚いたようにカップからぱっと顔をあげた。なんの詮索も軽蔑もない明るい顔を向けられて、オーランドは自分の心がぐらりと揺らぐのを感じた。ほんの数分前まで、早く追い払おうとわざと感じ悪く接していた相手に、自分の方から身の上話を始めようとしている。オーランドは自分のことがさっぱり分からなくなった。

——僕は情緒不安定なのか？

そうかもしれない。八月にニューパルツに来てから、気づけばかれこれ二ヵ月以上も、人との接触を避けて狭い車の中だけで過ごしてきた。そうか、僕は人が恋しかったのだと、オーランドは今ようやく気がついた。

「歯医者さんでも廃業するんだ」

彼の話をひととおり聞き終えた時、アヤカは信じられないというふうに首を振った。

「私はまだアメリカ社会のこと、よく知らないけどさ、歯医者さんが高いことは知ってるよ。保険がきかないしね。私も日本を離れる前にしっかり虫歯のチェックしてもらったよ。でもさ、それでもまだ意外なんだよね。ニューヨークといえば、美意識の高い人が多い街だから、みんな歯のホワイトニングしたり歯並び矯正したりして、歯医者さんは儲かってるのかと思ってた」

「君はネットフリックスの見過ぎじゃないのか？　君が言ってるのはシティのことだろ？　日常的に美容整形する芸能人みたいな奴らが、マンハッタンには住んでいる。違うよ。僕が育ったのは州中部のシラキュースだ。ホワイトニングするような浮かれた奴らはいない。日焼けに精を出す白人男子は山ほどいるけどな」

虫歯も治せない人が歯のホワイトニングなんかするものかと、オーランドは心の中で毒づいた。アヤカのような外国人は、ニューヨーク州といえばすべてがマンハッタンみたいに、華美で贅沢で忙しい暮らしをしていると思い込んでいる。ニューパルツ村に住んでいながらも、そうしたイメージを払拭できないのだから不思議だ。とはいえ、オーランド自身もずっと疑問に思ってきた。僕が生まれ育ったシラキュースはそれなりに都会なのに、どうしてマンハッタンみたいじゃないのだろう？　どうして発展から取り残されているのだろうと。シラキュースには昼間でも物騒なエリアがあちこちにあった。一方で、マンハッタンは年々治安が改善されて、危険だったストリートが次々と最先端の観光スポットに生まれ変わっている。

アヤカはキッチン前のシートに深く身を預け、くつろいだ様子で車内を見渡した。

「私から見たら、あなたは恵まれてる方だと思うよ。お金がなくても、こんな立派なキャンピング・カー持ってるんだから」

「立派なもんか。十年も前のモデルだぞ」

「この車よりずっと小さいマンションで暮らしてる人が、日本にはたくさんいるんだよ。ワンルーム・マンションって言ってね。日本ではマンションって言うと、『豪邸』じゃなくて、『フラット』という意味になるの。京都大学に通ってる私の友達なんか、この車の半分くらいの部屋に住んでるよ」

「そんな小さな部屋があるのか？　どうやって作るんだ？　すごい技術だな。逆にアメリカの車会社が、ニッポンのマンションから、キャンピング・カー製造のヒントをもらったのかもしれないな」

「日本のネットカフェはもっと狭いよ。そこの運転席くらいのスペースで過ごすの。キッチンも冷蔵庫もベッドもない。パソコンはあるけどね。寝泊まりしてる人もいるんだよ」

「それなら僕も知ってる。ネットフリックスで日本の映画を観た時に、ネットカフェが出てくるシーンを見たからね」

「なんだ、あなたもネットフリックスの影響受けてるじゃん」

二人は互いに顔を見あわせて、そこで初めて笑った。

オーランドは長いこと固まっていた両頬の筋肉が緩む感覚をはっきりと覚え、笑ったのなんて何ヵ月ぶりだろうと思った。母がクリニックを畳み、家も引っ越した日から、一度も笑っていない。

アヤカは話しやすい人だ。

自分に対する偏見が、彼女にはないとオーランドは感じた。それは彼女が外国人だからかもしれないし、白人ではないからかもしれない。自分とはまったく違う文化や環境の中で育ってきたからか、彼の貧困を蔑んだり哀れんだりする目をアヤカは持っていないように思えた。日本人としてのアヤカの「違い」が、オーランドをほっとさせた。

「もしよかったら、今度またここに来なよ。車で暮らしてること、誰にも教えてないんだ。知られたくないからさ。だから君にも内緒にしておいてもらいたいんだけど、でも勉強の合間とか、暇な時があったら、またコーヒーでも飲みに来いよ」

屈託なく「分かった、そうするね」と答えたアヤカの笑顔を見ていたら、オーランドは今初めて、自分のキャンパス・ライフが始まったような気がした。

5　マンハッタン・クラムチャウダー

東京に比べてニューヨーク州は真冬の到来が早い。十一月初めには初雪が降り、ニューパルツを一面の銀世界に染めた。白にも純度というものがあるのかもしれない。キャンパスの芝生を覆う雪も、校舎の中庭に積もった雪も、岡本アヤカがこれまで見たこともないほど白かった。葉がすっかり落ちた雑木林が、純白の絵の具で枝を縁取られて冷たく優雅にそびえている。遠くに見晴らすモーホンク・マウンテンの壮大な雪景色はまるで絵画のように完璧で、こういうのを自然が作り出す芸術と呼ぶのかと、アヤカはアメリカに来て初めての冬に感動していた。

「寒い日はスープにしない？」

午前の授業が終わり、白い息を吐きながら教室からカフェテリアに向かう途中、アヤカはジョアンヌに提案した。「レンズ豆のスープでも、メキシカン・チリでもいいよ。とにかく体が温まるものがいいな」

「アヤカは寒い、寒いばかり言ってるね。雪が降るのはいいことなんだよ。北極の氷が年々溶けていっても、地球はまだ正常に回っていることがこれで証明されたんだ。あたしはほっとしているよ」

地球温暖化を懸念しているジョアンヌは、ブレイズヘアの上から毛糸の帽子をかぶった頭で空を見上げると、天から恵みを受け取るように大きく息を吸い込んだ。灰色の空から小雪がちらちら舞い降りてくる。ブレイズの三つ編みの黒髪に落ちた雪の結晶がはっきり見えたので、触ろうと手を伸ばすとあっけなく消えていった。

アヤカは、ジョアンヌが敬愛してやまないアル・ゴアの映画「不都合な真実」のワンシーンを思い返しながら、確かに地球はまだまだ安心かもねと思った。少なくともニューパルツでは、雪の結晶が肉眼で見えるほど空気はきれいなのだから。

今日のカフェテリアはスープのカウンターに行列ができていた。

大学の食堂はどこもたいていバフェ形式になっていて、好きな種類が好きなだけ選べる。ヴィーガンのジョアンヌは、生姜とにんじんと長ねぎを刻んだアジアン・テイストのスープを取る。体がぽかぽか温まりそうだ。普段はサラダが好きな彼女も、さすがに今日は生のブロッコリーはやめて、黄色が鮮やかな炊き立てのサフラン・ライスをスープと一緒にトレーにのせた。

「私はクラムチャウダーにしてもいいかな？」

アヤカは自分が食べる物なのに、友達のためにいちおう許可を取る。ヴィーガンの中には肉や魚を食べているテーブルに近づくのさえ嫌がる人がいるからだ。

「あたしがそんな厳格なタイプに見える？」

ジョアンヌは笑った。

「あたしのヴィーガニズムはファッションみたいなものなんだよ。意識高い系の人が好んで着る服があるでしょう？　エシカルな素材で縫ったパンツとかさ、車のシートベルトをリメイクしたバッグとか。食べ物だって似たようなもの。オーガニックの野菜を食べたり、フェアトレードのコーヒーを飲んだり……まあ、あたしはコーヒー飲まないけどね。とにかく、ファッション感覚で地球に優しくできれば最高だと思わない？」

「そうだよね。それならよかった。私、今日はクラムチャウダーの誘惑に勝てそうもないから」

はまぐり《クラム》の香りがする二種類のスープがカウンターに並んでいた。クラムチャウダーは地域によって味つけのベースが分かれる。同じニューヨーク州でもマンハッタンはピリ辛のトマト風味、それ以外の地域は一般的に知られるまろやかなクリーム風味だ。雪の日のサービスなのか、今日は二つとも用意されていて、アヤカは迷わずマンハッタンの方を選んだ。チーズ・ピッツァとホットココアもトレーにのせる。

二人で奥の窓際の静かなテーブルについた。

ジョアンヌがスプーンを手に取ると、ふと何かを思い出したように、「そういえば、二人でこうしてランチするの久しぶりだよね」と話し始めた。

「アヤカは最近、授業が終わると、ふらりとどこかに消えてしまうよね。夜の授業が終わっても、姿が見えないし。前みたいに一緒にダイナーで夕飯食べることもなくなったよ。同じシェアハウスに住んでるのに冷たいじゃない。アヤカはいったい誰と、どこで何をしているの？」

「じつは、最近ちょっと新しい友達ができてね。時々その子のところに会いに行ってるんだ」

「なあんだ、ボーイフレンドができたんだ。そういうことだったのか」

「ボーイフレンドなんかじゃないよ。ただの友達だよ」

「さあ、どうだか。あたしに隠すことないじゃない。どんな人なのよ。今度、紹介してよ」

「隠してないって。ほんとうにその子とはただの友達だから」

「だったら今度、三人でダイナー行こうよ」

ジョアンヌはいつもの「あたしは何でもお見通しだよ」と言いたげな大きな黒い目で、困惑するアヤカを見て、ふくれっ面をした。

ジョアンヌにどう説明したらいいのだろうと、アヤカは首を傾げた。確かに、最近のアヤカは、オーランドと一緒に過ごす時間が増えた。といっても、彼はあのような性格だからカフェテリアに来ることもなく、おしゃべりする時はきまってキャンピング・カーの中だ。他愛ない会話が弾み、一緒にコーヒーを飲んで笑いあうのは楽しいが、ボーイフレンドと呼べるような間柄ではなかった。

「なんていうか、その子は社交的じゃないんだよね。極度の人見知りというか。だからジョアンヌにも紹介しなかったんだ。友達を増やそうと思ってない人だから、ダイナーに誘ってもきっと来ないと思う」

「なんだかつまらない感じの人なんだね。動画を撮ったりして積極的なアヤカが、どうしてそんな人と仲良くなったのよ。正反対に思えるんだけど」

「そうだよね。自分でもよく分からないんだけど、彼はなんとなく私の兄にそっくりなんだよ。性格とか雰囲気とか。だから一緒にいると落ち着くんだよね」

「なるほど。アジア系の人なんだ。同じ日本人の留学生とか？」

「違うよ。ドイツ系の白人だよ」

ジョアンヌは目を丸くして「あんたってクレイジー」と言うと、テーブルの向かいで腹を抱えて大笑いするものだから、アヤカもつい、つられて笑ってしまった。

兄のカズキとオーランドは、よく似ているところがあった。もちろん二人は育った文化も話す言葉も、人種も違う。しかしアヤカはオーランドの中に、兄のカズキと同じ「匂い」のようなものを感じ取ったのだ。車の窓越しに初めて言葉を交わした時からそう感じたが、キャンピング・カーにたったひとりで寝泊りしていると聞かされた時には、それが確信に変わった。

アヤカは三歳年上のカズキの影響を大きく受けて育った。ネットに動画を投稿するようになったのも、兄から撮影と編集を教えてもらったのがきっかけだ。アヤカがまだ中学生の頃に、高校生だったカズキは早くも自身の動画チャンネルを開設していた。しかし、それは人気を得るためではなく、彼自身の生きづらさを吐き出すための手段だった。

妹と同じ中高一貫教育の進学校に通っていたカズキは、高校二年になると学校を休みがちになり、二学期の半ばに中退した。それから自室にこもってSNSにのめり込んでいった。

兄が高校を辞めたのには、何か分かりやすい理由があったわけではなかった。いじめにも遭っていなかったし、友達や先生との関係も良好だった。成績はいつも学年で上位十位以内に入っていた。生徒会の副会長で、クイズ研究会のリーダーもしていた。すべてが完璧に見えた高校生活だったのに、兄は「すべてがもう限界だ」と吐き捨てて、部屋にこもってしまった。

父も母も、優秀だった息子が突然こんなことになり困惑していた。何度もカズキを精神科に連れて行ったが、医療的な問題は特に見つからなかった。

温厚な性格のカズキは、家で怒鳴り声を出したり家族に暴力をふるったりすることはなかったが、それがかえって両親を怯えさせたらしく、父も母も口数の少ないカズキに対して腫れ物に触るように接していた。

妹のアヤカにだけは心を開いてくれた。

「俺はずっと無理してたんだ」

カズキはアヤカを部屋に入れると、思いの丈を打ち明けた。

「俺はずっと演じてたんだ。自分が優等生じゃないことは、自分がいちばん分かっていたんだ。だけどみんなをがっかりさせたくなくて、周りの期待に応えなきゃと思って無理してきた。でももう苦しくて仕方ないんだ。すべてを捨てて、しばらく休みたい」

カズキはそう言うと、ヨギボーに寝そべって深く瞼を閉じた。

兄の部屋は物が多いのに、とてもきれいに片付いていた。本は背表紙の色をそろえて並べられ、服も丈の長さと色できちんと分けられていた。親に厳しく躾《しつ》けられたわけでもないのにとても几帳面なところが、兄が今に至った理由のように思えて、アヤカは彼に深く同情した。両親はカズキやアヤカに対して無自覚に期待を押しつけてくる。それは湿り気を帯びた梅雨の空気のように、言葉には出さなくても肌で感じるものだ。

「兄さんが楽になれるのがいちばんだよ。ていうか、兄さん、一度くらい思いっきりハメ外して、自分の好きなことだけしてみれば？」

「おまえは俺のこと、よく分かってくれるんだな」

「だって兄妹じゃん。お父さんとお母さんの『圧《あつ》』、私だって感じてるよ。ねえ、兄さん、私ね、大きくなったら遠くに行くんだ。世田谷のこの家を出て、東京も出て、遠くに行く。どこに行きたいかはまだ分からないんだけど、いつか見つけたら、教えるね」

「分かった。兄ちゃんアヤカのこと、応援するよ。父さんたちが反対したら、おまえを夜中にこっそり家から逃がしてやるからな」

カズキはヨギボーからゆっくり身を起こすと、部屋にある電気ケトルにミネラルウォーターを注ぎ、コーヒーを淹れてくれた。キャラメル・フレーバーのそれは、家族が好んで飲むカルディのものだった。

カズキが投稿する動画は、妹に話したことを十倍に伸ばしたような内容だった。小学生の時から自分がどれだけ周りの顔色を窺ってきたか。自分の気持ちよりも周りの期待を優先することを義務だと感じていたこと。学校には無理をしなくても優等生にすんなりなれる奴がいるが、自分はそうではないから、ひたすら努力してきたこと。ほんとうは生徒会の副会長や部活のリーダーなど、人を仕切る役には向いていないこと。でもそれを誰にも言えなかったこと。しかし悪いのは周りだけではなくて、自分を解放できなかった自分自身にも原因があったと今は思っていること、など。

そんな堂々めぐりの心情を兄はパソコンのカメラに向かってひたすら吐露した。誰にも教えていないチャンネルだから、動画の再生回数は二〇〇回も行かなかった。それでも誰かが自分の動画を見ることで、ひそかに共感してもらえればいいと、カズキは投稿を続けた。

カズキは、高校を辞めて一年ほど経ったあと、フリースクールの高校に入り直した。そこは月に一度スクーリングすればいい学校で、兄はそこで一年半で高校卒業資格を取った。現在は、渋谷のネットカフェでバイトしながら、デザイン専門学校に通っている。父と母は、優秀だったカズキが大学に行かない選択をしたことを受け入れられず、今からでも大学に行くように何度も説得を試みたが、兄はもう彼らの言いなりにはならなかった。

カズキは専門学校で親友ができた。兄と同じように、過去に不登校だった経験がある人だという。兄は今も気が向いた時に動画を撮っていて、たまにその親友の男友達も一緒に出演することがある。


――今日みたいな雪の日は、車の中も寒いだろうな。

アヤカはマンハッタン・クラムチャウダーの濃くて温かいスープを味わいながら、オーランドのことを想った。ガソリンを節約しているから暖房も入れっぱなしにはできないし、座席で毛布にくるまり暖をとっている彼の姿を想像すると、心配でならなかった。

オーランドが初めてキャンピング・カーに招き入れてくれた時、アヤカはそこがカズキの部屋にそっくりだと感じた。とても几帳面に整理整頓されていたからだ。キャラメル・フレーバーのコーヒーを淹れてもらった時は、兄とあまりにもシンクロしていて驚いた。

人を寄せつけない性格も二人はよく似ている。けれど、一度心を開いた人に対しては、とことん親切で優しいところも二人は似ていた。

熱々のクラムチャウダーを今すぐにでもオーランドに届けたい気持ちだった。しかし居場所を誰にも知られたくない彼だから、ここでテイクアウトしてジョアンヌに怪しまれてはいけない。

親が歯医者の息子が、人知れず車中泊だなんて。アヤカはいまだにショックを覚えている。こんな嘘みたいなドラマティックな転落が、誰の身にも普通に起こりうるのがアメリカなのだろうか？

カフェテリアの窓から見えるキャンパスの池に、鴨の親子が泳いでいた。水はかろうじて凍ってはいないものの泳ぐ鴨はとても寒そうだ。鴨の姿にオーランドが重なった。

――やっぱりクラムチャウダーを届けよう。困っている友達にスープの一杯も奢《おご》れないでどうする！

オーランドは兄とそっくりな性格だから、「僕を憐れんでるの？」などと言って傷ついて、スープを受け取らないかもしれない。カズキはそういう人だ。だから間違って二個スープを頼んでしまったから、ひとつもらってくれないかとでも言えばいい。

腕時計を見ると、タイミングよく、もうすぐ次の授業が始まろうとしていた。

「ねえ、ジョアンヌ。私、このクラムチャウダーとても美味しかったから、おかわりしたいんだよね。でも、次の授業があるからテイクアウトにする」

アヤカはわざとそわそわしたような素振りをすると、スープカウンターを眺めた。

「なら急ぎなさいよ。教室に持って入っても、授業が始まる前に飲み終えちゃえば、大丈夫だと思うよ」

勘の鋭いジョアンヌだが、意外にもあっけなくアヤカの嘘を信じてくれた。アメリカの大学では、授業が始まる前の教室で、ベーグルやブリトーなどを食べている学生が、普通にいるからかもしれない。

先に教室に行ってるねと言ってカフェテリアを出ていくジョアンヌに手を振ると、アヤカは再びスープバーに並んだ。

クリーム風味のクラムチャウダーとマンハッタン、オーランドの好みはどちらだろう？

6　ゆううつな大家のメリッサ

ソファーとカーテンを東洋ふうのおしゃれな麻のクロスで統一したリビングで、日系人のメリッサ・ナガノは頭を抱えていた。

ソファーに深く身を沈ませて、手にしたスマホを睨《にら》む。電気会社とガス会社から今月の光熱費の請求額を通知するメールが届いていたのだ。電気もガスも値上がりが続き、雪が降るようになった今は、メリッサひとりではいよいよ背負いきれなくなっていた。とうとうシェアハウスの家賃を上げるしか対策がなさそうだ。来月から家賃を三〇〇ドル高くしますと言ったら、学生のアヤカとジョアンヌは怒って抗議するだろう。抗議は覚悟の上だが、二人そろって安いアパートなどへ引っ越していかれたら困る。といっても、ニューパルツのレジデンス《住居》はどこも、光熱費込み《ユティリティインクルーディド》で似たり寄ったりの家賃で学生に住まいを提供しているから、うちがこれほど苦しいということは、他のアパートもまもなく値上げに踏み切るはずだ。

ようするにニューパルツ、さらにはニューヨーク州の誰もが光熱費の高騰という同じ苦境に立たされているわけだ。逃げ場がないのは学生だけではない。

これでもアメリカはまだマシなんだと、メリッサは自分に言い聞かせた。フランスやイギリスやイタリアに住む友人の話では、ヨーロッパのエネルギー危機はもっと深刻な状況にあるようで、「Heating or Eating」といって、暖房と食費のどちらを節約するかをめぐって家庭内で論争が起きるらしい。中世の頃に建てられた立派な家に暮らしながら、お腹が空いて眠れない夜や、寒さで目が覚める夜があるというのが、昨今のローマだと聞かされて、メリッサは心底驚かされた。

——それなら、ニューパルツで三〇〇ドルくらい家賃を上げても、文句は言わせないわよ！

そう強気になってはみたものの、やはり後ろめたさは拭えなかった。

メリッサは文学部の准教授として州立大学から給料を貰っているのに、学生からの家賃収入もあてにしないと生きていかれない自分に、ふがいなさを感じていた。

——もっと小さい家を買うべきだったのかもね。

今さら後悔しても遅いが、メリッサがこの庭つき二階建て、ベランダにテラスまであるおしゃれな一軒家を買ったのは、コロナ・パンデミックが始まる三ヵ月前のことで、当時は、世界の経済が止まったり、感染症で多くの犠牲者を出したり、ウクライナで戦争が起きたり、世界中の物価がこれほど高騰したりする世の中がやって来ようとは予想もしていなかった。

生まれ育ったブルックリンと、慣れ親しんだマンハッタンの日系人コミュニティを離れて、ニューパルツ校の准教授としてこの田舎町で教えることになった当時のメリッサは、自分には明るい未来が待っていると信じていた。これからずっとこの村で暮らすのだから、賃貸のアパートではなくちゃんとした一軒家を買うことに決めたのだ。月々のローンは大学の給料で十分に払える額だった。しかし、まもなくパンデミックが始まって村じゅうがロックダウンに入り、大学はオンラインになり、年収が半減してしまった。

メリッサはローンの支払いのために、やむを得ずここをシェアハウスとして開放した。おかげで生活は助かったが、四十三歳のメリッサは、自分の半分も生きていない年若い学生たちと、互いにパジャマ姿のままでキッチンやバスルームを共有し、リビングで一緒に食事をすることになり、プライバシーを失ってしまった。大学では准教授と呼ばれても、家では学生たちにあくびをする顔を見られ、月初めには彼らから家賃を徴収している。

「私の人生、いつになったら光が見えるのかしら」

リビングのソファーにもたれてメリッサは、今日だけでもう二五回目になるため息をついた。

この家をシェアハウスにした当初は、パンデミックが終わって世界の景気が回復したら、悠々自適な独り暮らしに戻るつもりでいた。

シェアハウスは彼女のお気に入りの家具で囲まれていた。リビングの大きなソファーにぴったりな丸いローテーブルも、背の高いストゥールを並べたスタイリッシュな黒いダイニングテーブルも、キッチンの壁を彩るカラフルなタイルも、バスルームの洗面台を華やかに照らすミラーライトも、ベランダのテラスに置かれた木製のガーデンソファーも、すべてメリッサの趣向を凝らしたものだった。

この家は下積み時代が長かった彼女が、ようやく手に入れた希望のはずだった。

それが今では独り暮らしどころか、光熱費の支払いにも苦労する状況に追い込まれている。

二六回目のため息が、喉の奥からもれた。

ブルックリンの閑静な住宅地で育ったメリッサは、地元のハイスクールを主席で卒業すると、名門コロンビア大学に入った。そこで博士号を取ったが、文学研究だけでは食べていかれず、長いことニューヨーク市内のあちこちのコミュニティカレッジ《短期大学》を転々としながら、生活をしのいできたのだった。「文章の書き方コース」や「詩の朗読」といった、ハイスクールの授業に毛が生えた程度の内容を教え、ろくに小説も読んだことがない学生たちに文学の魅力をレクチャーした。博士号を生かすこともできない不本意な仕事を続けることになった理由は、メリッサの専門が「文学」という、お金になる道から最も遠い分野だったせいもある。

やり甲斐《がい》のないレクチャーをただ繰り返すだけの未来の見えない日々に絶望しかけていたある秋、ふとした流れでメリッサの人生に光が差した。

長年懇意にしてきた恩師《メンター》の教授が引退することになり、メリッサが後を引き継ぐ形で、ニューパルツ校で教えることになったのだ。ユダヤ人のスーザン・ケッセルマン教授は、昔からメリッサの「文芸批評《クリティックス》」の才能をかってくれていた。

コミュニティカレッジで非常勤講師《レクチャラー》だった自分が准教授になれるなんて！　これからは優秀な大学でレベルの高い授業をしながら、文芸評論の執筆にも専念したい。諦めかけていた夢が、突如叶うことになった幸運に、メリッサは天に向かって大声でイエスと叫《やったー》んだ。

しかし歓喜したのも束の間、前述のような事態に見舞われた。パンデミックも戦争もエネルギー高騰も、人は時世には逆らえない。

「今の私を見たら、天国のグランパとグランマはなんて言うかな？」

祖父《グランパ》も祖母《グランマ》も強い人たちだった。メリッサは挫《くじ》けそうになる時はいつも、自分のルーツに思いを馳《は》せる。

メリッサの父方の祖父、トミゾウ・ナガノは太平洋戦争が始まる少し前に、神奈川県川崎市からカリフォルニア州サンフランシスコへ渡った男だった。港の見える缶詰工場に勤めたが、そこは貧しいアジア人移民が押し込められたような工場で、劣悪な労働環境でほとんど休みもなく働いた。真珠湾攻撃が起きると状況は一変し、トミゾウは缶詰工場を辞めさせられると、コロラド州の強制収容所に入れられた。

戦後、日本の敗戦で収容所から解放されると、サンフランシスコに戻り、以前と同じ缶詰工場に雇われた。労働環境はあいかわらず悪いものだったが、日系人への差別は戦後も続いていて、自由に仕事を選べる状況ではなかった。

トミゾウは収容所で知りあった年下の女性、群馬県出身のタエコと結婚した。夫婦は懸命に働いて資金を貯めると、一旗揚げようとニューヨークに移住して、ミシンの対面販売を始めた。

一人息子のエリックも生まれた。メリッサの父だ。トミゾウとタエコは家族三人が暮らすには狭くて薄暗いクイーンズのアパートから、ブルックリンの優雅な住宅街に繰り出しては、裕福な白人たち相手に対面販売で高級ミシンを売った。アジア人への差別が今よりも強くあった一九五〇年代のニューヨークで、日系人が白人相手に高額な物を売るのは難しいことだったが、二人は持ち前のユーモアと機転で差別を乗り越えていった。当時はまだメイドを雇っている家もあり、一般の主婦が服を自分で縫うという習慣はなかったが、トミゾウとタエコは「一家に一台、高級ミシン」という独自のキャッチフレーズを考案し、販売を促進させていったのだった。

また、夫婦は子供の教育にも力を注いだ。ひとり息子のエリックには、自分たちが得られなかった高い教育を与えたいと思ったのだ。やがてエリックは大学で薬学を学び、薬剤師になった。

メリッサの母方の祖父母もたくましい人たちだった。

メリッサの母の名前はローザといい、その両親はショウキチとハツといった。一九四〇年、二人はより良い暮らしを求めて一念発起し、静岡からブラジルに渡った。サンパウロ州のコーヒー農園に夫婦そろって住み込みで雇われたが、しかしそこでは想像以上の過酷な環境が待っていたという。休暇は一日もなく、まるで馬小屋のような不衛生な住居に閉じ込められていたせいで、体じゅうがいつも痒《かゆ》かった。一緒に雇われていたイタリア人移民との仲も悪かった。怪我や病に倒れても、治療も受けられずそのまま亡くなっていく仲間たちを何人も見たという。

まもなく太平洋戦争が始まると、ブラジルでも日本人移民に対する差別を受けるようになった。このままではアメリカの日系人のように強制収容所に入れられてしまうかもと、二人は不安になったという。

日本がポツダム宣言を受諾したと聞くと、ショウキチとハツはブラジルでの生活にきっぱりと見切りをつけ、アメリカに移住することにした。今の時代の人から見たら、差別があると分かっているアメリカに行こうとするのは理解できないかもしれない。しかし当時のショウキチとハツは、アメリカという国の豊かさへの憧れに抗えなかったのだ。そして、どんなに辛い未来が待っていようとも、このままブラジルで過酷な暮らしに耐え続けているよりは良いだろうと思えた。

二人はカリフォルニア州に渡ると、ロサンゼルス郊外にあるオレンジ農園に雇われた。そこでは色んな幸運に恵まれた。気候が良く、自然災害に遭わなかったことで豊作が続いた。また、友人にも恵まれた。人種差別と闘うアクティビスト団体に入り、主張することを覚えたのだ。移住して六年後には、自分たちの農園を持てるまでになった。その間に娘のローザが生まれた。

ローザは幼い頃から農園の手伝いをする気の利く子供だった。負けず嫌いで、学校で日系人《イエロー》だとバカにされたくないからと、いつも勉強を頑張った。「大学はニューヨークに行きたい、農園と海ばかりの景色ではなくスカイスクレイパー《大都会》を見てみたい」と言った時は、両親は驚いたという。

ローザはニューヨークで大学を出て会計士になった。両親のような肉体労働ではなく、オフィスで働くというのが、彼女の目標だった。

エリックとローザは、大学近くのカフェで出会った。そこはマンハッタンの一角にありながら静かで、多くの学生が集う場所だった。

薬剤師の父と会計士の母に育てられたメリッサは、どういうわけか「文学」という浮世離れした分野に魅了された。強制収容所に入れられたり、コーヒー農園から逃げるように船でアメリカに渡ったり、過酷な歴史の波にもまれて生きた祖父母。その孫であるメリッサは、冷暖房の利いた大学の研究室で、他人の書いた小説を批評したり分析したりするのを仕事にしている。評論家の常なのか、神経質で気が小さく、物事をネガティブに捉えがちだ。

天国の祖父母は今の自分を見たらどう思うだろうかと想像すると、メリッサは二七回目のため息をついた。

メリッサはリビングの広い窓の前に立って外を眺めながら、アヤカとジョアンヌの帰りをじりじりしながら待っていた。夕食のテーブルで家賃を上げることを切り出すつもりだった。絶対にひともんちゃくが起きるだろうと想像すると憂鬱だ。

それにしても、十一月のニューパルツは、まだ五時だというのに窓の外がまるで真夜中のように真っ暗だ。この村の夜の暗さには、いまだに慣れることができない。除雪されて濁った雪が、シェアハウス前の歩道わきにうず高く積みあげられている。ブルックリンやマンハッタンでは、これほど多く雪が降ったことはなかった。今夜は風も強く、街路樹の凍てついた枝が派手に煽《あお》られるたびに、パチパチと楽器のような音を鳴らすのが、厚い窓ガラスを通しても聞こえてきた。

メリッサは、これまでの人生のほとんどをニューヨーク市内で過ごしてきたから、この村に移り住んでもどこか「シティ」の感覚が抜けなかった。ニューパルツには二十四時間走る地下鉄もタクシーもなく、猛スピードで道路わきをすり抜けるウーバーイーツの姿もないのを寂しく思ったし、二階の窓から見えるのが七〇階超えの高層ビル群ではなく、モーホンク・マウンテンであることに慣れるのに長い時間がかかった。しかしニューパルツに来てから安心して深呼吸ができるようになったのは、良いことだった。マンハッタンでは深呼吸などしようものなら、マンホールから立ち昇る得体のしれない悪臭や湯気をうっかり吸い込んでしまう。

窓の向こうに、ジョアンヌの赤い車が見えた。

イタリアの人気車種フィアット５００はころんとした丸いフォルムがおしゃれで、驚いた目玉のようなコケティッシュなヘッドライトを光らせながら、シェアハウスに戻ってきた。

「まったく、学生のくせにあんな高級車で通学するなんてね」

窓に向かってメリッサは毒づいた。

ジョアンヌは裕福な家の娘だった。弁護士だという母親から、入学祝いに車をもらったらしい。四十三歳の自分が、中古の白いホンダ・アコードを買うのがやっとだったというのに、二十歳の学生がフィアットを乗り回し、同じシェアハウスのガレージに駐車するのを見るたびに、世界は小さな仕打ちにあふれていると、メリッサは嘆くのだった。車はアメリカの格差社会を容赦なく映す。おしゃれな赤いフィアットが、自分のぱっとしない人生をあざ笑っているようにさえ感じた。

ジョアンヌは慣れた運転操作でガレージに車を入れると、教科書を入れたバッグを小脇に抱え、ステンドグラスがはまった玄関ドアを開けて颯爽《さっそう》とシェアハウスに帰ってきた。

「お帰りなさい。アヤカは一緒じゃなかったの？」

メリッサはアヤカの姿がないことに気づいて心配になる。

「いいえ。彼女は最近できた男友達と一緒にいて、その人に送ってもらうらしいですよ」

「そう。それならよかった。あの子は夜でも平気でひとりで歩くから、はらはらしていたのよ。彼女もようやくアメリカ生活に慣れてくれたようね」

アヤカは車も運転免許も持たず、雨の日も雪の日も徒歩で通学していた。いくらニューパルツはニューヨークのように治安が悪くないとはいえ、ここは日本ではないのだ。若い女がひとりで夜道を歩くべきではない。たとえ五時でも空が暗くなったら、スマホでタクシーを呼ぶなり、誰かにライドをお願いするようにと、メリッサは何度注意したかしれない。

ジョアンヌの帰宅から十五分ほどして、アヤカが帰ってきた。玄関ドアを開け放ったまま、ドアマットでブーツについた雪を払い落としているのを見て、メリッサは目を丸くした。

「まさかまた歩いたの？　お友達に送ってもらったんじゃなかったの？　夜はひとりで歩くなって、あれほど言ってるじゃない」

「送ってもらいましたよ。でもシェアハウスから少し離れたところで降ろしてもらったんで、ブーツに雪がついてしまいました」

「それじゃあ送ってもらう意味ないじゃない。ちゃんと家の真ん前で降ろしてもらいなさいよ。田舎でもアメリカは油断してはダメなのよ」

アヤカは困ったように黙って頷くと、玄関のそばに置いてあるスリッパに履き替えた。このシェアハウスは文化的背景の様々な学生がこれまで暮らしてきたので、土足オーケーにしていたが、アヤカは日本の習慣を守って、帰宅したら律儀に靴からスリッパに履き替えていた。

「今夜は私がピッツァを焼くから、みんなでそろって食べましょう。話したいことがあるのよ」

メリッサは二人に声をかけた。これから切り出すことを思って静かに呼吸を整えた。

シンプルな野菜サラダと、大きなピッツァだけのディナー。それでもサラダにはアヤカの好きなクリーミーランチ・ドレッシングをかけたし、ヴィーガンのジョアンヌのために、ピッツァのトッピングはマッシュルームとブロッコリーにして、コーンスターチとココナッツオイルで作られた植物性チーズを使った。しかしそんな大家の配慮など伝わるはずもなく、アヤカとジョアンヌは料理など目に入らないかのように、大家のメリッサの顔をじっと見据えて抗議した。

「いくらなんでも三〇〇ドルは高すぎます。今までの家賃だって高いと思ってたのに、一気に一七〇〇ドルに跳ねあがるなんて、あんまりです」

「意地悪で言ってるんじゃないの。もう限界なのよ」

メリッサはガス会社と電気会社からの請求書を画面に大きく映したアイパッドを胸の前で掲げて、説得しようとした。

「見なさいよ。秋まではなんとか持ちこたえられたけれど、雪が降るようになってから暖房費がかさむわ」

二人に口を挟ませまいと、メリッサはヨーロッパの食費と暖房を天秤にかける過酷な現状について、早口で語ってきかせた。

「世界中そうなんだから、仕方ないでしょう」

しかしジョアンヌは、ヨーロッパの話などアメリカとは関係ないとばかりに、うんざりした顔で聞き流すと、

「大家さんとして、何か対策思いつかないんですか？　世界がこうだからって、諦めるばかりじゃなくて、家賃を上げないで乗り切る方法とか。現状に立ち向かう方法、何か考え出してくださいよ。もしかして大家さん、あたしの足元見てます？　あたしの家がお金持ちだからって、すぐに言いなりになると思ってるの？」

と、けっして引き下がらないぞ、という強気な口調で指摘した。

「アメリカの物価は高いし、なにせ円安だから、私も正直きついんです。いくら動画で稼いでいても、毎月の家賃が上がって、さらに物価までもっと上がったりしたら、留学を諦めてニッポンに帰らないといけなくなるかも。せっかくＴＯＥＦＬを取って、他にも色んな準備して留学したのに、中退だけはしたくないです」

アヤカはそう訴えると、テーブルに肘をついた格好で、両手で顔を覆って泣き出した。

あまりにも大げさに泣くので、アヤカは演技をしているのかもとメリッサは疑ったが、やはり本気かもしれないと思い直して気の毒になった。日本人留学生の数が年々減っていることは、メリッサも実感していた。まだコミュニティカレッジで教えていた頃は、どんなに小さな大学の人気のない授業にも日本人の学生はいたのに、今ではほぼ見かけなくなった。アジア文化に詳しい教授の友人から聞いた話では、最近の日本の若者は内向き志向で外国にあまり行かず、異国文化

にも興味がなくなったという。そう考えると、アヤカのような留学生は失ってはいけない貴重な人材なのかもしれないと、メリッサはいよいよ頭を抱えた。どうしたら家賃を上げないで乗り切れるだろう。

「あたしに良いアイデアがあります」

テーブルの向かいで、ジョアンヌが人差し指を立てて提案した。

「二階の角部屋が空いています。あそこに誰か住まわせて家賃を取ればいいんですよ。そうすれば毎月、一四〇〇ドル入ります。あたしとアヤカから三〇〇ドルずつ取っても、毎月六〇〇ドルにしかならない。ねえ大家さん、名案でしょう。さっそく明日から入居者を募集しましょうよ」

「新しい住人は増やせないわ。そんなに簡単にはいかないのよ」

「どうしてですか？　あの角部屋は広いし、ベッドもデスクもそろっています。明日にでも入居できる状態なのに、何が問題なんですか？」

「あなたには分からない事情があるのよ。あそこはどうしても、空けたままにしておかないといけないの。とにかく、あの角部屋に誰かを入れるつもりはないわ」

「もしかしてあそこ、幽霊が出るんですか？」

アヤカがリブ編みのセーターの両腕をこすって震えながら、なんで自分の隣の部屋だけ空室のままなのか、ずっと怪しいと思っていたと打ち明けた。

「メリッサ先生は幽霊見たことあるんですか？　もし私も見ちゃったら、怖くて夜中にトイレ行かれないかも」

「ここはゴーストハウスじゃないわ」

「だったら、なぜ人を入れないんです？」

二人から追及されて、メリッサは返事に窮して、自分でも気づかないうちに両頬を赤らめていた。まさか二階の角部屋のことを持ち出されるとは思わなかった。メリッサは誰も使っていないその部屋の青いカーペットに週に一度はきれいに掃除機をかけ、美しい木目のあるオーク素材のデスクの埃をはらい、日当たりのよい大きな三つの窓を濡らしたタオルで丁寧に拭きあげていた。ベッドでさえも、いつでも気持ちよく眠れるようにシーツを交換していた。大切な部屋だからこそ、誰も入れたくなかった。ましてや、だらしなく暮らすかもしれない学生を住まわせるなど、言語道断だ。しかし住人を増やして家賃を取るべきというジョアンヌの提案は至極まっとうで、これにどう反論したらよいだろう。どんな答えを返したところで、相手を納得させられるだけの説得力がないことは、メリッサ自身がいちばんよく分かっていた。

「じつは、あの角部屋に住む人はもう決まっているのよ。その人が帰国した時のために、部屋を空けてあるの。ただ、もう何年も帰国してないし、いつ帰国するかも分からないから、あのような状態になっているの」

メリッサはそこまで伝えると、頬がほてり、口の中がからからに乾いていることに気づいた。テーブルに置いてあるルイボスティーが入ったピッチャーを手に取った。ピッツァに合うようによく冷やしておいた。グラスに半分ほど注いで喉を潤すと、頬のほてりも少し落ち着いた。

「その人は、世界中の多くの国々をたったひとりで旅しながら文章を書いている。作家なのよ。小説やエッセイを書くために、慣れない環境にあえて身を置いて、感性を鍛えているの。紛争地域を訪れて、ミサイルが飛んでくる町の様子を取材することもあれば、抗議デモが激化する地域にあえて入っていって、デモ隊と親しくなって彼らの想いを訊ねることもある。世界中の被災地を訪れて、自分も危険に身をさらしながら、壊れた町の様子を文章にすることもあるわ。書くために生きているような人なのよ。まあ、そういうわけだから、あの角部屋には他の人を住まわせるわけにはいかないの。もしも来月にでも、彼がひょっこり帰ってきたら、寝る部屋がなくなっちゃうでしょう。私は彼の執筆活動を応援しているから、このシェアハウスを彼のアメリカの『ホーム』にしてあげたいの」

メリッサから初めて聞かされた三人目の住人の話を、アヤカとジョアンヌはほんとうのことなのか、それとも作り話なのかと、半信半疑な様子で聞いていた。

アヤカが食べかけのピッツァがのった皿を挟んで、メリッサをまっすぐに見つめると、質問を投げかけた。

「それで、メリッサ先生と、旅をしているその作家は、どういったご関係なんですか？」

「学生の頃から同じ文学部でね、小説について語りあった。もう長いつきあいの慣れ親しんだ仲だわ。まあ、端的に言えば、私の恋人と言った方が正確かもね」

ほんとうは、一度プロポーズされたこともあるのだが、彼と一緒に世界の旅についていく勇気がなくて断ってしまった。しかしこれ以上、プライベートな詳しい話を学生たちの前でするのは抵抗があった。恋人のために部屋を取ってあることさえ、本来なら隠し通したいところだった。

「嘘でしょう？　メリッサ先生って恋人いたんですか？　いつも文芸評論ばかりに没頭して、恋愛なんか興味ないのかと思ってました」

アヤカは驚いた表情を顔に出すと、若い女の子らしい明るい嬌声《きょうせい》をあげて、メリッサを冷やかした。アヤカの隣でジョアンヌは呆れたように肩をすくめてみせると、半笑いのような顔でメリッサに訊ねた。

「それじゃあ何ですか？　大家さんは、いつ帰ってくるかもしれないその恋人をひたすら待つために、上がる光熱費をあたしたちに押しつけて、あの部屋を空けようってことですか？　そこまでして大家さんが好きになった作家って、誰ですか？」

ジョアンヌの皮肉めいた言い方には棘があり、メリッサは内心傷ついたが、まあ、半分は当たっているようなものだから仕方がない。大切な人の名前を抱きしめるようにゆっくりと口にした。

「ハビエル・ゲレロ。二〇〇二年に初めて書いた冒険小説が大ヒットして以来、今も精力的に執筆を続けて、ベストセラーを何度も出している。ヒスパニック系アメリカ人の小説家よ。知っている？」

「聞いたことありません」

二人から同時に即答されて、メリッサは心底がっかりした。あのハビエル・ゲレロと恋人なんですかと、二人がダイニングテーブルのストゥールから転げ落ちそうになって驚くシーンを、わずかでも期待していた自分がバカバカしく思えた。

「まったく、今の大学生はくだらないネット動画ばかり見て本も読まないから、有名作家の名前も知らないのね。これじゃあ文学部の予算も削られるはずだわ」

思いきり嫌味を言ってやったつもりだったが、二人が表情を変えない様子から、それすら伝わっていないようだ。

「その作家の彼氏さんは、SNSとかやってないんですか？　そんなに有名人ならフォロワー多いかも」

アヤカに問いかけられて、メリッサはテーブルに置いたアイパッドを手に取ると、最近ハビエルが始めた動画チャンネルの画面を呼び出した。

ハビエル・ゲレロの世界の旅物語

これは、今どきの若者のように本を読まない世代に向けて、ハビエルが発信しているものだ。ミサイルが落とされた町で、風景を撮ったり現地の人たちの声を拾ったりしている。書くことが本職のハビエルだから、撮るのは上手とはいえず、映像も所々ブレている。

「ああ、この人か。本は読んだことないけど、顔なら見たことありますね」

ジョアンヌがアイパッドを覗き込んで言った。

ハビエルは小麦色の肌に濃い茶色のアーモンド型の目、ごわごわした硬い黒髪と、くっきりと太い眉毛、そして大きな口は上唇が少しだけめくれたような形をしていて、ハンサムとはいえないが、見る人にインパクトを残す、意志の強さが表れたはっきりとした顔立ちをしていた。

「私は見たことないです。日本から来たばかりだし、ハリウッドスターなら知ってますけど、アメリカの作家のことまでは分からないな。たぶん日本では知られてないいんじゃないですか？」

アヤカがそう言ったので、メリッサは違うと否定した。

ハビエル・ゲレロはこれまでに五〇冊以上の本を出し、そのほとんどが三〇ヵ国語に翻訳されて世界中に出回っていた。当然、日本の本屋にも並んでいるはずだ。

「彼、ニッポンを舞台にした小説も書いてるのよ。大きなツナミがあったじゃない。3・11って言うんでしょ？　さっきも言ったけれど、ハビエルは世界中の紛争地や被災地を旅しながら書いているのよ。二〇一一年の震災の時には、トウホク地方を取材して、それをもとに短編集を出したの」

「そうだったんですね。チェックしてみよう」

と言うと、アヤカは自分のスマホを取り出して、アマゾンのページにアクセスした。指先でページをスワイプしながら「メリッサ先生の彼氏さんって、こんなにたくさん本を出しているんですね」と驚いた声をあげる。わきでジョアンヌが一緒にアマゾンページを眺めていたが、やがて彼女は露骨に嫌な顔をすると、メリッサに向き直った。

「こんなに立派な恋人がいらっしゃるのに、大家さんはそれでも、あたしたちの家賃を上げるつもりなんですか？　シェアハウスの光熱費なら、彼にお願いすればいいじゃないですか？　このハビエル・ゲレロって人が、二階の角部屋に住むはずなんでしょう？　どうして学生のあたしたちが家賃の値上げをさせられて、お金持ちの恋人が世界を自由に旅しているんですか？　こんなのアンフェアですよ！」

ジョアンヌから痛いところを突かれて、メリッサは怯《ひる》んだ。

ハビエルに、住んでもいないシェアハウスの光熱費を払ってくれと言えるだろうか？　有名作家のハビエルと、田舎町の大学の准教授の自分とでは、それこそ経済格差は国境を越えるほど開いている。それでもメリッサは、恋人とは対等な関係でいたかった。ハビエルは世界を旅して本を出し、私はアメリカで家を買い、大学で教える。経済援助を頼んだら、彼に依存することになってしまう。

メリッサが黙り込んでいるのを見て、テーブルの向かいでジョアンヌとアヤカはじれったそうにしていたが、やがて二人ははっと何かを悟ったように息を吸うと、急にメリッサを哀れむような表情に変わった。

「もしかして大家さん、彼から連絡先や居場所を知らされてないんですか？　まさか、恋人が今どこにいるか、毎回この動画チャンネルをチェックしないと分からないとか？」

「そうだったんですか？　それはお気の毒ですね。配信動画によると、ハビエルさんは今、パレスチナにいるそうですよ。半年前まではウクライナにいたみたいです。大変な国ばかりめぐっているんですね。これじゃあ、メリッサ先生に連絡するどころじゃないか」

「二人とも、勝手に変な想像しないでよ！　彼とはちゃんとメールしあっているわ」

だったらシェアハウスのことを今すぐ伝えろと、二人の視線がせがんできた。このまま堂々めぐりの応戦が続いたら、朝になってしまうだろう。冷めきったピッツァが、瓦礫《がれき》のようにテーブルに広がっていた。

——もう、どうしたらいいの？

テーブルでメリッサは頭を抱えた。

ちょうどその時、ピッツァの横に放り出していたアイパッドが、ちゃららららんと短い音楽を鳴らした。ハビエルからメールが届いた時だけに鳴るように設定した音だった。

メリッサは食らいつくようにアイパッドを手に取ると、画面をタッチした。メッセージが浮きあがる。


親愛なるメリッサ。元気にしているかい？　俺はしぶとく生きている。先週末、ガザを離れて、

今はヨルダン川西岸のラマラにいる。この街もやがて攻撃対象になるだろうが、とりあえず今は崩れない屋根と、つながるWi-Fiがあることにほっとしている。昨夜は数ヵ月ぶりに、静かに夕食をとることもできたんだ。

ところで、今度のクリスマスに一度、アメリカに帰ろうと思っている。仕上げなければならない原稿のこともあるが、この数年間、言葉を失うような光景を見過ぎたせいもあって、俺なりに心を整理したいんだ。久しぶりに、君と一緒にクリスマスを過ごさせてくれ。君にはいつも心配ばかりかけて、ほんとうに申し訳ないと思っている。アメリカで何か困っていることがあれば、いつでも何でも言ってくれ。君を長く待たせているお詫びに、離れていても俺にできることがあれば、ぜひ支援させてほしい。

帰国日が近づいたらまた連絡する。早く会いたいよ。夢の中で何千回も君と抱きあっている、惨めなハビエルのことを忘れないでくれ。


メッセージを読んで、これはテレパシーだろうかと、メリッサは目を疑った。離れていても心《ソウル》がつながっていれば、こうしたことは起こりえるのかもしれない。

アヤカとジョアンヌも、テーブルの向かいからメールを読んでいた。

「どうやらこれで、あたしたちの問題は解決したようですね」

ジョアンヌがやれやれと言って、ため息をつく。

「それにしても、『夢の中で何千回も君と抱きあっている』なんて、そんな甘い台詞を書いてくるなんてカッコいいですね。私も言われてみたいなあ」

「平凡すぎる。小説家なら、もっと練った表現をするべきだわ」

「文芸評論家って、恋人からのメールも批評するんですか？」

アヤカが呆れたようにこちらを見ていた。

「まあ、いいじゃないの。それより、お腹が空いたわ。このピッツァ、温め直すわね」

「そうしましょう。これってヴィーガン・ピッツァですよね？　おいしそう」

三人はキッチンで、それぞれオーブンのスイッチを回したり、冷凍庫を開けてぬるくなったルイボスティーに氷を足したりした。

ようやく今夜のディナーが始まった。

7　ポキプシーのクリスマス

友達の力は偉大だ。

この世に友達がたったひとりいるだけで、それまで殺風景で殺伐としたモノクロだった世界は色づき、ニューパルツ村の鮮やかな景色に気づかされて心が躍る。車中泊を孤独に続けるオーランド・シュナイダーの心境がまさにそれだった。アヤカという親友ができたおかげで、彼は大学生活を満喫できるようになったとまでは言えないが、少なくとも自分も大学に存在しているという実感が湧くようになった。

アヤカに出会う前まで、オーランドは自分だけが世界から切り離されたような感覚に苛まれてきた。裕福そうな学生たちに紛れて大講堂の長い机で講義のメモを取る時も、プログラミングの授業の五分休憩で、周りがみんな親しげに談笑しているのに、自分だけ黙って席に座っている時も、オーランドは孤独を孤独と感じないように自分に言い聞かせてきた。それが今では、教室の少し離れた席から視線を投げてくるアヤカに笑顔で目配せを返しているのだから、僕もずいぶん変わったなと、オーランドは少し照れくさく思う。

授業が終わると二人はキャンピング・カーに乗り込み、大学のキャンパスを抜け出して、ニューパルツ村のあちこちをドライブするのが、最近のルーティンになっていた。アヤカは社交的な性格のため友人が多く、色んな人から声をかけられるので、なるべく大学内では傍にいないようにしていた。女子はたいていおしゃべり好きだから、「隣にいるあの男子は誰？」と自分のことが話題になろうものなら、巡りめぐって車中泊が知られてしまうのも時間の問題だろうと、危惧していたからだ。

そういうわけで、アヤカと一緒に過ごす場所は、車の中だけと決めていた。

ウォールキル川にかかる短い橋をわたり、モーホンク・マウンテンの曲がりくねった坂道をのぼり、山の頂上に車を停めた。模型のように小さくなったメインストリートの景色を見下ろしながら、空が薄暗くなるまで二人で穏やかな時間を過ごした。帰りは必ずアヤカをシェアハウスまで送り届けるのだが、彼女はきまって家から少し離れたところで降ろしてくれと言う。抜群に頭が切れて勘の鋭いアフリカ系の女友達と暮らしているらしく、玄関前に大きなキャンピング・カーが現れたりしたら、色々と詮索されてしまうからだそうだ。

心優しいアヤカは、いつもガソリン代を気にかけてくれた。

「お母さんがいるシラキュースへの帰省を三週間に一度に減らしているのに、こんなふうに私とドライブしていたんじゃあ水の泡だよ」

と言って、ガソリン代を半分出すからと言って財布を開こうとするのを、オーランドは何度も断った。冬になって気づいたのだが、ドライブはただのガソリンの浪費ではない。車は日中にある程度走らせておいた方が、エンジンにこもった熱が車内全体を温めてくれて、深夜の冷え込みに耐えられるのだ。

授業の都合でアヤカとドライブができず、駐車場に一日中停めっぱなしにしていた日の夜は、一段と冷えて、ベッドで三枚の毛布に包《くる》まっていても寒さでなかなか寝つけない。そんな夜は、忘れかけていた孤独と不安が、オーランドを襲うのだった。

——こんな状況で僕は四年も、大学生活を続けられるんだろうか？

たとえこの冬を乗り切れたとしても、あと三回また冬が来る。自分で選んだ暮らしとはいえ、心細さと惨めさで泣き出しそうになる。

そばにいなくても、アヤカが心配してくれていることは、痛いほど伝わっていた。彼女は誰にも気づかれないように注意深く、食べ物やホッカイロ《ホッティーズ》の差し入れを頻繁にしてくれた。あまりにも見かねたのか、貧困を隠さなくてもいいんじゃないかと言われたこともある。こんなふうに無理をするよりも、むしろ自身の窮状をみんなに伝えた方が得策なのではと、アヤカは提案したのだった。

それは、いかにも彼女らしい楽観的な発想だった。

「友達はたくさんいた方が、いざという時の救いになるんだよ。例えば、誰かしら友達の家に毎晩泊めてもらって乗り切るという手もありだよ。一ヵ月は三〇日だから、友達を三〇人作ったとしたら、三〇軒の家を訪ねることができるわけよ。『今晩、君のところに泊めてよ』って気軽に頼んでも、一泊だけなら案外みんな嫌がらずに泊めてくれるもんだよ。私のシェアハウスなら、大家さんにかけあって、二泊はさせてあげる。ね、やっぱり友達は多い方がいいでしょ？」

「いいや、僕にはそんなことはできない。それに、世の中、君みたいに優しい人ばかりじゃないんだよ」

オーランドは頑なに首を左右にふった。

シラキュースの中心街でデンタル・クリニックを営んできた母は、オーランドの誇りだった。

クリニックも家も失った今、郊外の総合病院でなんとか仕事を見つけ、僕のために頑張ってくれている。そんな母が知らない学生からバカにされるかもしれないと想像するだけで、オーランドは怒りで震えた。金曜夜のメインストリートで飲んだくれて踊る、苦労も知らない学生たち。やつらが僕に同情するとは思えない。むしろ、親が歯医者のくせに貧乏で、ホームレス状態の奴が大学なんかに来るなと嗤われるだけだろう。

「あなたのお母さんをバカにするような人なんて、そっちの方が恥知らずだよ。そんな奴らはこっちから、軽蔑してやればいいんだよ」

アヤカがきっぱりと言ってくれて、オーランドは思わず目が潤んだが、同時に彼女はアメリカのことを何も分かってないんだと思った。

アヤカはおそらく、アメリカは平等主義の国だと思い込んでいるのだろう。差別を憎み、博愛主義で、困っている人に手を差し伸べて、誰もが均等にチャンスを与えられるアメリカ。現実のほんの一部しか当たっていないこんな素晴らしい国家イメージを世界中に流布させたこの国の政治家たちは、よほど二枚舌外交に長けている。

そんなイデオロギーはフェイクだと、今ここでアヤカに訴えたところで、どうしようもない。

「今日はニューパルツを出て、隣町のポキプシーまで走ろうよ」

オーランドは話題を変えた。

メインストリートに出ると、今日はモーホンク・マウンテンがあるいつもの方角とは反対のハイウェイに乗った。ここから四〇分ほど走ったところに、ポキプシーという市があり、そこの複合型ショッピングモールの駐車場で、貧困者のために缶詰やハムなどの食糧配給が行われると、ネットで情報を得ていた。そんな惨めな配給の列に並ぶのにアヤカをつきあわせるのは内心恥ずかしかったが、彼女は見下す人ではないと知っていたから、ドライブがてら一緒にポキプシーまで遠出することにした。

輝くような銀世界に染まった林、冬の曇り空を優雅に羽ばたくグースの群れ。凍てついたハドソン川の穏やかな水面を見渡して走るハイウェイは、とても気持ちが良かった。

車というものは、あらゆる意味で、僕を救ってくれるとオーランドは思う。

「いつかうちに遊びにきなよ。このハドソン川をずっとずっと北西に進むと、シラキュースだからさ。狭いアパートだけど、君ひとりくらいなら泊めてあげられる。そうしたら、僕が出たハイスクールとか、ローカルで人気の博物館とか、色んな場所に案内するよ」

「ありがとう。楽しみにしているね。でも、ハイスクールには嫌な想い出しかないんじゃなかったっけ？　日焼けマッチョな白人男子とは気があわないんだよね？」

「そうだけど、もう過去のことだよ。今はみんな卒業して、クラスメイトは誰もいないんだから。幸い、僕は成績が良かったから、先生からは今でも気に入られてる。ニッポンから留学生の友達を連れてきましたって言ったら、先生も喜ぶだろうよ」

「私、あなたの母校で紹介されるんだ。面白そう。そういうアメリカ体験してみたい」

渋滞のない片道五車線のハイウェイは、あっという間に二人をポキプシーに運んでくれた。中層のビルが立ち並ぶ歴史の長い街は、寒空の下でも人通りが多い。風情ある古いレンガ造りの高層アパートと、ガラス張りの真新しいコンドミニアムが混在している大通りは、クリスマスの雰囲気に彩られていた。

街でいちばん人気のショッピングモール「ポキプシー・ギャラリア」は、エントランスに巨大なリースを吊るして、人目を引いていた。

モールの広い駐車場の片隅に、うす汚れた大型のワゴン車が二台到着していて、すでに配給が始まっていた。車の周りに粗末な服装の人だかりができている。

ぱっと見ただけで、九割がアフリカ系の男たちだった。

「すぐに受け取ってくるから、君は車の中で待っていてくれ。危ないから、降りないでじっとしていてよ。くれぐれも、配給を見物しようなんて好奇心を出してはダメだぞ。ああいう人たちは、浮いている人間を瞬時に嗅ぎ分けるんだから」

オーランドは念を押した。貧しい雰囲気のかけらもないアヤカを、物騒な男たちが群がる配給の輪に近づけるわけにはいかない。

キャンピング・カーを配給車からだいぶ離れたところに停めて安全を確保すると、オーランドは外からしっかり鍵をかけてアヤカを車内に閉じ込め、小走りで配給の列に駆け寄っていった。

一台のワゴン車は、食パンやコーンの缶詰など主食になるものを、もう一台はパックに入ったハムやソーセージなど、たんぱく質類を配っていた。次々に手を伸ばして受け取る人々は、アフリカ系の男ばかりだと思っていたが、近くでよく見たら、ラテン系や白人もいて、さらには女もいたが、なぜかみんな見分けがつかないほどそっくりな雰囲気だった。着古した黒っぽいダウンジャケットと、中はタートルネックのセーターか厚手のスウェット。色がかすれたジーンズに身を包み、互いの体臭をうっかり嗅いでしまうのを避けるためなのか、それぞれ不自然な距離を空けて並んでいる。何かの拍子にすぐに怒り出しそうな荒っぽい雰囲気の男女も数人いたが、全体として、意気消沈した心理状態が長いこと続いているような重苦しい表情の人間ばかりだった。

——僕もこういう顔をしているんだろうな。

おそらく僕は、この場でぜんぜん浮いていないと気づき、オーランドは愕然とした。

流れるように順番が回ってきて、ワゴン車のトランクのところに来た。配給活動をやってくれるNPOのスタッフは、慣れた手つきで食パンとコーンの缶詰と、ハムとソーセージのパックを皺くちゃな紙袋に詰めると、オーランドの顔の前に無言で突き出した。NPOの中年男性スタッフの顔に表情はなく、こちらと目も合わせようとしない。自分たちを哀れんでいるのか、蔑んでいるのか、感情さえまったくうかがい知れなかった。

——これじゃあまるで、僕は透明人間みたいじゃないか。

視線を交わすこともなく、食べ物の紙袋をただ突き出されたことで、オーランドは自分の存在の頼りなさを思い知らされた。

――仕方ないんだ。僕は車中泊で息をひそめるように生きている。自ら望んで透明人間になったんだから、今さら何に傷つくことがある？

オーランドは死にたくなるような暗い気持ちを必死に振り払いながら、急ぎ足でキャンピング・カーに戻った。

「おかえり。無事に受け取れた？　もらった物、見せてよ」

助手席で心配そうにしていたアヤカの表情が、後部のスライドドアを引いたとたんにぱっと明るくなったのを見て、オーランドは自分の体に色が戻ったような気がした。

アヤカは助手席を出てキッチンスペースに回ってくると、いつもの好奇心旺盛な眼差しで、紙袋の中を一つひとつチェックした。

「ハムのパックは大きいね。ソーセージもたくさんある。食パンも三〇切れはあるし、これなら車の冷蔵庫にあるキャベツと合わせて、一ヵ月は持ちそうじゃない？　一気に食料が増えて、なんだか得した気分だね」

どうして僕のような憂鬱で不安定な人間が、太陽のように明るくて大らかなアヤカと友達になれたのか、今さらながら夢なんじゃないかと、オーランドはそっと自分の頬をつねった。

「せっかくポキプシーに来たから、街をドライブして帰らないか？　クリスマスのネオンがきれいだし。ガソリンのことは気にしなくていいよ。配給につきあってもらったんだから」

オーランドはそう言って、アヤカを助手席に戻るように促した。運転中に転がらないように、コーンの缶詰と食パンを足元のキャビネットに入れてしっかり蓋をして、ハムとソーセージを冷蔵庫に収めると、エンジンをかけた。

高級ブランドのショッピングバッグを両手に抱えて歩く客を避けながら、モールの駐車場を出た。十二月の空はまだ四時だというのにもう薄暗く、クリスマスのイルミネーションを楽しむにはうってつけだった。

この時期はビジネス街よりも一般住宅が美しい。それぞれの家庭が、ありとあらゆる趣向を凝らして家をデコレーションするからだ。トナカイに見立てた巨大な風船を二階の屋根に飛ばしている家や、電気仕掛けのサンタクロースが、緑のネオンを敷き詰めた庭を歩いている家。ＬＥＤライトを灯したスノーマンの人形たちが、玄関前に勢ぞろいする家。どれも見ているだけで飽きない。

家庭の温もりと豊かさがあふれている名も知らない裏通りを走りながら、オーランドは、僕の父と母もかつてはこんなふうに仲良く家を飾り立てていたなと懐かしく思い出した。隣近所の家と競いあうように、両親が屋根にも庭にもこれでもかと派手にネオンを光らせるので、子供ながらに見ていて恥ずかしかった。二人が離婚してからは、クリスマスの飾りどころではなくなってしまった。

この裏通りの住宅街と引けを取らない豊かな暮らしをしていたはずなのに。自分が失ったものをはっきりと見せつけられるクリスマスは、切なくて残酷だった。助手席でアヤカが楽しそうに動画を撮っていなかったら、僕はここに来たことを後悔していただろう。

「どこの家もイルミネーションが素晴らしかったね」

アヤカがご機嫌な様子で、先ほどの住宅街で撮りためた動画を見返していた。投稿する前に車の騒音を編集で消さなくちゃと独り言を呟きながら、助手席でしきりにスマホをいじっている。

帰りのハイウェイに乗ると、先ほどのイルミネーションが明るすぎたせいで、片道五車線の道路が異様に暗く感じられた。上りと下りの中央分離帯に、背の高い針葉樹林がうっそうと茂っている。どうしてニューヨーク州のハイウェイは、中央分離帯にこれほど多くの樹木を茂らすのだろう。環境保護のためか、騒音対策のためか知らないが、夜のドライブは不気味な暗い林に沿って走っているようで、なんだか不安になる。昼は穏やかだった天候も、夜になると強い北風が吹きつけた。ごわごわした尖った葉をつけた樹林が雪をふり落としながら左右に大きく揺れ、暗い影をいっそう濃くする様子は、幽霊さえ出そうな雰囲気だった。

「アメリカの夜のハイウェイって怖いよね。日本の高速道路と違って漆黒の闇だわ。これじゃあ撮影しても映《ば》えないなぁ」

アヤカはネットで生配信をしようとしていたらしく、スマホのカメラを窓の外に向けていたが、あまりの映りの悪さに途中で断念してしまった。日本だと等間隔で照明灯が建っていて、夜間の高速道路はムードのある動画撮影ができるらしい。

オーランドは、中央分離帯から熊が出てくるならまだいいが、ひょっこり幽霊が現れたりしたらどうしようと緊張し、前屈みになって運転した。

「大丈夫？　どこかで休憩する？　と言っても、ドライブインどこにもないね」

「ああ、夜のハイウェイは苦手でな。悪いけど、なんか話をしてくれないか？　さっきから君がぶつぶつ呟いてる、ニッポンのハイウェイとの比較でもいいけれど、できればもう少し面白い話をしてくれると助かる」

「分かったよ」

アヤカはヘッドライトの明かりの先を見つめながら、何を話そうかしばらく考えていた。

「そういえば、前にあなたが好きだと言ってた小説家いるでしょ？　ハビエル・ゲレロだっけ？あの人、クリスマスにうちのシェアハウスに来るらしいよ。二階の角部屋が彼の部屋でね」

「嘘だろ、冗談だよな？」

「ほんとうだよ。彼からのメールだってちゃんと見たんだから。うちの大家さんが恋人なんだって」

アヤカが隣で詳しい話をしてくれたが、オーランドは信じられなかった。十三歳の頃から憧れている作家が、ニューパルツに来て、しかも友達のシェアハウスに泊まるなんて。もしそれが事実なら、何としても会いに行きたい。

「私、ハビエル・ゲレロのこと、知らなかったんだよね。日本でもたくさん本が出ているらしいけど、普段、小説なんか読まないから、名前も知らなかったんだ。でも、オーランドはファンなんでしょう？　なんか意外だね。コンピュータ・サイエンス専攻のあなたが、小説読むのが好きだったなんて」

「僕だって小説くらい読むよ。いくらコンピュータ専攻だからって、君みたいに四六時中、動画配信に取り憑かれてる人間ばかりじゃないよ」

皮肉を言われて、アヤカは声をあげて笑っていた。

ハイウェイがなだらかな右カーブにさしかかり、中央分離帯の茂みがようやく途切れると、視界が一気に開けた。そのままハドソン川にかかるフランクリン・ルーズベルト橋を渡る。眼下に広がる夜の水面はまるで鉄板のように冷たく硬く、鈍い光を静かに放っていた。

ハンドルを握り、スピードを上げて大きな橋の上を突き進んでいると、オーランドは大好きな冒険小説の主人公に自分がなったような気がした。

「ハビエル・ゲレロのデビュー作は『勇敢な子供たち』っていう冒険小説なんだよ。アリゾナの片田舎に暮らす、人種も性別も学校も家庭環境もばらばらな悪ガキどもが、徒党を組んで旅に出るというストーリーでさ、すっごく面白くて夢中になって読んだんだ。彼らは州でいちばんの大金持ちの屋敷に、夜中にこっそり忍び込んでカネを盗んで、それを旅の資金にするんだ。パスポートもちゃっかり偽造する。だけど未成年だから途中で様々な困難に直面するんだ。知らない国で誘拐されそうになったり、船に乗りあわせた密輸業者にだまされたりしてさ。まさに命がけ。それでも悪ガキ特有の勇気と団結力で、次々に難局を乗り越えていく。そして無事に帰国するかと思いきや、最後はみんなでテロを起こすんだ。要人たちが乗ったリムジンに密かに爆弾を積んで、連係プレーでテロを成し遂げる。それが彼らの世界平和への願いだという、とんでもなくシニカルで風刺的な小説だった。あの度重なるどんでん返しと、ラストの衝撃には震えたなあ」

熱っぽい口調で饒舌《じょうぜつ》に語るオーランドの横顔を、アヤカは面白そうに眺めていた。

「それじゃあ、あなたの話でいくと、ハビエル・ゲレロはその冒険小説を書いたあとに、彼自身がほんとうの冒険に出るようになったんだね？　世界中の危険な国を旅しているって、大家のメリッサ先生から聞いたよ。紛争地や被災地を訪れて、それをテーマに書いてるんだって」

「ああ。きっとデビュー作にハビエル・ゲレロのすべてが詰まっていたんだろうな。『勇敢な子供たち』は発売当時、評論家から『子供たちは二一世紀の世界の縮図を象徴している』だとか、『この作品は来るべき世界の混乱と、新しい力関係を予言している』とか色々言われてたよ。だけど僕は評論家じゃないから、小難しい読み方はしないよ。ただ単純に、人種も性別も違う人たちが分け隔てなく仲良くなれる世界に憧れてたんだ。当時の僕はスクール・カーストに悩まされていたからね。どうでもいいことで人をランクづけする排他的な世界じゃない世界があったらいいな、と思いながら読んでた」

「当時のあなたの願い、今は叶ったんじゃない？　肌の色も性別も違う子と、友達になったでしょ？」

アヤカは助手席からこちらを見つめると、小さくウインクをしてみせた。

ハイウェイを出て、ニューパルツのメインストリートを下り、大きなもみの木がそびえるメソジスト教会の前を右折すると、シェアハウスがある裏道に入った。庭を囲むように高い植え込みがあり、いつもその傍でアヤカを降ろす。

楽しかったポキプシーのドライブを名残惜しむように、彼女はなかなか車を降りようとしなかった。

「今夜はどこの駐車場で寝るの？」

「そうだな、学生寮の裏にフィットネスジムがあるだろ。そのあたりにするよ。寝る前にシャワーを浴びたいんだ。学生証を見せれば無料でシャワー使えるからさ」

「そう。でも、ほんとうにこのままでいいの？　あなたが困っていること知っているのに、毎回ここでこうして別れるのが、心苦しいんだよね。私が話した、友達を三〇人作って助けてもらうアイデア、もう一度考えてみてよ」

アヤカは最後にそう言い残して車を降りると、一度こちらを振り返り、そして植え込みの向こうの庭へと消えていった。

いつもなら車をUターンしてメインストリートに引き返すオーランドだが、先ほどのハビエル・ゲレロの話が気になって、今夜はこっそりシェアハウスの前まで来た。

白い壁の二階建ての家は、花模様のステンドグラスがはまった玄関ドアと、ガーデンソファーが置かれた白いテラスがおしゃれだった。シャッターが開いたままのガレージに二台の車が、一台は赤い高級車で、もう一台は古い感じの白い車が、並んで停まっている。二階のふたつの部屋には窓の明かりが灯っているが、ブラインドがついた角部屋は真っ暗だ。

――ハビエル・ゲレロがほんとうにあの家に来るんだろうか？

もしも彼に会って本にサインをもらえる日が来たら、僕は彼にどんな言葉をかけるだろう。僕はあなたが生み出した人物たちのように、勇敢にはなれなかったと打ち明けるだろうか？

アヤカには言わなかったが、オーランドが友達を作らないほんとうの理由は、親をバカにされるのが嫌だからという理由だけではなく、人づきあいそれ自体が苦手なこともあった。宝物の一眼レフでフクロウの写真を撮っている時が、いちばん心が安らぐ。友達作りは、彼にとってハードルが高いことなのだ。

「早くシャワー、浴びないと」

ナビのモニターで時間を確認すると、ジムが閉まる時刻が迫っていた。

オーランドは下げていたヘッドライトを再び上げると、ゆっくりとシェアハウスの前から離れた。

II

8　大寒波の夜に

今年のクリスマスは、アメリカ東海岸一帯が近年まれにみる大寒波に見舞われると、天気予報が伝えていた。

メリッサ・ナガノは、ジョン・F・ケネディ空港のロビーで、腕時計を何度も確認しながら、落ち着かない気持ちでハビエル・ゲレロの到着を待っていた。幸い、こんな天候にもかかわらず、フライトは欠航も遅延もしていない。しかし広い窓の外は早くも大粒の雪が降り始め、強い風も出てきていて、冬の嵐の到来を確かに告げていた。

クリスマスということもあり、空港はとても混雑していた。寒波がやってくる前に常夏のフロリダに飛んでしまおうと、出発ゲートに急ぐ人たちや、大荒れの天気になる前に無事ニューヨークに帰ってきたと、ほっとして抱きあう家族の姿が、あちこちで見られた。

メリッサは数年ぶりに恋人と再会する今日のために、おしゃれをしてきた。ボルドー色のウールのワンピースに、襟には同系色のストールをあわせ、ブラウンのロングブーツでスレンダーにまとめた。肩まである黒髪もきれいにセットした。

「メリッサ！」

予定の時刻ぴったりに到着ゲートから出てきたハビエルは、すぐにメリッサを見つけた。彼は最後に会った時よりも痩せて筋肉がつき、小麦色の肌は日焼けして、カールした硬い黒髪はあごのあたりまで伸びて耳にかけていた。それでも上唇が少しめくれたような愛らしい口元の印象は変わらず、そしてバリトンのよく通る優しい声も変わらなかった。

「ただいま。俺は世界に七〇〇〇ある言語のなかで、英語の『ただいま』がいちばん好きだよ。君に言う『ただいま』がね」

「つまらない。作ったような台詞なんかいいから、早くキスしてよ。おかえりなさい」

メリッサは背伸びをしてハビエルの首に腕を回すと、唇を重ねた。乾いて少しささくれのある唇の懐かしい感触を思い出すと、以前と少しも変わらないことが分かり、心からほっとする。

「君の辛辣さは変わってないな。再会したら初めになんて言おうか、飛行機の中でずっと考えていたんだぞ。やっと捻《ひね》り出した言葉をたった一秒で一蹴するなんて」

「知ってる？　あなたはしゃべるよりも、書く方が向いてるわ」

「知ってるよ。でもこれだけは言わせろ。君は前よりさらにきれいになった。とても輝いているし、それに今日は、パーティーに行くようなすてきな服だ」

「ありがとう。でも、あいにくパーティーには行かないわ。今から少しマンハッタンをドライブしてから、ニューパルツに帰りましょう」

「こんな雪の中をドライブするのかい？　それより今日はクリスマスなんだし、ブルックリンのご両親の家に帰った方がいいんじゃないのか?」

「マームとダッドなら、今朝まで一緒にいたからもういいの。昨夜のイヴのディナーも私が作ったし、娘として最低限の親孝行はしたつもりよ。それよりハビエルの方こそ、帰国早々、エリックから小言を言われるのは嫌でしょう?」

メリッサの父、エリックは、娘がハビエルのような不安定な仕事をする男と交際するのを快く思っていなかった。会うたびに「君はいつまで危険な旅を続けるつもりなのか? 小説なら、わざわざ外国に行かなくても、アメリカでも書けるじゃないか」と言ってハビエルを批判するので、メリッサはなるべく二人を会わせないようにしていた。堅実な日系人で、薬剤師という地味な仕事——ドラッグストアの「処方箋受付」に一日中立ち、オレンジ色のプラスチックケースにカプセルを詰める——を四〇年も続けている父からすれば、ハビエルのような生き方はとうてい理解できないのだろう。

アメリカでは、クリスマスは家族のためのホリデーだ。メリッサは二日前にブルックリンの家に帰宅して、イヴを家族で過ごし、今朝はニューパルツに残した学生たちが心配だからと言って家を出てきた。しかし、母のローザは勘づいていたようで、身支度する娘に向かって「楽しんできなさい。ハビエルによろしくね」と言って小さくウインクしてくれた。

「急ぎましょう。風が強くなってきたわ」

空港ロビーを出ると、二人は駐車場に向かった。

ハビエルは大きなスーツケースを持たない。海外の空港では、爆弾が中に入っていると疑われるからだ。実際にスーツケース爆弾による事件というのは、治安の悪い国々ではよくあることらしい。だから彼は機内に持ち込める大きめのボストンバッグひとつで世界を飛び回っている。

中古のホンダ・アコードの助手席にハビエルを乗せると、エンジンをかけた。ニューヨーク市の外れにあるジョン・F・ケネディ空港からマンハッタンまでは一時間ほどだが、ハビエルはよほど疲れているのか、早くも助手席でうとうとし始めた。

二〇二二年一月、アメリカを旅立ったハビエルは、シリアの難民キャンプで取材を重ねていたが、二月にウクライナ戦争が始まってからは、マリウポリやキーウやハルキウ、ドネツクなど各都市を転々としながら、現地の窮状を取材してきた。翌二三年、再びシリアの難民キャンプに戻った。シリアとトルコにまたがる広範囲で大規模な地震が起きたからだ。難民キャンプがさらに震災の被害に遭うという過酷な状況のなか、人々がどのように生き抜いているのか、ハビエルは刻一刻を文章にしたためていた。再びウクライナに戻ると、今度はイスラエルで人質事件が起き、まもなくイスラエルとパレスチナの紛争が激化した。それからのハビエルは、ガザとヨルダン川西岸地区を数週間ごとに往復する日々を送っていた。

アメリカに帰国しても、ハビエルは二、三ヵ月すればまたどこかに旅立ってしまう。アメリカは彼にとって、ほんの束の間、心を休める場所にすぎないのだ。

二〇〇一年に起きた9・11（世界同時多発テロ）に触発されて『勇敢な子供たち』を書いたハ

ビエルは、翌、二〇〇二年、大学在学中に小説家デビューした。当時のアメリカはアフガニスタンに空爆し、イラク戦争を始めようとしていた。そんな情勢に心を痛めていた彼は、大学を卒業するとバグダッド行きのチケットを取った。それから現在に至るまでの二〇年間、多くの国々を旅してきた。ハビエル・ゲレロが旅を続けるということは、それだけ世界に不幸があることを意味した。

郊外の街並みを抜けてマンハッタン島に入ると、高層ビル群がそびえる都会の風景に変わる。クラクションを鳴らしあう騒音で、ハビエルは目を覚ました。

「また新しいビルが建ったのか。この街の景色は見るたびに変わっていくなあ」

「ニューヨークは鉄筋でできた植物みたいに、どこまでも上へ上へと伸びていくのよ。ねえ、覚えてる？　私たちが大学生の頃、あなた文学の授業で『この街のビルの景色は、つねに強欲な権力者によって塗りかえられている』って言って、ケッセルマン教授を困らせたのよ」

「覚えてるさ。ジョージ・W・ブッシュの支持者だったあの教授にとっては、癪《しゃく》にさわる意見だったらしいね。あの時のケッセルマン教授の顔、今思い出してもおかしいよ。濃いエスプレッソをうっかり飲んだような顔していた」

「あなたって先生を困らせるのが得意だったよね。そのくせ誰よりも成績が良くて、四年間ずっとオールAだったでしょ？　羨ましかったわ」

「だけどケッセルマン教授は今や君の恩師だろ。文学は支持政党を超えるってこと、君が証明してくれたよ」

メリッサがニューパルツ大学で教鞭《きょうべん》を執ることができたのは、スーザン・ケッセルマン教授の推薦のおかげだった。ユダヤ人で共和党支持者の教授が、まったく対照的ともいえる民主党支持で日系人のメリッサを可愛がってくれたことをハビエルは言っているのだ。

都会の運転が得意なメリッサは、多くの車が行き交うアベニューを縦横無尽に走りながら、ハビエルに懐かしいマンハッタンを見せてあげていた。このまま二人の母校であるコロンビア大学にも、学生時代に彼が住んでいたトライベッカのアパートにも立ち寄りたいところだが、あいにく今日の天気ではやめた方がよさそうだ。

低くたれこめた灰色の空から大粒の雪が落ちてきては、強い風にあおられながら高層ビルの隙間に吹き散らされていく。ロマンティックなホワイト・クリスマスとは呼べなかったが、ハビエルは荒れた天気をそれはそれで楽しんでいるように見えた。

「さあ、ハイウェイが封鎖される前にニューパルツに帰るわよ」

渋滞していたリンカーン・トンネルをようやく抜けると、州間高速道路に乗った。ニューパルツまでの二時間の道のりは長いので、途中、ドライブインで飲み物とシナモンロールを買った。強いエスプレッソを飲んだハビエルは、助手席でもう眠ることはしなかった。フロントガラスの向こうの視界が白く曇っていく。ハビエルはメリッサの運転を心配そうに見守っていた。

「ＥＸＩＴ18」でハイウェイを降りた二人は、帰宅前にスーパーに寄ることにした。ハイウェイの出口からすぐのところにある「ショップライト」は、個人商店が多いニューパルツ村で唯一の大型フランチャイズのスーパーだ。大寒波が来たら、村じゅうがフリーズする。すべての店は閉まるし、道路も通行止めになる。いつまで続くか分からない今夜からの緊急事態に備えて、最低限の食糧を買いためておくことにした。

ふだんは空いているスーパーだが、大寒波を前に客でごった返していた。二人は並んでカートを押しながら、ベーグルやクロワッサン、冷凍の野菜、豆乳やミネラルウォーターやティーバッグの紅茶など、とりあえずすぐに必要になりそうな物を棚から取ってカートに放り込んでいく。

ハビエルは久しぶりの帰国でアメリカのスーパーが物珍しいのか、棚を面白そうに眺めていた。バケツのような大缶に入ったジンジャークッキー。冷凍ピッツァの箱はボードゲームができそうなほど大きい。ソーダのペットボトルは、日本の米俵を連想させるサイズだった。

ハビエルは、まくらみたいに大きな鶏の胸肉のパックを両手で抱えると、カートに入れようとした。

「そんなにたくさんチキンはいらないわ。うちのシェアハウスにヴィーガンの子がいるのよ。でもまあ、とりあえず買っておこうかな？　少なくとも、私たちは食べるしね。小分けにして冷凍しておけばいいし」

「アメリカは、非常事態でも飽食なんだな。これだけのチキンがあったら、シリアやパレスチナの子供たちが、どれだけ空腹を満たせるだろう？」

「気持ちは分かるけど、とりあえず今は、買い出しのことを考えてよ」

「分かってる。だけど頭から離れないんだ。豊かな国と、戦争している国。世界はどうしてこうも不平等なんだろうって。このコーンフレークの箱を見てみろよ。ウクライナの支援物資の紙オムツより大きいんだ。悲しくなるよ」

「豊かな国にいる私たちだって、戦争の影響は受けているわ。光熱費が高騰して、生活が苦しくなってきているの。それって、ウクライナの応援をしているからよね？」

シェアハウスの家賃の問題が、頭をもたげた。長い行列ができたレジを見渡すと、どの人もカートの中は満杯で、確かにハビエルの言うようにこの国は飽食で、しかもどの食べ物も呆れるほど大きかった。メリッサが唯一訪れたことのある外国は日本だけだったが、東京のスーパーと比べても、アメリカの食べ物の量は多すぎた。

「まるで引っ越しみたいだな。このレジに並ぶカート一台ぶんが、シリアの難民キャンプでは、ひと家族ぶんの持ち物だった。ごめん。君に今こんな話をして、暗い気持ちにさせるべきではなかったね」

「いいよ。だって事実だもの。あなたはいつも、たったひとりで世界中の悲しみを背負っている。そこがあなたの良さでもあるんだけど、アメリカに帰ってきた時くらいは、リラックスしても罰は当たらないわ」

スーパーを出た頃には、すでに吹雪が始まっていた。大寒波の到来は予想以上に早いのかもしれない。客たちが買い物袋をトランクに押し込むと、逃げるように駐車場を出ていき、メリッサたちも後に続いた。シェアハウスまではゆるい下り坂なので、スリップしないように、ギアを2に入れる。メインストリートの雪をかぶった街路樹が強風にあおられて、激しく左右にしなっている。何本かの街路樹はすでに折れて倒れていたが、運よく、道路側ではなく舗道に転がっていたので、車の通行の妨げにはなっていない。濃い灰色の空がごうごうと不気味な唸り声をあげて風を呼び、あたり一面が雪で真っ白に霞む。このままブリザードがひどくなれば、完全に視界を失うだろう。

大きなもみの木が目印のメソジスト教会の輪郭が、近くにぼんやりと浮かびあがった。慎重に車を進めて手前で右折すると、ようやくシェアハウスに帰りついた。


ステンドグラスのドアを押して家に入ると、アヤカとジョアンヌは、リビングのソファーでそろって天気予報を見ていた。二人もどこかで買い物をしてきたのか、テレビの前のガラスのローテーブルに、クラッカーやキャンベルのスープの缶詰など、非常食を並べていた。

「はじめまして、ミスター・ゲレロ。あなたの小説はまだ読んでないんですが、動画は拝見しています」

「メリッサ先生から聞きました。ミスター・ゲレロ。しばらくアメリカにいらっしゃるそうですね。これからよろしくお願いします」

「かしこまらなくていいよ。ハビエルと呼んでくれ。君たちがメリッサの教え子……いや、教え子ではないか。まあ、とにかく、こんな天気の中でのはじめましても皮肉なものだけど、君たちに会えて嬉しいよ」

「まったく大寒波なんて、とんだクリスマスだわね。みんなそろったことだし、温かいほうじ茶でも淹れるわね。さっき『ショップライト』で買ってきたのよ。新発売の棚に並んでた。田舎のニューパルツにも、ようやくアジアン・ブームが到来したみたいね」

メリッサはキッチンに行き、買い出しの品を冷蔵庫と冷凍庫に分けて入れると、さっそく電気ケトルで湯を沸かした。ふとふり返ると、アヤカがキッチンに来ていて、何かを言いたげな顔でこちらを見つめていた。セーターの両腕で自分の体を包み込むような仕草をし、よく見るとわずかに震えている。アメリカに来て初めて体験する大寒波に怯えているのだろう。猛吹雪がリビングの窓を叩き、家の中にいても風の音がした。メリッサはアヤカが気の毒になり、「大丈夫よ、みんながついているから」と言って背中をさすってやった。

「不安な時はね、コーヒーよりもほうじ茶のほうがいいの。私のグランパとグランマは、いつもほうじ茶を飲んでたわ。日系人の知恵ね」

リビングのガラステーブルに四つのマグカップを並べた。

ジョアンヌが非常食のクラッカーの箱を開けて、みんなが取れるようにテーブルの真ん中に置いてくれた。大寒波が来なければ、今頃ジョアンヌは、バッファローの家族のもとに帰っていたはずだった。ニューパルツ大学は、クリスマスぎりぎりまで秋学期の期末試験がある。試験を終えてすぐに出発すれば、イヴの夜には間に合ったかもしれないが、この天候のせいでバッファロー行きの国内便は欠航になり、ここに残ることになった。

「家じゅうの窓がきつく閉まっているか確認しよう。鍵もしっかりかけて」

ハビエルの呼びかけに、みんなが動いた。窓にわずかでも隙間があると、そこから冷気が吹き込んでガラスにひびが入る恐れがある。ブリザードがいよいよ勢いを増し、窓はまるで白いすりガラスになったように、外はまったく見えなかった。

「メリッサ先生、私、ちょっと外の様子を見てきます！」

あろうことか、アヤカがひどく慌てた様子で玄関ドアを開けると、外に出た。吹雪が一気に家の中に吹き込んでくる。

ジョアンヌが驚いて彼女を止めようとした。

「出て行っちゃダメ！　あんた頭おかしいんじゃないの？」

「すぐ戻るから」

ジョアンヌの手を振りほどいて、アヤカは庭の方に飛び出していった。外は膝まで埋まる積雪量があり、彼女は前かがみの姿勢で、まるで水の中を歩くようによたよたと雪を踏み分けていく。

——ああ、アヤカはパニックになっているんだ！

ブルックリン育ちの自分でも大寒波に戸惑っているというのに、温暖な気候の東京から来たアヤカが怯えてしまうのも無理はない。

メリッサは急いでアヤカの後を追いかけたが、玄関先でうっかり冷気を吸い込んでしまい、呼吸ができなくなってしまった。あたりの空気が凍りついているせいで、自分が吸う息に自分でむせ込んでしまったのだ。何度も咳をしながらなんとか呼吸を整えて、アヤカの姿を探すと、白くぼやけた視界の先に、見たこともないストライプ模様のキャンピング・カーが一台、止まっているのが見えた。

「なに、あれは？」

こんな猛吹雪の最中に、誰が訪ねてきたのだろう？

アヤカがキャンピング・カーにたどり着き、スライドドアを引くと、白人の若い男が中から降りてきた。男は顔にかかる吹雪を手で払いのけながら、キャンピング・カーに鍵をかけると、アヤカと手を取りあいながら、雪を踏み分けて必死にこちらにやってくる。

無事に玄関に入った二人は、全身雪まみれになっていた。

「この人を助けてください！　死んでしまいます！　友達なんです！　クラスメイトなんです！」

アヤカが涙声で訴えた。ひどく切羽詰まっている様子だ。

「死んでしまうですって？」

メリッサはとりあえず男をソファーに座らせた。ジョアンヌが混乱したような顔で男を観察するそばで、ハビエルはバスルームの棚からタオルを取ってくると、濡れた体を拭きなさいと言って二人に手渡した。

リビングの明るいライトの下で見ると、陰気な印象の白人の若い男は、ぽっちゃりした大きな体を臆病にぶるぶる震わせて、青い両目には涙をためていた。アヤカは友達だと言ったが、ほんとうだろうか？　快活なアヤカと、とても釣りあっているようには見えない。

男は血色の悪い唇をわずかに動かすと、か細い声で「コンピュータ・サイエンス専攻のオーランドです」と名乗った。

「君、家はどこなの？　この辺のアパート？　学生寮？　仕方ないわね。今すぐ警察を呼んであげるから、パトカーに先導してもらって帰りなさい。バカね、こんな日に遊び歩いてちゃダメよ」

メリッサは呆れて説教すると、ジーンズのポケットからスマホを取り出して、「警察だって迷惑するわよね」とぼやきながら、９１１をダイヤルしようとした。

「ダイヤルしないで！　オーランドには帰る家がないんです。ホームレスなんです」

「ホームレスですって？」

アヤカから事情を聞いたところによると、このオーランドという学生は、入学してからずっとキャンピング・カーで車中泊を繰り返しながら授業に出ているとのことだった。大学の駐車場で寒さをしのぐことには慣れているらしいが、さすがに大寒波を前に命の危険を感じたという。

「うちの大学に、そんな学生がいたなんて」

驚きを隠せないメリッサの前で、アヤカがさらに詳しい事情を説明した。この学生の母親は歯科医だが廃業してしまい、クリニックの借金を返すために、新しい就職先の病院を探している最中らしい。

アヤカの隣でずっと黙っているオーランドは、両手で口元をおさえて必死に泣くのを堪《こら》えていた。

「それじゃあ、大寒波が去るまで、うちに泊まっていなさい」

「ありがとう、メリッサ先生。彼が泊まるのにかかる費用は、私が代わりに払いますから」

「いらないわよ。人助けでしょ」

そうは言ってみたものの、これからどうしようとメリッサは悩んだ。ホームレス状態を余儀なくされている学生がいると知ってしまった今、大寒波が去ったら、彼を再び駐車場に帰すのか？この家に置くとしても、この学生からシェアハウスの家賃は取れないだろう。

オーランドのような学生が、これからのアメリカには増えていくのだろうなと思うと、メリッサは暗い気持ちになった。

歯科医のシングルマザーにキャンピング・カー。それはほんとうの貧困とは言えないのかもしれない。メリッサの父親は薬剤師で、ポテトチップとシャンプーを一緒に売るドラッグストアで、店の奥にある処方箋コーナーの狭いスペースに立ち、プラスチックの瓶にカプセルを詰める仕事を愚痴もこぼさず四〇年も続けてきた。そんな父親に育てられたメリッサからしたら、歯科医はきらびやかな職業に思えた。なので歯科医の息子に廃業や貧困を主張されてもぴんと来ないが、今はほんとうにお金に困っていることは事実なのだろう。

メリッサはオーランドの白くむくんだ顔と、泣いて重くなった瞼を見ていると、「没落した中産階級」という言葉が頭に浮かんだ。

しかし困ったことになった。

オーランドをこれからここに住まわせるとなると、毎月きちんと家賃を払ってくれているジョアンヌとアヤカの間で、不平等が生じてしまう。アメリカでは不平等はすべてのトラブルの引き金になる。どう仲裁したらいいんだろう。

「二階の俺の部屋に、泊まらせてあげようじゃないか」

ハビエルが提案した。

彼はオーランドに歩み寄ると、ソファーの隣に腰をおろした。

「オーランド君と言ったね。じつは君がここに来る二時間ほど前に、俺もここに着いたばかりだったんだ。お互い新参者として、ルームメイトになろうじゃないか。もちろん、家賃は俺が払うから、君は心配いらないよ。それじゃあ、改めて挨拶しよう。はじめまして、オーランド」

ハビエルに右手を出されても、オーランドはよほど狼狽《ろうばい》しているのか、握手をすることなく、俯《うつむ》いていた。返事をしようとしているが、きちんとした言葉にならずに、口の中で何かごもごもと繰り返している。目には再び涙をため、苦しそうに鼻をすすり始めた。

その様子にメリッサはじれったくなり、両手を腰にあててソファーの前に立った。

「ハビエル、あなたがそう言うならいいけれど、ほんとうにそれでいいの？　あなた、今書いている小説原稿の遅れを取り戻さないといけないんじゃなかった？　二階の角部屋、デスクはひとつしかないんだよ。オーランドとシェアしていたら、執筆に集中できるの？　それに寝る時はどうするのよ？　ハビエル、あなたのことだから、まさかベッドはこの子に譲って、アメリカでも自分は寝袋で寝ようなんて考えてないよね？」

「君の心配には及ばないよ。大きなデスクと快適な部屋がなければ書けないような、俺はそんなヤワな作家じゃない。今書いている小説は、ガザにいる時に書き始めたんだ。パソコンを立ちあげる電気もなかったし、新しいノートを買える店も破壊されていた。そんなガザにも作家はたくさんいて、みんないつ崩れるか分からない建物の陰で、必死にペンを走らせているんだ。そんな彼らと一緒にいた俺が、アメリカに帰ってきたからって、広いベッドや大きなデスクは求めないよ。いや、求めてはいけないと思う」

「ここは平和なニューパルツよ。ガザでもマリウポリでもラッカでもないわ。ミサイルもロケット弾も飛んでこないし、ドローン攻撃もされないわ」

「でもホームレスの学生はいるじゃないか。オーランド君とは出会ったばかりだけど、彼を助けるのは俺の使命だと感じるんだ。それより、メリッサ。どうして君は悩み事があるのに、俺に相談してくれなかったんだ？　シェアハウスの家賃の値上げのことで悩んでたんだろ？」

「どうして知ってるの？」

「さっき君がキッチンでお茶を淹れてくれてる時、ジョアンヌが話してくれたんだよ。収入のない学生の家賃を上げるなんて酷だよ。恋人なのに黙っているなんて水臭いじゃないか。足りない分は俺に払わせてくれ」

私の隙を窺《うかが》ってばらしたのねと、メリッサは向かいのソファーにいるジョアンヌを睨みつけた。

「あなたに頼りたくなかったのよ。だって私たちは対等な恋人同士でしょ」

「ああ、対等だよ。君が経済的な負い目を感じたくないことも知ってる。だけどこんな大変な世界情勢なんだから、そういう考えは一度やめてみてもいいんじゃないか？　苦しい時は、助けられる人が助ければいいじゃないか。パレスチナの人たちは、たとえ自分が困っていても、困っている他人を助けるんだ。アメリカ人の俺も、彼らの精神を見ならいたいと思う」

アヤカとジョアンヌが先ほどからずっと、テーブルを囲むソファーの上で足を組みながら、このやりとりはいつ終わるのかと無言でこちらを見上げていた。

ハビエルとの会話が途切れた隙に、ジョアンヌがぱんと手を叩き、「どうやらすべて解決したようですね」と話に割り込んできた。

「良かったじゃないですか。オーランドはこの家に住める。ハビエルさんから家賃は払ってもらえる。あたしたちの家賃は上がらない。パーフェクトです。最後にオーランド、あんた、何か言うべきことがあるんじゃないの？　今日からこのシェアハウスにタダで住むフリーライダーなんだから」

ジョアンヌの棘のある言い方を受けて、オーランドは涙の痕が残る頰をタオルで拭い、ようやく落ち着いた様子を見せると、ハビエルの顔をまっすぐ見据えた。

「僕は、十三歳の頃から、ずっとあなたのファンでした。あなたの小説は一冊残らずぜんぶ読んでます」

ハビエルが驚いたように一瞬黙り、ありがとうと深く返事をした。

「あらまあ、調子いいのね。さっそく媚《こび》を売るんだ」

「ジョアンヌ、ほんとうなんだよ。オーランドはずっとハビエルさんの本を読んできたんだよ」

アヤカがすかさず答えると、ジョアンヌが肩をすくめた。

「それじゃあ、みんな、もう一度ほうじ茶を淹れるわね。夜はまだ長いし、こんな夜じゃあとても眠たくならないしね」

メリッサは再びキッチンに立った。ポットに残っていた先ほどのティーバッグを捨てて、新しいものに入れ替える。

外は猛吹雪が吹き荒れるせいで、キッチンの窓はきつく閉じられていても、カタカタと小刻みに揺れていた。窓は白いペンキで塗られたように外がまったく見えず、まるでシェアハウス全体がミルクの海に沈む潜水艦になったみたいだった。

大寒波が始まったばかりの夜に、ハビエルだけでなく、予期せぬ新しい住人まで迎え入れることになってしまった。この天気のように、これからこの家に波乱が待ち受けているのかなと、メリッサは不安になったが、リビングのテーブルを囲んで早くも打ち解け始めた四人の姿を見ると、そんな杞憂《きゆう》をすぐに打ち消した。

みんなの笑い声が聞こえる。

結局、楽しいクリスマスの夜になったわと、メリッサは胸をなでおろした。

9　ピース・スタディ・クラブ

岡本アヤカは銀世界に彩られた大学の広場でカメラを回し、白い息を吐きながら日本のフォロワーに向けてライブ配信をしていた。

「日本のみなさん、おはようございます。こちらは朝の八時です。冬真っただ中のニューパルツからお届けしています。早いもので、ついこの前クリスマスかと思ったら、あっという間に年が明けて、一月ももうすぐ終わりですね。

ニューパルツ大学は、今日から春学期が始まりました。日本で大学に通われている方は、たぶん今日あたりから長い春休みに入るのかな？　こちらアメリカの大学では、今日から五月の半ばまで、授業のスケジュールがばっちり入ってます。春学期は秋学期より授業日数が長くて大変だと言われるんだけど、頑張って乗り切りますよ。

いつも『あやかんジャーナル』を見てくれてありがとう。新学期もさらに面白いコンテンツをお届けしていきます！　登録よろしくお願いします！」

今年に入ってから、『あやかんジャーナル』の登録者数は爆増していた。

ハビエルを出演させた新しい企画が、予想を超えてバズったからだった。せっかくハビエルと知りあったのだから、アヤカは何か面白いことをやりたいと考えた。そこで思いついたのが、恋愛リアリティーショーならぬ、シェアハウスのリアルを演出した企画だった。日本でも小説が広く売られている有名作家ハビエル・ゲレロが、アヤカと住むことになったと知れば、日本のフォロワーは興味を持ってくれるかもしれないと思ったのだ。

大寒波に見舞われたクリスマスの翌日に、アヤカはさっそくハビエルに相談して許可を取ると、撮影を開始した。

日常をなるべくありのままに映すだけの撮影は順調に進み、ハビエルが学生たちとリビングでローテーブルを囲み、冗談を言いあってくつろぐ姿や、カラフルなタイルがおしゃれなキッチンで、一緒に料理をする姿などを撮りためた。晴れた朝にはみんなでシェアハウス前の歩道の雪かきをする様子を撮り、途中で雪合戦になってはしゃぐ姿もクローズアップした。以前はカメラに映ることを嫌がっていたオーランドも気が変わったのか、積極的に撮影に参加してくれて、編集作業まで手伝ってくれた。

明るく楽しいシェアハウス・ライフだけで動画を終わらせないのが、インフルエンサーとしてのアヤカの手腕だった。ハビエルがこれまで見てきた戦争や紛争について語ってもらうインタビューも撮り、パレスチナやシリアやウクライナについて真剣に語るハビエルの声に、日本語翻訳のテロップをつけた。そのインタビュー映像をシェアハウスでの和やかな日常風景の合間に挿し込むことで、コントラストを演出し、平和なニューパルツと遠い国々で起きている惨状について、『あやかんジャーナル』のフォロワーも一緒に考えてみましょう、という言葉で毎回の動画を締めくくった。

作家ハビエル・ゲレロのファンは日本にも多く、彼とのコラボ動画は注目を集め、最初の一週間でチャンネル登録者が一万人増えた。その後も再生回数は勢いよく伸び続け、七〇万人だった

『あやかんジャーナル』のフォロワー数は、九〇万人に膨らんでいた。このまま行けば、憧れの一〇〇万人達成も夢じゃない。

先週、アヤカはついに日本の新聞社から連絡を受けた。SNSを始めて以来、ネット以外の媒体からアクセスされたのは初めてのことだった。ハビエルへの取材申し込みかと思いきや、アヤカに電話取材をしたいという。普通の留学生である彼女が、どういう経緯で平和運動をする作家と知りあい、一緒に住むことになったのかなど、いくつかの質問を受けた。その内容と彼女の動画チャンネルのことが、ある日の夕刊に掲載されたのだった。

新聞記事を読んでいちばん喜んでくれたのは、兄のカズキだった。

「おまえはアメリカに行って正解だったんだな。子供の頃から、遠くに行きたいって言ってただろ？　おまえの動画もちゃんと見てるよ。ついに新聞に載るなんて、兄貴として誇らしいよ。あ、誇らしいなんて、アメリカ人みたいな表現だな」

ズーム画面の向こうで、カズキは明るく大きな声で笑っていた。自室にひきこもり、いつも鬱々としていた高校の頃のカズキを思うと、兄がこんなふうに開けっぴろげに笑えるようになって良かったと、心からほっとする。

続けて、カズキは手元に置いてあった一冊の本を手に取ると、表紙をズーム画面に寄せて映した。

「俺もおまえの影響で、ハビエル・ゲレロを読み始めたんだ。これは3・11の時の東北の震災をテーマにした短編集でさ、タイトルが『サイキック・アンダーコントロール』って言うんだ。きわどいダークユーモアが効いた内容だったよ。震災後に政治家を信じなくなった人たちが、占い師に頼っていく物語なんだ。風水やスピリチュアルや自己啓発が社会に蔓延《はびこ》り、占い師が政治家のような顔で国民を洗脳していき、やがて現実と迷信の区別がつかない国になっていくんだ。アマゾン・レビューでは、日本をバカにしてるって批判のコメントもあったけど、俺は痛快だと思ったよ。むしろ俺たちの国民性や危うさを鋭く観察してる。日本人じゃない作家だからこそ書ける大胆さや、スケールのデカさがあって面白かったよ。日本にハビエル・ゲレロのファンが多くいるのも頷けるよ」

カズキが小説を読んでいたなんて。アヤカはなぜか自分のことのように嬉しくなった。

「そうなんだ。兄さんに先を越されたよ。私もその短編集、今度読んでみるね」

兄も応援してくれているし、チャンネル登録者数は増えるし、日本の新聞にも注目されたし。怖いくらいにすべてがうまく進んでいるようで、アヤカは胸の奥からふつふつと元気が湧いてきた。

赤レンガ造りの校舎の重い扉を押して中に入った。

セルフィーの先端につけたカメラを掲げたまま、ガラス張りの渡り廊下を歩いた先に、自動販売機とソファーが並ぶロビーに、テントを張ったブースがいくつも出ているのが見えた。

「これからみなさんにご紹介するのは、サークル活動です。

新学期初日の今日は、サークル勧誘のブースがたくさん出ていますね。じつは私、アメリカの大学生活にも慣れてきたから、春学期からサークルに入ってみようかなと思ってるんです。昨日の夜、ハビエルさんに『私はどれに入ったらいい？』って訊いてみたんですよ。そうしたら、『どれも素晴らしいものばかりだ。学生に戻って俺が入りたいくらいだよ』って。そんなふうに言われると迷うよね」

ロビーのあちこちで活発な勧誘が行われていた。それぞれのブースで学生たちが入会について説明を受けている。

アヤカもそのひとつに近づいていくと、ブース脇に立てられた旗に描かれた「マルコムX」がこちらを睨んでいるのと目が合い、思わずたじろいでしまう。

「あんたも仲間にならないか？『ブラック・ライヴズ・マター』。知ってるだろ？略してBLMだ。あんたがアジア系だからって関係ないよ。肌の色で人を差別しない社会を作りたいっていう理想があれば、あんたも俺たちの同志だよ」

利発そうな印象のアフリカ系の男子にさっそく声をかけられたが、最初のブースで即決するわけにもいかない。「他のブースも見てから考えさせてください」と答えて次に向かった。

「あなた、うちに入らない？うちのサークルはまさにあなたにぴったりだよ。『アジアン・

ウーマン・ソリダリティ』。アジア系の女たちが団結するのよ。分かるよね？　私たちはこの国で、もっと社会的地位をあげなくちゃいけない。パンデミックの時だって、コロナをまき散らしたと言われて、真っ先にヘイトクライムの暴力を受けたのは、私たちアジア系の女なのよ。でもこれからはアジア系が強くなる時代だよ。人間は平等なんだよ。あなたも私たちと手を組もう！」

背が高くすらりとした女子が、中国語訛りのある英語で熱弁するので、アヤカは失礼のないように頷くと、次のブースに急いだ。

どのブースの看板もざっと見ただけで、胸がざわつくスローガンが掲げられていた。

「アラブ革命隊」「ラティーノ・パワー」「ヒスパニック意識改革クラブ」「フェミニスト・METOO連盟」「LGBTQコアリション」

立ち止まるアヤカに向けて、色んな人が声をかけてくる。

「そこのカメラで撮ってるあなた！　私たちと共に声をあげない？　あなたも性暴力には反対でしょう？　女は強くならなくちゃ。さあ、一緒に社会を変えるのよ！」

「ひょっとして君はレズビアンかい？　俺はゲイだ。厳密にはバイセクシュアルだけどね。俺はバイであることを隠したりしない。俺たちのサークルは、みんながオープンになれる社会を目指してるんだ。君も大歓迎だよ」

予想してはいたものの、入りたいサークルを選ぶのは難しそうだ。

アヤカはライブ配信を続けるべく、カメラに向かってしゃべる。

「ご覧のとおり、アメリカの大学は、日本みたいにテニスとか登山みたいな、いわゆる普通のサークルがないんです。こちらではサークルといえば、何らかの政治活動をすることを意味するんですね。うーん、どうしたらいいんだろう。BLMもMETOO運動も、ニュースではよく聞くんだけど、実際に自分がそれに参加したいかというと……ちょっと悩みますね」

【あやかんさんもサークル入って、抗議デモとかやってよ！　大勢の人と叫んでる配信が見たいな笑】

【いやいや、デモなんてそう簡単にできるもんじゃないだろｗｗテレビだと、暴徒みたいに見えるかもしんねえけどｗｗ実際、強い想いがないと、あんなことできねえだろｗｗ】

さっそく日本のフォロワーからリアクションが届いたので、返事を返す。

「そうですよね。やっぱり私には、アメリカのサークル活動はハードル高いのかも。ぐいぐい主張する過激なのは厳しいけど、もう少し穏やかなものなら入ってもいいんですけど……そんなのあるかな」

「おい、そこの君！　さっきからカメラに向かって、何を独りでぶつぶつしゃべってるんだよ？こっちに来なよ。君は確か、あのハビエル・ゲレロの同居人だよね？　名前はアヤカだっけ？」

近くのブースにいる男子から呼び止められて、アヤカは驚いて振り返った。

「どうして私のこと知ってるの？」

「おれも君の動画を見てるからだよ。それに、こんな小さな村の大学なんだ。あのハビエル・ゲレロが来たことなら、ここにいる人はたいてい知ってるさ」

男子はブースから出てくると、アヤカに握手の右手を差し出した。目の前に立つ彼は小柄で肌が透き通るように白く、握った手は男子にしてはとても小さくて子供のように柔らかかった。

「おれの名前はザック。大学院生で専攻はビジネスだよ。ちなみにゲイじゃない。ストレートだ」

自己紹介の時に自分の性的嗜好《しこう》を言うのが最先端のアメリカなのかとアヤカは面食らい、自分もストレートですと答えながら、いったい私は初対面の人に何を言っているのだろうと思った。

「私の専攻はコンピュータ……あ、もう知ってるか。動画を見てくれているんだものね」

「ああ。君のハウスメイトにヴィーガンの子がいるだろ？　ジョアンヌっていう。じつはおれもヴィーガンなんだ。ヴィーガンになってから、肌の色が一段と白くなってさ、ほら、この腕を見てみろよ。ビタミンをたっぷり摂って、余計な脂肪やグルテンを体から抜くと、肌がきれいになるんだ」

ザックはフードつきのパーカーの袖を肘までまくってみせた。確かに細くて白く、金色の腕毛がたくさん生えている。肌が白くなったと白人から真顔で言われても、どう返事をしていいのか分からず、アヤカは話を変えた。

「あなたのサークルはどんなことをやってるの？」

「まあ、おれたちは穏健な活動をほどほどにやってるよ。『ピース・スタディ・クラブ』っていうんだ。平和についてみんなで語りあったりしながら親睦を深める。学期末にはデモもやるんだけど、おれたちのは抗議デモというより、もう少し穏やかなマーチみたいなものだよ。呼びかけ運動的なやつ」

「それなら私も入ろうかな」

「よし、決まりだ。おれのサークル、ハビエル・ゲレロの読者が多いんだよね。さっそく今晩、部室に来なよ。歓迎会するからさ」

ザックは明るく言うと、さっそくアヤカをブースに引っ張っていく。「ここのサイトをクリックして、入会にサインして」とアイパッドを渡された。

アヤカは頭上に掲げていたセルフィーを降ろすと、ライブ配信を終了した。


「ピース・スタディ・クラブ」、略して「ＰＳＣ」は、部長のザックを始めとして、副部長でイラン系のミヌー、演劇専攻でインド系のラージと、フェミニストを自称するイタリア系のティアナで構成されていた。ザックが言っていたとおり、部員たちみんなで集まってただおしゃべりをするだけの穏健なサークルだった。入部してはや一ヵ月が過ぎたが、毎回、誰かが持ってきたお菓子を囲み、昨今の世界情勢を嘆いたり、戦争している国の首相や大統領の批判をしたりするだけだ。というのも、このサークルが活動らしき活動をするのはピース・マーチの時だけで、それ以外の時期は特にやることがないらしいのだ。平和を訴えてメインストリートを練り歩くそのマーチは、春休みが始まる前に開催することになっていて、それはまだひと月も先のことだ。

そしてこれもザックが言っていたとおり、部員の中にハビエル・ゲレロの小説の読者が多くいた。ハビエルは反戦と平和をテーマにした小説やエッセイを多く書いているから、彼らに共感されるのだろう。

「PSC」の部室は、演劇専攻のラージが舞台で使わなくなった家具を適当に持ってきて並べていた。ニューパルツ大学にはキャンパス内に劇場が三ヵ所もあって、シーズンごとにミュージカルの上演をしているから、「オペラ座の怪人」の時に使用したという黒いビロードのフリルがついたソファーや、「RENT」の時に使った色褪《あ》せた木の椅子とテーブルなどが、狭い部室にちぐはぐに置かれていて、まさに劇場の舞台裏のような不思議な雰囲気だった。

今日のお菓子はキャラメル味のポップコーンと、塩味のプレッツェルで、みんなで適当に手を伸ばしていた。ザックが、昨夜アマゾンプライムで映画を観たと話し、それがハビエル・ゲレロの小説が原作だったことから、話があちこちに広がった。

「映画を観たら、原作小説を読み返したくなったよ。ゲレロの三部作『憎しみの小枝』は、映像より小説の方が絶対いいだろ」

「それ、けっこう古い作品だよね？　私もだいぶ前に読んだよ。うちの父さんがファンでさ、おまえも読んでおけって言うから、読み始めたんだ。ハビエル・ゲレロは、私たちの親世代に人気があった作家だよね」

そう話すのは、副部長のミヌーだった。イラン系ゆえに彫りの深い顔立ちと、聡明そうな大きな黒い目が印象的なミヌーは、頭から肩までを黒いヒジャブで覆っているが、下は長袖セーターとジーンズだ。

「９・11の時、私はまだ小さかったの。うちの母さんは当時、私をバギーに乗せて外を歩くのも怖かったんだって。アラブ人はテロリストだという偏見が、今よりずっと強かった時期だから、すれ違いざまに知らない人から『死ね』と言われて、唾を吐きかけられたことも、一度や二度じゃなかったんだ。父さんだって、知らない白人の男からナイフで脅されたこともあった。金を奪うのが目的じゃなくて、ただこちらを怖がらせるのが目的。ヘイトクライムってやつよ。そんなことが立て続いていたあの頃、『憎しみの小枝』が心の救いになったんだって」

ミヌーは恐ろしいことをさらりと語る。ミヌーの家族がアメリカでこれまで経験してきた差別について語る時はいつも、まるで昨日の天気について話すような口調なので、アヤカを驚かせていた。

『憎しみの小枝』をアヤカは読んだことがなかったが、二〇〇五年に一作目が発表されたというその三部作のことは、「ＰＳＣ」の部員たちの話題によくあがるので、あらすじは大体覚えてしまった。バグダッドで米軍の誤爆により両親を殺されたイラクの子供たちが、同じような境遇の仲間を率いてアメリカに復讐していく物語だ。アメリカが始めた正義の戦いが、イラクに新たな大きな憎しみの種を撒《ま》いていくというメッセージが込められている。子供たちだけでアメリカという強大な権力に立ち向かう姿は胸を打つが、時に残虐でもあり、目を覆いたくなるシーンも多いという。『憎しみの小枝』はハリウッドで映画化もされたが、Ｒ指定されていた。

「俺はあの三部作は好きじゃないね。俺もおふくろに言われて映画を観に行かされたけど、残酷すぎるんだ」

ラージが口の周りの髭を掻きながら、ミヌーに反論した。ラージは口髭をきれいに整えていて、誰かの意見に反論する時は、指先でそれを掻く癖があった。

「だってそうだろ？　賢い子供たちが、米軍相手にだまし討ち作戦を成功させるシーンなんか、とてもエグいよ。アメリカの軍人たちが、土地勘がなくて慌てている隙を突いて、裏通りで待ち伏せして次々に銃で撃ち殺すんだ。「白人の軍人vs.有色人種」みたいな構造になっているのも嫌だった。まぁ、あれはハリウッドがダメなのかもしれないけど。原作では米軍のなかにも色んな人種の人がいるように書かれていたけれど、映画では軍人はみんな白人の俳優になっていた。あんな描き方じゃあまるで君のようなアラブ系や、俺みたいなインド系さえ、テロリストだと言及しているようなもんじゃないか。まるで偏見の上塗りだよ」

「いや、そこはもっと深く読み取らないとダメよ」

ティアナが議論に割って入った。彼女は鼻に銀色のピアスをつけ、赤く染めた長い髪をポニーテールにしていて、一見すると近寄りがたい雰囲気だが、話せばフレンドリーな人だった。

「あれはね、暴力が新たな暴力を生み出すのを描いているんじゃなくて、まぁ、もちろんそれも描いているんだけど、それよりも、戦争を前にしても私たちは無力じゃないんだ、というメッセージが込められているんだよ。『憎しみの小枝』は、二〇〇三年に始まったイラク戦争を題材にした物語なんだよ。当時、戦争に反対していた世界中の人たちをエンパワーしているの」

「なるほどな。登場人物が子供ばかりなのは、何も持たざる一般大衆のシンボルなのかな？　金も権力もないおれたちは、アメリカ政府のように抗えない大きな力を前にしたら、子供みたいに非力だろ。ところで、ポップコーンもっと食べるかい？」

ザックがテーブルの上の減ってきたお菓子を見て、次の袋を開けた。

「ゲレロの三部作は、ずいぶん前に書かれたものだけど、今読み返しても古い感じがしないんだよね。むしろ新鮮に感じるくらいよ。今のロシアとウクライナのことについても、予言しているのかなと思うようなシーンもあって、驚かされるよね」

ミヌーが新しいポップコーンをつまんで口に入れると、議論を続けた。

「素晴らしい小説というのは、良くも悪くも現実を引きつけるのかもね。今、ウクライナやシリアやパレスチナで起きている悲惨な出来事もみんな、なぜかイラクを舞台にした『憎しみの小枝』三部作の中にすでに書かれている。まるで、ゲレロはそれを自分の目で見てきたみたいにリアルなのよ」

「素晴らしい文学かもしれないけど、俺はやっぱりそれでも、ゲレロ作品は暴力が過ぎると思うんだよね。話は戻るけどさ、だまし討ち作戦のシーンで、アメリカ軍人を人質に取って、檻《ケージ》に入れるシーンがあるだろ？　檻の中に軍人をつないで虐待するんだ。あんなの子供のすることかよ？　アメリカ軍人だって来たくてイラクに来たわけじゃないし、彼らにだって人生があるのに、そこを配慮しないのは作家としてどうかと思うよ」

「そこはおれも同感だね」とザック。

「私は意義あり」と、ミヌーとティアナ。

アヤカも議論に参加したかったが、なにせ小説を読んでいないので肩身が狭かった。ほんとうは自分も早く読むべきなのは分かっている。兄のカズキでさえ、日本でハビエル・ゲレロを読んでいるのだから。

しかしアヤカの毎日は、朝五時に起きて授業の予習をし、午前中のクラスに午後のクラス、途中の休憩時間はすべて動画の撮影にあて、放課後はサークルに顔を出し、帰宅してからはその日の授業の復習をし、それから深夜まで動画の編集作業をするといったスケジュールで、読書に割ける時間はほとんど残っていないのだった。

それでも、どうしてもこの場の議論に加わりたくて、恐る恐る手をあげて発言した。

「みんなに提案があるんだけど、今から私のシェアハウスに来ない？　ハビエルさんに直接、意見をぶつけてみたらいいんじゃない？」

　わぉ、その手があったかと、部室のみんなが乗る気になった。

　ザックがテーブルのポップコーンを片づけている間に、他の部員たちはコートやダウンを着込む。教科書を入れたリュックを背負い、車のキーを手に出発の準備をした。

　ミヌーの車にアヤカは乗せてもらうことになった。他の部員たちの車を先導しながらシェアハウスに向かった。


　雪が積もった庭を囲むようにして、四台の車が次々に到着した。

　サークルの部員たちに突然押しかけられて、大家のメリッサは驚いていたが、「冷蔵庫に冷えたグリーンティーのピッチャーがあるから、どうぞ好きに飲みなさい」と言い残して書斎に戻っていった。以前のメリッサだったら、友達を連れてくるなら前もって連絡しなさいよ、と小言のひとつも言っただろう。最近のメリッサは機嫌がいい。恋人のハビエルと一緒にいられることが理由なのは明らかだった。メリッサとハビエルはほんとうに仲が良くて、キッチンでもリビングでも気が乗ればいつでもキスをしている。しかもアヤカがライブ動画を撮っている最中でも、気にせずにするのだ。アメリカの恋人同士はいったい一日に何回キスをするのだろう。二人のキスには、見ているこちらが恥ずかしくなるような厭《いや》らしさがまったくない。唇を軽くぱっと重ねる二人の所作には、どこか優雅さのようなものがあって、とても自然で美しくさえあった。

「ゲレロさんは今、二階で執筆中です。呼んできましょうか？」

オーランドがトイレから出てくると、リビングに集まってわいわい言う部員たちを見て状況を察したのか、急ぎ足で階段を上がっていく。

アヤカは彼の丸い背中を静かに目で追った。

オーランドがシェアハウスに来てから、以前のように二人で親しく話すことがなくなった。家賃なしで住まわせてもらっていることへの引け目なのか、オーランドの態度は常によそよそしかった。バスルームの掃除を自ら引き受けたり、床に掃除機をかけたり、皿洗いをしたりと、彼なりに周りに相当気を遣っているのだろう。アヤカの動画の編集作業を手伝ってくれるのも、そうした彼の配慮からなのだろうか。氷点下の駐車場で凍えているんじゃないかと彼を心配する必要がもうなくなったのは良いが、しかしアヤカにしてみれば、以前のように一緒にドライブしたり、車の中でくだらない話で盛りあがったりした楽しい時間がすっかりなくなってしまったことは、とても寂しい気持ちだった。

オーランドがハビエルの「付き人」のように振舞っていることも、アヤカをもどかしい気持ちにさせた。憧れの作家と一緒に暮らせていることがよほど嬉しいのか、ハビエルのうしろを四六時中ついて回っては、ちょっとした頼まれごとを引き受けたり、執筆中の彼にお茶を運んだりしている。

——前は私が温かいクラムチャウダーを車に届けてあげたのに。

恩に着せるわけではないが、オーランドの関心が自分からすっかり離れてしまったことに、アヤカは恨めしささえ感じていた。二人でモーホンク・マウンテンの夕日を眺めたり、ポキプシーまでドライブしたりした日々は、彼にとっては辛い車中泊の束の間の気晴らしに過ぎなかったのだろうか？

——アメリカの男の子ってドライなんだな。

こちらは友達だと思っていたのに、勝手に裏切られたような気分になってしまう。

「お待たせ。君たちがアヤカのサークルの人たちですね。ようこそいらっしゃい」

ハビエルが階段を降りてきて、部員たちの前に立った。

部長のザックがまずは挨拶し、ミヌーとラージ、ティアナが後に続いた。さっきまで部室で話していた小説の作家本人が目の前に現れたことで、みんなのテンションがあがる。

「若い読者に会えるなんて嬉しいよ。せっかく来てくれたんだ。夕飯を食べていきなさい。ピッツァでも取ろうか、いや、寿司にしましょう。ニューパルツに美味しい寿司屋があるんだとメリッサが話していたっけ。なにせうちのシェアハウスには、日本人と日系人がいるからね。寿司にはうるさいんだ」

若い読者に囲まれてハビエルもまんざらでもないようで、手にしていたスマホでさっそくデリバリーを取ろうとする。

「ありがとうございます。でもおれたちのサークルにはヴィーガンもイスラム教徒もいるんで、寿司は食べられないです」

「大丈夫なんだよ。ヴィーガンのための寿司や、ハラールやコーシャーの寿司だって、今はあるんですから。イスラム教徒もユダヤ教徒も、みんな平等に寿司を楽しむ権利があるだろ」

ハビエルはそう言うと、スマホを耳に当てて、「スシ・トーキョー」にオーダーを入れた。「スシ・トーキョー」は、かつては「猫すし」という店名だったが、あまりにもおかしい名前なので数年前に変更したという。

配達の人がやってきたのと同じタイミングで、ジョアンヌが大学から帰宅した。リビングに大勢が集まっているのを見て、「なに？　今夜はスシ・パーティー？」と嬉しそうに黒い目を丸くして微笑んだ。

ハビエルが奮発して人数分より多く注文してくれたおかげで、ダイニングテーブルもリビングのローテーブルも、丸い寿司桶でいっぱいになった。スパイダーロールやドラゴンロールなど、日本ではあまりお目にかからない太巻きが並んでいる。唐辛子液に漬けた辛いマグロの海苔巻きは、スパイシーツナというものだ。ヴィーガンのジョアンヌとザックは、梅干しペーストときゅうりの海苔巻きを箸も使わず、指先でつまんで食べている。ティアナは彼女の赤い髪と同じ色のスパイシーツナを美味しそうに頬張っていた。

「ＰＳＣ」の部員たちは小皿を手にハビエルを囲み、小説やエッセイについて、彼に色々な質問を投げかけていた。

「ゲレロさんが、作家になろうと思ったきっかけは何ですか？」

ミヌーが握っていた箸をいったん置くと、ソファーの向かいからハビエルに問いかけた。

「俺がまだ君たちみたいな大学生だった頃、イラク戦争が始まったんです」

ハビエルは真剣な眼差しで、ソファーを囲む部員一人ひとりを見て答えた。

「もちろん、アメリカはそのもっと前から、色んな戦争をしてきました。けれど太平洋戦争も朝鮮戦争も、ベトナム戦争も湾岸戦争も、自分が生まれる前だったり子供だったりしたせいで、どこか遠い話に思えていたんです。でもイラク戦争は違った。よその国に戦争をしかける国に俺は住んでいるんだなと、初めてはっきりと実感したんだ。当時、イラクから脱出しようと、空港に押し寄せている人たちの映像をテレビで見てね。自分が大学の教室で教科書を広げているこの瞬間にも、空爆から逃げようとしている人が、あんなにたくさんいるんだと知った。俺にとってそれは、心臓をえぐられるような衝撃だったんです。書かなければいけない。その時からそう思った。とてつもない悲劇が始まろうとしているのに、無関心のまま時間を流して、やがてそんな悲劇があったことさえ忘れてしまう人間になってはいけないと感じたんです」

「それなら、どうしてゲレロさんの小説には、残酷な暴力の描写が多いんですか？　戦闘シーンじゃなくて、もっと優しい台詞とかでもいいように思うんですが」

ラージが小さく息を吐いてから、ゆっくりした口調で質問した。

「正直、自分でも書いていて辛くなる時がありますよ」

ハビエルも小さく息を吐く。それから一度静かに目を閉じると、再びゆっくりと開いた。

「でもあれは意図して描いているんです。俺の小説の中で、子供たちが米軍に対して行っていることは、君の言うとおり、確かにとても残酷だね。でもじつは、あれはすべて当時の米軍が、イラクの人々に対して実際にやったことなんです。書くにあたってリサーチするために、色んな場所に足を運んだよ。そしてそのことを知った時は、ほんとうに胸が痛くなりました。当時の米軍はテロリストだと疑いをかけた人たちを檻に入れて、裸にして殴ったり水をかけたりして虐待していたこともあった。テロリストじゃなかったと、後から判明して釈放された人もいるけれど、彼らが負わされた傷は一生消えない。俺のようなアメリカ人は、イラクの人たちに一生恨まれるだろうなと思います。だからアメリカがした行為を反転させて、小説の中に投影しようと思ったんです。ひどいと目を覆いたくなるシーンが多ければ多いほど、俺たちは自分たちを顧みることになるからね」

部員たちが座るソファーの背後で、アヤカは静かにカメラを回していた。ハビエルが話す内容は恐ろしいものではあったが、聞き逃していけない、絶対に録画しておきたいと思った。イラク戦争について、アヤカは過去のネットニュースを追ったことがあった。昔の遠い世界のことだと思っていたイラク戦争を、こんなふうに身近に感じたのは初めてだった。

ハビエルがシェアハウスに来てから、アヤカは彼から多くの話を聞いてきた。自分にとっては東京からニューパルツに来るだけでも大きな冒険だったのに、ハビエルはもっと多くの遠い国々に行き、着いた先では戦争の風景が待っている。ハビエルのおかげでアヤカは、地球の半分の人間は、テロや紛争に巻き込まれるのが珍しくない国や地域に生きていることを知った。日本で送った楽しかった高校生活も、ニューパルツでの穏やかな毎日も、けっして当たり前のことではないことを知った。

「おかわりする？」

オーランドがいつの間に傍に来たのか、カメラを抱えたアヤカの横で、マグカップにグリーンティーを注ぎ足してくれた。

10　ピース・マーチが始まる

ＩＴリテラシーについて解説した五冊の大型本を両腕に抱えて、オーランド・シュナイダーは図書館の広い窓から、雪をかぶるモーホンク・マウンテンを眺めていた。ニューヨーク州の冬は長く、三月になってもまだ雪が積もっている。

ニューパルツ大学の図書館はソジャーナ・トゥルース・ライブラリーといって、ニューヨーク州生まれの奴隷解放活動家の名前がつけられていた。奴隷として生まれて苦労の人生を送ったが、やがて社会を変える存在になった彼女のことは、アメリカ人なら誰でも知っている。自分の名前が図書館につくほど立派な人間にどうしたらなれるんだろうと、オーランドは遠い歴史に思いを馳せた。

受付で貸し出しのチェックアウトを済ませると図書館を出た。このまま家まで歩いて帰る。シェアハウスに住まわせてもらうようになってから、キャンピング・カーで通学するのもなんだか大袈裟なので、徒歩で通っていた。

入口にアーチがあるサイエンスビルと、鉄筋コンクリートの校舎、赤レンガ造りの小劇場を通り越すと、学生寮《ドミトリー》が密集する芝生の広場に出た。今日はいつもと違い、学生たちの騒ぐ声が寮の外まで漏れ聞こえていた。ピース・マーチの準備がいよいよ始まったのだ。アヤカによれば、マーチは全サークルが共同で行うらしく、まるでカーニバルのように色んな山車《だし》が出るという。

大学のロゴがプリントされたスウェットを着た学生たちが、寮の裏手からプラカードにするベニヤ板とペンキの缶を運んでくると、雪の芝生にビニールシートを広げ、さっそくペンキ塗りを始めた。笑い声が辺りに響く。

アヤカと同じ「ＰＳＣ」サークルに僕も入ろうかな、とオーランドは思った。人づきあいが苦手なのにサークルに入ろうと思うなんて、自分でも意外だったが、そうでもしなければアヤカと話せる機会がない。シェアハウスでは周りの目を気にして、以前のように彼女と話せなくなっていた。ジョアンヌもいるのにアヤカだけをドライブに連れ出すわけにもいかず、また、メリッサ先生やハビエルの前でアヤカとだけ親しく話すのも気まずかったからだ。気にしすぎかもしれないが、どうしても気が引けてしまうのだ。

そうなる理由は他にもあった。じつは、ハビエルがオーランドだけに何度もお金をくれるからだ。新学期が始まる前の晩や、中間試験が近づく頃など、ハビエルは事あるごとに「困っているんだろ？　使いなさい」と言って、何枚も重ねた一〇〇ドル紙幣を小さく丸めてオーランドの手に握らせた。もちろん最初は断ったのだが、ハビエルは引かなかった。

「俺に恩送り《ペイフォワード》をさせてくれよ」

「ペイフォワード？　何ですか、それ？」

きょとんとするオーランドに、ハビエルは語って聞かせた。

「俺は今まで、色んな人間に助けられてきたんだ。シリアでもウクライナでもパレスチナでも、みんな大変なのに、遠くから来た俺の取材に協力してくれたよ。もちろん、露骨に敵意を向けられたこともある。自分たちの窮状を題材に、小説なんかを書こうとしている男がアメリカからやってきたんだ。そりゃ怒りを買って当然だろ。しかし実際には、受け入れてくれる人の方が多かった。宿や食事を提供してくれた家族もいたし、虐殺の記憶を風化させないために書いてくれ、と俺に懇願してきた人もいた。なかには俺の取材を受けたせいで、危険な目に遭わせてしまった人もいた。ほんとうは彼ら全員に恩返しがしたい。だけど、何人かは空爆に巻き込まれてしまって、すでにこの世にいないんだ。だから俺は、今目の前にいる君を少しでも助けたい。彼らから受けた恩を君に送りたいんだ」

つまりハビエルの言う恩送り《ペイフォワード》とは、誰かから受けた恩を別の形で別の人に返すことらしい。中東の人間ではない自分が、それを受けてよいものかとオーランドが問うと、ハビエルは静かに優しく微笑み、オーランドはそれを答えとして受け止めた。

ハビエルのおかげで、オーランドは春学期の授業で使う教科書を古本ではなく新しいものを買った。膝に穴が開いていたジーンズも買い替えたし、ポキプシーのNPOから支給される食パンでしのいでいた昼食は、大学カフェテリアのバーガーになった。

十三歳の頃から憧れ続けた作家と同じ部屋に住み、しかも資金援助まで受けるとは。オーランドは自分が置かれた現実が夢ではないかと、いまだに疑っている。

メリッサは、このことを黙認してくれた。アヤカとジョアンヌにも内緒にしてくれていた。自分だけ家賃を払わないだけでなく、お金までもらっていると知れたら、トラブルになると思ったからだろう。おかげでオーランドはさらに後ろめたい気持ちになった。特に、アヤカには今までたくさん親切にしてもらってきた。そもそもシェアハウスに住むことになったのも、アヤカのおかげだと言っていい。だから彼女にだけは正直でいたかった。

大寒波に見舞われたあの日、オーランドは母のいるシラキュースに帰ろうと、ハイウェイに乗るところだった。それが、ゲートが閉鎖されていたのだ。絶望的な気持ちになった。僕はこのまま凍えて死ぬのかと、恐怖で体ががくがく震えた。ちょうどその時、助手席に転がしていたスマホが鳴った。アヤカからの電話だった。

「今すぐ私のシェアハウスに来なよ！　オーランド、あなたこのままだと死んじゃうよ！　隠し事は今日でおしまいにしよう」

アヤカの声は必死だった。いつも大らかな彼女があんなふうに懸命に話すのを、オーランドは初めて聞いた。

大げさではなく、アヤカは命の恩人だった。

学生寮が向かいあう広場の真ん中を、突っ切るように急ぎ足で歩いた。図書館で借りた本を入れた背中のリュックが重い。

大学のキャンパスを抜けてメインストリートに出ると、商店街のパステルカラーの壁や屋根が、寒々しい冬の風景に豊かな彩りを与えていた。通りに面して建つメソジスト教会のもみの木は、まるで教会の屋根から生えているみたいに尖《とが》った葉を空に向かって伸ばしていた。

シェアハウスの玄関ドアを開けると、すぐ目の前にあるキッチンで、見慣れた顔の人たちがダイニングテーブルに集まり、何やら賑やかに話していた。ザックにミヌーに、ティアナにラージ。「ＰＳＣ」のメンバーだ。最近しょっちゅううちに来るようになった。

「ねえ、オーランドから何とかゲレロさんに頼んでよ。作業場所を見つけるのに、苦労してるんだよね」

赤く染めた髪をポニーテールにしているティアナに、帰宅したばかりで唐突に話しかけられて、オーランドは面食らう。

「頼むって、何を？　ぜんぜん話が読めないんだけど」

「だから、ピース・マーチの準備をする場所がなくて困ってんの。学生寮《ドーム》だと寮長が厳しくて、外でしか作業させてくれないの。ノコギリ使ったりペンキ塗ったりするから、音や臭いを出すのはダメなんだって。アパート住まいの子も、ご近所から苦情が来るからできないし。マーチまであと一週間なのに、まだ準備が何も始められなくてさ、いったいどうしたらいいのよ」

「今年のマーチは『パレスチナに平和を』がテーマなんだよね。『天井のない監獄』と呼ばれる地域だから、壁をモチーフにした出し物をベニヤ板で作ろうと思ってるんだ。もちろん、プラカードも横断幕も用意しなくちゃいけないし。ああ、時間がない！」

部長のザックが腰かけていたストゥールから降りて、こちらに近づいてきた。オーランドはとっさに身構えた。

「そんなわけだから、できればこの家で作業させてもらえないかい？　ここは広いし、一戸建てだからご近所迷惑の心配もない。どうか住人の君からゲレロさんに頼んでもらえないだろうか？　ゲレロさんなら、おれたちのやることを理解してくれそうな気がするんだ」

「いくらなんでも、図々しすぎるんじゃないかな。そんな迷惑になること、僕からはお願いできないよ。それにゲレロさんはこの家の主じゃない。メリッサ先生が家主なんだけど、先生はこの家で勝手にノコギリ使ったり、ペンキ塗ったりなんて許可しないと思うよ」

「あんたほどこの家で図々しい人間いないでしょ。今さら何を遠慮することがあんのよ？」

二階から降りてきたジョアンヌが口を挟んできた。みんなの話をふと耳にしただけで状況を把握したらしい。

ジョアンヌはダイニングテーブルに来ると、メンバーたちの前でひとつ咳払いした。「みんな、この家でやったらいいよ。パレスチナ解放を訴えるマーチなんでしょ。ついこの前までガザ地区にいたハビエルさんが許さないはずないよ」

心強い味方を得てメンバーたちがほっとした顔をする傍らで、ジョアンヌは人差し指でオーランドの胸のあたりを指さすと、

「なにぼうっと突っ立ってんのよ。早く、大家のメリッサ先生を呼んできなさいよ。先生、今、二階にいるわよ。さっきからゲレロさんの部屋で仲良さそうに何か話してる。言っとくけど、あそこ、あんたの部屋じゃないからね」と言った。

オーランドは逆らうこともできず、黙って彼女に従った。階段をのぼる後ろ姿をみんなから見つめられている視線を感じた。

ジョアンヌのことは苦手だった。自分のことを見下しているのか、あるいは敵視しているのか

知らないが、いつもきつい物言いをしてくるからだ。そのくせ饒舌で、尋ねてもいないのに一方的に色んな話をしてくる。

ジョアンヌの家はニューヨーク州の北部、カナダとの国境に近い街、バッファローにあるそうだ。父親は幼い時に離婚したので顔は覚えていないそうだが、母親は立派な弁護士だそうで、毎月決まった日になると家でパーティーを開くのだという。それは法曹界の偉い人を集めたパーティーで、ひとり娘のジョアンヌは毎回きれいなドレスを着て、大人たちに失礼のないよう気を遣いながら会話をするのが、ほとほと疲れるのだと愚痴をこぼした。バッファローにも優秀な州立大学はあるが、家から離れたかったので、はるばる遠くのニューパルツに来たそうだ。

「ママにもママの関係者にも嫌われないように、良い顔し続ける辛さ、あんたに分かる？」

ジョアンヌはオーランドに詰め寄った。質問というより明らかに自慢だった。彼が返事に困って口ごもると、ジョアンヌは両手を腰にあてて大きなため息をついた。

「分かるわけないか。あんた、ママと仲良さそうだもんね」

「僕の母に会ったこともないのに、どうしてそんなことが言えるんだよ？」

「分かるんだよ。あたしは何でもお見通しだからね。あんたのママ、きっと今頃心からほっとしてるだろうね。何ヵ月も車中泊なんて、あんた忍耐強いね。よくやってたよ。あたしだったら三日で挫折してる。フィアットは飛ばすのには最高な車だけど、寝るのには向かないから」

どうしてジョアンヌとアヤカが仲良しなのか、オーランドには理解できなかった。

二階の角部屋にいるメリッサとハビエルに、ピース・マーチの準備について相談を持ちかけた。

デスクを挟んでハビエルと向かいあっていたメリッサは、口をあんぐりと大きく開けて何か声を発しようとしていて、それが「オー・マイ・ガッド」や「ホーリー・シット」であることは、オーランドにも容易に想像がついた。メリッサはなんとか喉の奥に声を押し込むと、極めて平静を装い、

「それで、ハビエルを住まわせている私なら、反対できないだろうと踏んだわけね」

と観念したように言った。それから少し険しい表情に変わると、オーランドの顔をじっと見つめて続けた。

「分かった。この家を使うことを許可するわ。でも、これだけは約束してちょうだい。プラカードや横断幕に、イスラエルのことを悪く書くのだけは絶対にやめて。ユダヤ系の学生が嫌な思いをするだろうし、大学で大きな問題になるから。反ユダヤ思想みたいな内容のかけ声をマーチで叫んでもダメよ。分かってると思うけど、准教授の私の立場も考えてね」

「分かりました。必ず気をつけます」

「窮屈だな、准教授の立場は。俺たちが学生だった頃は、アメリカの大学はもう少し自由だったはずだが。まったく今の言論人はどうかしている。戦うよりも守りに入ることばかり考えるんだ

から」

ハビエルが嘆かわしいと呟きながら、デスクにセーターの肘をつくと両手で顔を覆った。

「ちょっと待ってよ。それって、まるで私を批判してるみたいじゃない」

「いいや、君の批判なんかしてないよ。いや、まぁ、してるかもしれないが。とにかく、俺が言いたいのは、もし俺がマーチの主催者なら、学生たちには自由にやらせたい。問題が起きた時の責任はすべて俺が取るから。多少険悪になっても、とことん対話した先にしか、相互理解は生まれないんだ。論争になる前から論争を防ごうとしていたら、結局、何も先には進めない」

「ハビエル、誰もがあなたみたいに真っ向から勝負できる人ばかりじゃないのよ。大学内で論争になったら、ずっと後々まで厄介なことになるわ」

「だからって、学生たちから先に言葉を奪おうとするのか？　アメリカ人はどんな立場にあっても、広く世界に目を向けなければいけないんだよ。世界中で俺たちの国ほど、よその国に広く影響を与えている国はないんだからね」

「私はあなたみたいに言葉を武器にできる作家じゃないわ。知ってのとおり、私はこの小さな村の大学に勤めていて、それで生活してるの。この家だって、州立大学からの給料がなくちゃ維持できないわ。あなたのように純粋に信念だけでは生きていけないの。残念ながらね」

「ずいぶんな言い様だな。まるで俺が浮世離れしてるみたいだ」

「お願いですから、夫婦喧嘩をやめてください！」

オーランドが慌てて間に割って入った。

メリッサとハビエルの恋人関係はほんとうに分からない。二人で言いあいもしょっちゅうだし、譲れない文学論争がヒートアップすることもあるが、それでいて互いが唯一無二の存在というように仲が良い。二人を見ていると、オーランドは愛というものの不可解さに、つくづく興味を惹かれるのだった。

オーランドが困り果てた顔でデスク脇に立っているのに気づくと、メリッサとハビエルはがばりと立ちあがり、気まずそうにオーランドの肩や背中に手を触れると、「混乱させて悪かったね。何かあったら協力するから」と言った。


ギュルギュルギュルギュルルルルルルルル、ギュルギュルドドドガガガガガー。

チェーンソーで短く切った材木に電気ドリルで穴をあける音が、シェアハウスに響き渡った。リビングもダイニングもキッチンの床もすべて青いビニールシートが敷かれていたが、ザックが電気ドリルを当てるたびに大量のおがくずが辺りに飛び散るので、ビニールシートはあっという間に汚れてしまった。

開け放った玄関ドアから、ラージがさらなる材木を両腕いっぱいに抱えて入ってきた。玄関脇にそれを乱暴にどさっと置くと、またせわしなく外に出て行ってしまう。ラージと入れ替わるようにして、今度は知らない女子がやってきた。男の子みたいに頭をスキンヘッドに刈りあげた女子で、Tシャツからのぞく腕には花のタトゥーをいれていた。

二階に続く階段の下あたりのスペースで、オーランドはアヤカと一緒にプラカード作りに勤しんでいた。膝立ちの姿勢で前屈みになり、プラカードにするためのベニヤ板にペンキで絵を描くのだ。プラカード担当は二人の他にもミヌーがいて、さらにはオーランドの知らない学生が何人も参加していた。ピース・マーチは大学の全サークルが共同で行うので、「PSC」の他にも色んなサークルの部員が交ざっているのだ。

玄関からまた別の学生がやってきた。肩幅が広くていかつい印象のアフリカ系の男子だった。男子はロール状の布を小脇に抱えて、リビングをずかずかと大股で歩きながらこちらにやってくると、オーランドたちの目の前でロール状の布を広げてみせた。「Black Lives Matter」と書かれた立派な横断幕だった。「BLM」クラブのメンバーなのだろう。

「マーチに向けて、ここにあるスローガンを『BLM for Palestine』に書き変えたいんだけど、手伝ってくれないか？　君たち、そういうの得意だろ？」

男子はそう言うと、オーランドたちがいるビニールシートに腰を下ろした。

「オーケー。それじゃあここのアルファベットの並びを変えて……ここの余白に文字を足して……こっちの文字とこっちの文字はくっつけて……」

ミヌーが迅速に指示を出すと、周りのメンバーたちが色を消すための白いペンキをさっそく用意した。今日のミヌーはカラフルな花模様のヒジャブを頭にかぶっていた。作業中にペンキがうっかりヒジャブに付着してしまってもカッコ悪くならないように、あえて迷彩色みたいな花模様を選んだそうだ。

「あ、ちょうど良かった、そこの君。ペンキ買ってきてくれない？　白いペンキと緑のペンキが足りないんだよ」

ミヌーが傍を通りかかったアラブ系の男子を呼びつけた。「アラブ革命隊」というサークルのメンバーらしい。

「マジかよ。ダルイな。おい、誰か車、貸してくれよ。ハードウェア・ストアまで歩くのは遠いよ」

「行かなくていいよ。もうすぐラージが戻ってくるから。ペンキのこと、さっき彼に頼んでおいたんだよね」

アヤカが返事をすると、周りで「さすがアヤカ、気が利くね」とみんなの声が上がった。

まもなくして、ラージが両手にペンキの缶を二つさげて、シェアハウスに戻ってきた。入れ違いに別の学生が数人、何かの用事で出かけていく。今日だけで、いったいこのシェアハウスに何十人が出入りしただろう？

今週に入ってからずっとこんな具合だった。サークル間の垣根を越えて、七、八〇人の学生たちがシェアハウスを作業場にしていたのだった。昼間は授業に行かないといけないので、作業は主に夕方からで、真夜中も続行された。学生たちはそれぞれの作業に打ち込みながらも、途中で疲れたらソファーで眠ったり、床に転がした寝袋の中で自由に仮眠を取ったりしていた。

ちょうど今週、ハビエルがマンハッタンにある出版社から呼ばれていて不在だったので、オーランドは二階の角部屋にサークルのメンバーたちを寝かせてあげた。寝るのも起きるのも作業するのもみんなと一緒にすることで、オーランドは自然とみんなと打ち解けていった。

「おい、悪い、そこに置いてあるハンマー、取ってくれないか？　プラカードに持ち手を打ちつけたいんだ」

「これだね、はい。オーランドは手際がいいよな。もうそんなに進んでるんだ」

「このプラカードが終わったら、そっちも手伝ってあげるよ。どうやら僕、ハンマー打つのが得意みたいだ」

「私、ペンキ塗りの方が好きだな。横断幕の布の上に、ペンキのブラシを走らせるのって、なんか気持ちいい」

ドドドドドドドドドドドドド、ゴゴガガガガガガゴゴゴゴガガガー。

リビングの真ん中で、チェーンソーで材木を切断する甲高い騒音が鳴り、オーランドは思わず耳を塞いだ。そうしている自分がなんだか滑稽で笑ってしまう。ふと周りを見ると、みんなも音に顔をしかめながらもげらげら笑っていた。

「壁も監獄も、順調にできていってるね」

こちらにいるプラカード担当の人たちが、向こうにいるノコギリやドリルを使う力仕事担当のメンバーを眺めて言った。

力仕事班はザックとティアナを中心に、「ラティーノ・パワー」や「フェミニスト・METO O連盟」「LGBTQコアリション」などから、体力に自信のある学生が集められていた。パレスチナのガザ地区は「天井のない監獄」と呼ばれていることから、刑務所に見立てた山車《だし》を作ることになったのだ。材木を細長く切断して組み合わせて「牢屋」を作ると、その中に人を入れ、マーチ当日はそれをトラックの荷台にのせてメインストリートを走る予定だ。

監獄と同時に壁の製作も進んでいて、こちらはイスラエルとパレスチナを隔てる国境の壁をモチーフに、ベニヤ板で灰色の壁を作る。マーチ当日には、壁を隔てて左右に分かれて歩く学生たちが、途中で壁をハンマーで叩いて破壊する演出も予定されていた。

材木やベニヤなどの資材はすべて、ラージがニューパルツ郊外にある建設現場から調達してきた。ラージは演劇専攻だから、大道具などを調達するツテがあるらしい。

「誰を監獄に入れようか？　おーい、誰か入りたい奴いる？　先着順だぞ」

ザックが電気ドリルを握っていた手をいったん休めると、みんなに呼びかけた。トラックの監獄に収監できるのは十人までだが、二〇人ほどがぱっと手をあげたので、コイントスで決めることになった。ザックがジーンズのポケットから財布を出して、二五セントコインを天井に投げあげる。二回連続で表が出た人が監獄に入る権利を得る。みんな作業そっちのけで盛りあがった。

「あいつら何やってんだろ？　パレスチナの人に対して不謹慎だよね」

ミヌーが白けたような表情でザックたちを眺めていた。イラン系のミヌーはユダヤ人への表立った批判こそしないが、イスラエルには反対の立場であると、いつだったかみんなの前で表明していた。

「まあ、そう怒るなよ。この出し物をみんなで考えた時、君も賛成していたじゃないか」

近くにいた男子が、ミヌーをなだめようとした。

「そうだけど、誰があの中に入るかを、笑いながら選ぶのはどうかと思う。パレスチナの人たちは、明るく笑えるような状況にないんだからね」

「みんな今はハメを外してるけど、連日、根詰めて作業してきたんだよ。大目に見てやってくれよ。パレスチナ問題をけっして軽く見ているわけじゃないんだから。なあ、オーランド、おまえもそう思うだろ？」

急に話を振られてオーランドが言葉に詰まっていると、男子は続けて言った。

「おまえ、もう七時間もずっとそこにいるじゃないか？　作業が好きなのは分かるけど、少し休んだ方がいいよ」

「そうだよ。キッチンにアイスティーがあるから休憩してきなよ。後は私たちでやるから」

オーランドは気づけば昨日の夕方から、五〇枚ものプラカードを仕上げていた。どうしてこんなに熱中できるのか自分でも不思議だった。数ヵ月前までの孤独な自分だったら、こうしてみんなと一緒にいることなど考えられないことだった。

「うん、じゃあちょっと休んでくるよ」

「私も休憩してくる。喉乾いたし」

アヤカもついてきた。

キッチンには色んな種類の飲み物や、箱に入ったドーナツが山のように積まれていた。みんなで適当に食べなさいと言って、メリッサが家を出る時に用意しておいてくれたものだ。シェアハウスを学生に明け渡してしまったメリッサは、大学の研究室で夜を明かしていた。

オーランドは二つのグラスに黄緑色のソーダを注ぐと、ひとつをアヤカに渡した。

「ありがとう。こんなふうに、二人で長く一緒にいるの久しぶりだね」

マーチの準備が始まってから、アヤカといる時間が増えた、というか、オーランドはあえて彼女の傍から離れずに作業していたのだった。

「ああ。毎日が賑やかだね。出し物の準備も順調に進んでいるし。これならマーチの日までに余裕で間に合いそうだ」

「私は、あなたが参加してくれると思わなかったよ。オーランドのことだから、きっとひとりでハビエルさんの部屋に引きこもって出てこないかと思ってた」

「君が言っていた意味が、ようやく分かったんだ」

「え？　私、何か言った？」

「ほら、前に君が、友達を三〇人作る話をしたことがあったろ？　三〇人の友達の家に、毎晩一泊ずつ泊めてもらえば、三〇日、つまり一ヵ月になるって話だよ。あの時の僕は、友達なんて作れっこないと思ってた。でも今は、分かった気がするんだ。そんなに難しくないんだって」

アヤカがじっと静かにオーランドの話に耳を傾けていた。

「この数日間、みんなと一緒にいたら、なんだか吹っ切れたんだ。ここにいる人たちは、色んなことにフランクだし、前向きで明るい。以前の僕は、自分も親もバカにされるんじゃないかとか、色々考えすぎていた。今振り返ると、ずいぶん卑屈だったなと思うよ。アヤカには大切なことを教えてもらったよ。ほんとうに感謝してる」

「私はそんな大したことしてないよ。でもオーランドがそう思うなら、きっと共同作業の効果だね。人は誰かと一緒に同じことをやることで、親しくなるもんね。あなたが明るくなってくれて嬉しいよ」

二人は互いを見つめてしばらく無言で微笑みあっていた。手にしたグラスの中で黄緑色のソーダが弾ける音がした。


よく晴れた冬の空の下、学生たちはマーチの出発地である図書館前に集合した。ソジャーナ・

トゥルース・ライブラリーは、奴隷解放運動に人生を捧げた女性の名にちなんでいる。今日ここに集う学生たちは、トゥルースのようにカリスマ的な力はないが、みんな彼女のように世界を少しでも良い方向に変えたいと願っている。

「私たちは今日ここに訴える。パレスチナに自由と平和を！」

リーダーの最初のかけ声で、学生たちは出発した。

平和を願うメッセージが書かれた多くのプラカードが空に揺れていた。一行はスローガンを唱えながらキャンパス内を一周すると、メインストリートに出た。村の人たちがマーチの見物に来たのか、通り沿いに並ぶ商店街に多くの人の姿があった。子供がはしゃいでスマホのカメラをこちらに向けたり、お年寄りが一緒にスローガンを口ずさんでくれたりした。なかには露骨に嫌な顔をする人もいて、こちらに向かって中指を立てながら罵声を浴びせてきた。外交問題は難しい。

古城のような石造りの銀行がある交差点に出た。

交差点に向かいあうようにして二つのバー、「P&G」と「マギリカディース」が建っている。バーの周りはマーチの見物人でごった返していた。信号が青になると、「天井のない監獄」をモチーフにした檻をのせたトラックは、交差点をゆっくりと左折し、多くの注目と歓声を浴びた。

「パレスチナの子供を救おう！　子供たちに安全な朝を！」

オーランドの少し前を歩くミヌーが、張り裂けるような大声でスローガンを叫んでいた。隣ではアヤカが真剣な顔でカメラを回して、ライブ動画の配信をしている。ジョアンヌも大きなプラカードを重そうに掲げて歩いていた。

アメリカはイスラエルの味方だと世界では言われるが、Z世代の若者はパレスチナが救われることを願う人も多い。オーランドもそのひとりだ。

――いや、むしろパレスチナを応援するピース・マーチが、危うかった僕を救ってくれたのかもしれない。

乾いた冬の空に浮かぶプラカードを見上げて、オーランドはあふれそうになる涙をこらえた。多くの学生たちと肩を並べて自分が今メインストリートを歩いていることが、なんだか奇跡のようにさえ思えた。

――なぜって僕は、この交差点にいる人たちを車でひき殺したいと、思ったことがあったんだから。

キャンピング・カーの中で暮らしていた頃、オーランドは毎週金曜の夜になると、服を洗濯しにコインランドリーに行っていた。その途中に通るこの交差点で、「P＆G」と「マギリカディース」で踊ったり飲んだりしている学生のことが心底憎らしかったのだ。大学生活を謳歌する恵まれた彼らと、寒さと孤独に耐える自分は天と地ほど違う。苦労知らずのあいつらを、みんなまとめてひき殺してやりたいと、何度呪ったかしれない。

今振り返ると、あの頃の僕はほんとうにどうかしていた、とオーランドは身震いする。

そんな僕を救ってくれたのは、アヤカでありメリッサ、そしてハビエルだった。このピース・

マーチが、僕に穏やかな心を与えてくれたのだ。世界の平和に最も祈りを捧げるべき人間は、僕なんだ。

「パレスチナに平和を！」

オーランドはみんなのかけ声に自分の声を重ねた。

11　イースターのウォーター・ストリート・マーケット

毎年、ニューパルツの春は突然やってくる。

イースターが近づくと、長かったニューヨーク州の冬がようやく終わり、春がやってくる。季節の変化はあまりにも急激で、メリッサ・ナガノを戸惑わせた。キャンパスの芝生は、昨日まで残っていた雪が嘘のように溶けて、今朝は青い芝生に黄色いタンポポが顔を出していた。冬の間ずっとメリッサを憂鬱にさせていた灰色の雲は去り、澄み渡る水色の空から降り注ぐ日光がまぶしい。

モヘアのセーターをうっかり着てきてしまったことをひどく後悔した。額に滲《にじ》む汗を手のひらで拭い、セーターの袖をまくる。カフェテリアでラージサイズのオレンジクーラーを買ってくると、冷房のよく効いた研究室にこもった。デスクの椅子に深く座り、四方の壁を埋め尽くす本棚の背表紙を眺めながら、ストローを口にくわえた。

オレンジクーラーは甘酸っぱい初夏の味がする。ソーダ水の中に丸いシャーベットが三個も沈んでいて、ストローで崩しながら飲むとフラッペのような食感になるのだ。今年の夏はハビエルと一緒に過ごしたかったなと、ストローから唇を離すと無意識に独り言を呟いていた。

アメリカのイースター休暇《ブレイク》が明けたら、再びウクライナに旅立つと、彼から打ち明けられたのは昨夜のことだった。寂しさは覚えたけれど悲しくはなかった。ハビエルは二人でいても、心はどこか遠くのことを思っているような時があったし、そういう時は彼を無理やりこちら側に引き戻すのはやめようとメリッサは思っていた。今年もまたハビエルはウクライナの各都市を訪れ、その後はまたパレスチナ、シリアと、困難な状況に置かれた地域の人々への取材を重ね、平和を訴える小説を書く。それが彼らしい生き方であり、恋人としてメリッサはそれを応援しようと決めていた。

研究室のデスクでパソコンを広げると、書きかけの評論文の続きに取りかかった。『厨房と疑いの来訪者』というハビエルの小説について批評していた。メリッサはハビエルがこれまで発表した作品すべてを丁寧に、そして時に辛辣に批評してきた。彼が書いた小説を彼女が論じるという役目を担うことで、二人は地球の表と裏に離れていても、心は強く結ばれている。それが作家ハビエル・ゲレロと、文芸評論家メリッサ・ナガノの独特な愛のカタチなのだった。

『厨房と疑いの来訪者』は去年出版された長編で、ハビエルの中にある理想や、彼の人柄が色濃く反映された小説だった。中東のどこかの国を思わせる架空の都市で、ある兄弟が経営するレストランに、遠い町から異教徒の男が訪ねてくるというストーリーだ。男は自分をシェフだと紹介し、兄弟の店で雇ってくれないかと願い出る。試しに何か作ってみろと厨房に立たせると、彼の料理の腕には卓越したものがあった。しかし男には挙動不審なところがあり、兄弟は彼をテロリストなのではと疑った。兄弟は幼い頃に両親を爆弾テロで失っていて、その時の首謀者が男と同じ宗派であるだけでなく、顔もそっくりだったからだ。しかし男が兄弟の親を殺したテロに関わったという確たる証拠はない。レストランの経営は傾いていたから、彼のような凄腕の料理人を迎え入れたら、あっという間に客足を挽回させられるだろうという期待も捨てきれずにいた。男をどこまで信用していいのか？　彼の料理の腕を取るか、それとも疑わしい異教徒は追い返すべきか？

宗教対立が激化する世界において、人は他者をどこまで信じられるのか。猜疑《さいぎ》と寛容と憎しみと赦《ゆる》しが交差する極限の物語だ。

小説を読み込めば読み込むほど、メリッサはハビエルに惹かれていった。小説からエッセイ、小さな新聞記事やネットのインタビューに至るまで、メリッサはハビエルの書いたものはすべて読んできた。だから私が世界の誰よりも「ゲレロ文学」を熟知しているという自負があった。

大学の文学部の教室で肩を並べていた頃から、ハビエルの才能は際立っていた。在学中に書いた冒険小説『勇敢な子供たち』が評価され、弱冠二十一歳の新人作家として注目されて以来、彼が成功の階段を着々と登っていくのを、メリッサはいつもいちばん近くで見てきた。

かつては、メリッサにも小説を書きたいと熱望していた時期があった。

私もハビエルのように、読む人の心に一生残るような感動的な物語を書いてみたい。そう願いながらパソコンの前に座るのだが、キーボードを打つ指はいつも途中であっけなく止まってしまった。ハビエルという特異な才能の持ち主の隣にいつもいたことで、自分の書くものなど無価値だとしか思えなかったからだ。

メリッサが小説を諦めたのを真っ先に咎《とが》めたのは、意外にもハビエルだった。

「どうしてそんなすぐにギブアップするんだよ？　多少の忍耐はどんなことにだって必要なんだ。もったいないよ。君も知ってるだろ？　君には文才があるんだ。ケッセルマン教授だって君を認めている。頑張って続けてみろよ」

「ううん。やめるよ。書いてみて気づいたの。私は自分が小説を書くよりも、他人が書いた小説を批評する方が向いてるって。評論家は作家みたいに作品は残せないけど、作家は評論家がいて初めて評価されるのよ。だから私たち、これからは文学の世界でもパートナーだね」

しかし振り返れば、それはメリッサの本心ではなかったのかもしれない。ハビエルのことはもちろん愛していたが、ハビエルと恋人でいることは、書くことを志す者にとっては不幸なことでもあった。素晴らしすぎるお手本を前に、怯まない人間がいるだろうか？

書けないことを恋人のせいにするのは卑屈だと、自分でも分かってはいた。それでもメリッサにはハビエルのような捨て身の覚悟が持てなかった。何かを成し遂げる裏には、必ず失うものがついてくる。ハビエルの場合、書くことで名声を得たのと引き換えに、家族を失った。

アリゾナ州フェニックス郊外にある、壁の落書きと少年の喧嘩が絶えない町で、ハビエルは育った。父親の違う二人の兄、三人の弟という大家族のなかで、大学に進学したのはハビエルだけだった。両親は小さな金物屋を営んでいて、そこで話される会話は片言の英語が交ざったスペイン語だった。近所で窃盗事件などが起きてローカル・ニュースになるたびに、彼らの住む地域は「ヒスパニック・コミュニティ」だと世間から揶揄《やゆ》された。

メリッサは彼の家族をよく知っていた。

『勇敢な子供たち』がベストセラーになって、注目され始めた頃のことだった。ハビエルはマンハッタンのトライベッカという一角にアパートを借りて大学に通っていたのだが、兄弟にしょっちゅうトラブルを起こされていた。二人の兄はフェニックスから長距離バスではるばるニューヨークまでやってきては、ハビエルの留守を狙ってアパートに侵入し、現金や小切手帳がないかと部屋の中を荒らした。また、弟たちは家宅侵入こそしないもののハビエルに小切手をねだり、呆れるほど高額な金額をそこに記入するように迫った。ハビエルが拒むと激昂し、アパートの窓ガラスをビール瓶で叩き割ったり、家具を蹴り倒したりした。

二番目の兄は喧嘩っ早く、三番目の弟はいつも酔っぱらっていた。警察沙汰が頻繁に続いたことで心配になったメリッサは、ハビエルに引っ越しをすすめ、しばらく二人で逃げるようにマンハッタンのモーテルを転々としていたこともある。

大学の卒業が近づいたある日、ハビエルは銀行口座の残高がゼロになっていることに気がついた。父親が息子の名義で不正にクレジットカードを作り、高級車を買うなどして使い込んでいたのだった。また、母親はハビエルの資金を頼って金物屋を大きくしようと考えていたが、あまい事業計画のせいで失敗し、店の改築費用など多額の借金をハビエルがすべてかぶることになった。

「俺がみんなをおかしくしたんだ」

逃亡するように転がり込んだモーテルで、ハビエルはベッドで膝を抱えると、メリッサに心のうちを明かした。

「俺の兄弟はみんな子供の頃から悪ガキでさ、どうしようもない奴らだよ。だけど今ほど悪いことは、これまでなかったんだよ。こう見えても、兄弟みんな仲良かった時期だってあったんだ。俺たちは貧乏だったけど、それなりに地に足をつけて生きてきた。身の丈を知ってたんだよ。それが俺の小説が売れたせいで、まるで宝くじで百万ドル当たって金銭感覚を狂わされたみたいに、みんな舞いあがって、自分を見失って……。おかげで家族はもうめちゃくちゃだ。ぜんぶ俺のせいなんだ。俺があいつらをおかしくさせたんだ」

「ハビエルのせいじゃないよ。あなたは何も悪くない。小説が売れたのは、本来なら、良いことなんだよ。偶然当たった宝くじなんかと違うって。これは、あなたが努力と才能で勝ち取った結果なんだよ。だから、ほんとうなら、家族みんなで喜ぶべきことなんだよ」

「うちには、そういう理屈が通じないんだよ。おやじも、おふくろも、君のご両親みたいにちゃんとしてないんだ」

「ちゃんとしてる？」

「うまく言えないけど、俺の家族はなんていうか、日系人の君たちとは根本的な部分で違うと思うんだよ。君のグランパもグランマも、戦争を生き抜いてきただろ？　ブラジルのコーヒー農園から逃げるようにアメリカに来たり、戦時中は収容所に入れられても挫けなかった。戦後もひどい差別に遭ったけど、負けないで白人と同じ道を歩もうとしてきた。君のご両親はそういう親を見ならって育ったんだろ？　でも俺を育ててくれた家族には、そういった不屈の精神みたいなところがないんだ。過酷な歴史を受け継いでないところが、俺たちの弱さなんだと思う」

「ちょっと待ってよ。私の祖父母の戦争経験が、あなたの家族とどうつながるの？」

「もちろん直接に結びつく話ではないよ。これはあくまで俺の持論なんだけど、不幸なことでも、幸運なことでも、予想外の出来事に直面した時に出る態度みたいなものが、その人のバックグラウンドを反映してると思うんだ。俺の言うバックグラウンドっていうのは、一個人の人生っていう意味じゃなくて、もっと脈々と受け継がれてきたものだよ。喩《たと》えるなら、ユダヤ人の知恵みたいに、物事に動じない強さかな。つまり俺が何を言いたいかっていうと、もしも君が僕で、君が突然、有名になったり、大きな金を手にしたりしても、君のご両親なら冷静にどんと構えて動じないはずだってことだ。俺のところみたいに舞いあがって、警察の世話になるまでめちゃくちゃになったりしないはずさ」

ハビエルの言うことを完全に理解することはできなかった。こんな状況なのに、歴史だの戦争だのと悠長に語っている彼に対して、むしろ腹が立っていた。「今はとにかく、親や兄弟との関係をどうするか考えるのが先でしょうに」それに明日も大学の授業があるのに、このままずっとモーテルに隠れているわけにもいかなかった。

「まったく、あなたの頭の中って、壮大なスペクタクルよね」

メリッサは皮肉を込めてハビエルに言いかけたところで、はっとした。

そうなのだ。どんな状況にあっても、ハビエルは大きなスケールで考えることをやめない。それが彼の能力なんだ。作家になれる人間と、なれなかった人間の決定的な違いを見せつけられたようで、メリッサは勝手に打ちのめされた気分になり、ベッドで頭を抱える恋人に対して的外れな嫉妬を覚えたのだった。

大学を卒業すると、ハビエルはイラクに渡り、それを機に家族ときっぱり縁を切る決断をした。相当悩んだが、そうすることでしか家族をまともに戻すことはできないと判断したのだった。

じつの家族相手に起こした裁判は、当時のタブロイド紙を騒がせた。若くしてベストセラー作家になったハビエルは、世界平和を願う小説の内容から、それまで聖人君子のように扱われていた。それが裏では親兄弟が次々と警察沙汰を繰り返し、あげくの果てに家族と裁判にまで発展したことで、世間の興味を湧かせた。反戦運動をしていたイラクから、裁判のために何度もアメリカに帰ってきたことも、面白おかしく書き立てられた。

「ハビエル、次はどんな小説を書くんだろう？　早く読みたい」

彼が今取り組んでいる最新作は、おそらくウクライナで仕上げることになるだろう。メリッサは完成を心待ちにしていた。これまで味わってきたどんな苦い経験も、失った大切なものさえ、ハビエルならすべて文学に昇華できる。まるでコク深いスープのように、あらゆる経験が彼の小説には溶け込んでいるのだ。

私が叶えられなかった小説を書くという夢を、ハビエルはいつだって悠々と実現してくれる。だから私は彼を応援する役目を担いたい。

午後の授業が始まる前に、メリッサは研究室で評論文を仕上げた。デスク脇に置かれたままのオレンジクーラーのカップは空になっていたが、まだ爽やかな柑橘の香りが残っていた。


イースター休暇《ブレイク》は大学の春休みにあたる。アメリカの学生たちはこの時期、帰省したりどこか遠くへ旅行したりするのが常だ。シェアハウスの住人たちも例にもれず、オーランドはシラキュースに戻り、ジョアンヌは母親が主催するビジネスパーティーの手伝いをするからと、バッファローの家に帰った。好奇心旺盛なアヤカは、「せっかくアメリカにいるのだから、ニューヨーク州以外の景色も見ておかないとモッタイナイ」と息巻いて、フロリダに行って海の動画の撮影をしているという。

そんな春休みも今日で終わり、明日からまた大学が始まるので、三人は今晩遅くならないうちにシェアハウスに戻ってくるだろう。ハビエルがアメリカを発つのは三日後なので、帰ってきたらサークルのメンバーたちも呼んで、みんなでささやかなお別れ《フェアウェル》パーティーをやることになっていた。

そんなわけで、メリッサは久しぶりに学生がいないシェアハウスで、ハビエルと二人だけでゆっくりイースターを過ごすことができた。二人丸まってベッドで眠ったり、キッチンで冗談を言いあいながらブランチを作ったり、リビングのテーブルを囲んで文学談義を熱く交わしたり。なんでもないことが、今の二人にとっては抱きしめたいほど大切な時間だった。

「お昼になったら、ちょっと近くまで出かけてみない？　ニューパルツの景色もしばらく見られなくなるでしょ？　ウォールキル川のそばにあるマーケットはきれいなところよ」

ハビエルの肩にもたれてメリッサは窓の外を眺めた。明るい春の日差しがリビングに差し込んでいた。

彼とまた長く会えなくなることには慣れていた。空港の見送りでも、涙を流すことはもうなくなった。けれど出発の数日前というこの時期だけは、何度繰り返しても慣れるということがなく、どうしようもなく寂しい気持ちになる。

「そうだな。君と一緒にいられるのもあと少しだから、なるべく多く想い出を作っておきたいね。その想い出だけで、これからの日々を乗り切れるよ」

「向こうであんまり無茶しないでよ。イラクにいた頃みたいに『人間の盾』なんてやらないで。活動も大事だけど、心配している人がここにいること、忘れないで」

「君を忘れたことなんて一瞬たりともないよ。分かった、誓うよ。もう無謀なことはしない」

リビングの隅に立てかけられた大きなミラーに、二人の頬が重なりあう姿が映った。


メインストリートの長い下り坂の先にある「ウォーター・ストリート・マーケット」は、ニューパルツの観光名所のひとつだ。水草が生い茂るウォールキル川に沿って、山小屋ふうの二階建ての商店がずらりと並んでいる。イースターの季節とあって、今日のマーケットは人も多く、路上に広げたビニールシートで油絵を売る人や、ジャグリングを披露する大道芸人も出ていた。虹色のチュロスを並べる屋台に、子供たちが行列を作っている。

「なんだか絵にかいたような賑やかなマーケットだな。俺も油絵を描いて、あそこのビニールシートに座ってる男の隣で売ろうかな。作品のタイトルはズバリ、『平和』だ。あ、これじゃあ

「平凡すぎるか」

ハビエルが楽しそうにしている様子を見て、ここに連れてきて正解だったと、メリッサはつないだ手の指に力を込めた。

ゆっくりと顔を上に向けて深く息を吸う。四月の空はもう夏の日差しがあふれ、柔らかい風が心地良かった。

マーケットのブティックの多くがセールの貼り紙を出していた。五十年前に流行していたようなヒッピーテイストの奇抜なドレスが窓に吊るされ、人目を引いている。ニューパルツはウッドストックに並び、六〇年代に公民権運動が盛んだったところで、今も当時の面影を残したヒッピーふうの派手でカラフルな服や雑貨が、多くの店で売られているのだった。小さな村なのにスピリチュアル関連のスタジオや占い館が多いのも、ニューエイジ文化が運んできたものだ。

「あそこのブティックに下がってる可愛いワンピース、見てよ。ああいう色は何て言ったっけ？赤とか黄色とか緑とかの原色がぜんぶミックスして、光ったような放射状になってるわ」

「ヒッピーのシンボルカラーだよな。確かエナジーカラーとか言ったような。ボブ・ディランやジョン・レノンが活躍していた時代に流行っていた服だ。それにしても、両隣のアンティーク・ショップとはずいぶん対照的だよなあ。中世にタイムスリップしたような家具が並んでるよ」

「こういうところが、いかにもニューパルツらしいわね」

ニューパルツの歴史は古く、宗教的迫害を逃れてフランスから移住してきたヒューガノットと呼ばれるプロテスタントのキリスト教集団が、一六七八年にこの村を建てたとされている。彼らの名にちなんでつけられたヒューガノット・ストリートという裏通りが今もあり、一七世紀に建てられた民家の並びが今も大切に保存されて、観光客を集めていた。この村にアンティーク・ショップが多いのも、そうした歴史の懐古趣味からだろう。中世ヨーロッパとニューエイジというまったく対照的な文化が、不思議と調和しているのがニューパルツだった。

「卵、もらっていきませんか？」

可愛らしいウサギの被り物で仮装した子供たちが、卵を入れたバスケットを抱えてマーケットを歩いていた。ピンクや水色やパープルに色づけされた卵を、道行く人に配っている。

卵とウサギは命と繁栄の象徴だ。十字架にかけられ処刑されたイエス・キリストが三日後に復活したとされるイースターは、キリスト教徒にとってはクリスマス以上に重要な意味を持つ。しかし宗教を持たない者にとってのイースターの楽しみといえば、普段より少し豪華な卵料理だった。マーケットのカフェはこの時期に備えてエッグ・ベネディクトや大きなスフレ・オムレツなど、色んな種類の卵料理を提供していた。

メリッサとハビエルは神よりも卵料理を求める無神論者で、眺めの良いテラスがあるカフェを見つけて入ると、さっそくほうれん草のキッシュを注文した。ウェイターが丸い大きなそれをカートにのせて運んでくると、二人の目の前で三角のスライスに切り分けてくれる。

「キッシュって卵料理なのかな？　パイ皿に卵液を流してオーブンで焼くから、てっきりパイ料理なのかと思ってたわ」

　皿を前にメリッサが疑問を口にした。自分でも何度かキッシュを焼いたことがあるが、これを卵料理と認識したことはなかった。

「ミートパイやポットパイと同じ仲間かもしれないな。エッグパイは聞いたことないけど、エッグタルトというものはある。キッシュとエッグタルトはなんか似てる気がしないか？　エッグタルトを五倍にデカくすれば、キッシュになるよ」

　ハビエルはフォークを使わずに、直接手でキッシュのスライスをつかんで口に運ぶという豪快な食べ方をしていた。テーブルマナーは悪いが、紛争地に長くいるせいでフォークなど使わなくても、手で食べられるものはすばやく手で食べるという習慣が身についたのだという。

「何言ってるの？　エッグタルトはどう見てもデザートでしょ？　あれはどちらかと言えばケーキやプディングの仲間よ。料理のジャンルだって全然違うし。キッシュはフランス料理だけど、エッグタルトは中華でしょ？」

「中華だとは知らなかったな。でも、ほら、これはほうれん草のキッシュだ。卵よりもほうれん草の分量の方が多いよ。だからこれは野菜料理の仲間だと定義できるよ」

「ということは、ヴィーガンでも食べられるってこと？　それはさすがに論理が破綻してない？　卵を使っているわよ」

　話が盛りあがるとすぐに討論口調になってしまうのが、メリッサとハビエルだった。大きなキッシュを完食する前に、議論に決着をつけなければならない。

「分かったよ。ヴィーガン料理説は却下だ。卵にクリームとチーズの風味がするから、ピッツァの仲間と定義しよう。これはフランスのピッツァだ」

「確かに。パイの部分がピッツァのクラストに見えなくはないわ。ただ、ピッツァとなると正解を導き出すのは難しくなるわね。そもそもピッツァはイタリア料理なのか、アメリカ料理なのか、そこから検証する必要性が出てくる」

「ピッツァはアメリカ料理だ！」

「私も同意！」

二人はなんとか合意に至った。

ウェイターがアイスコーヒーのおかわりを注ぎにテーブルに来ると、コーヒーを冷たくして飲む習慣はいつ頃アメリカに定着したかをめぐって、再び議論が始まった。


食事を終えてカフェを出ると、「ウォーター・ストリート・マーケット」の広場にストリート・ミュージシャンが出ていた。ラテン系でふくよかな印象の若いボーカルの女性が真ん中で、両端のベースとドラムは背の高いアフリカ系の男性二人が担当していた。三人は穏やかなイースターには少々不釣りあいの激しいロックを奏でていて、ステージ前に若い人たちが大勢集まり、明るい歓声に包まれていた。

メリッサとハビエルも観客の輪に加わった。こんなふうにハビエルと音楽を聴くのなんて、いつ以来だろう。

「なんだかこの曲、発情期のライオンを連想させるわね。獰猛《どうもう》で手がつけられない」

ハビエルの耳に顔を近づけてそう言うと、呆れた顔で笑われた。音楽というものにメリッサはからっきし疎く、ロックを評する時に使うフレーズはこれだけだ。

「なかなか実力あるな、あいつら。特にあのドラムの男、うまいよ」

ハビエルの言葉に頷いた。音楽無知なメリッサでも、激しく体を揺らして歌うボーカルの女性に声量があり、ドラムの男性は動きが早くて正確であることは理解できた。

ステージを見ようと、人がさらに増えてきて、周囲の歓声がますます大きくなっていく。

ハビエルと一緒にいられるこの平和な時間が永遠に続けばいいのにと、心の奥底で願う自分がいた。彼は三日後にはウクライナへ旅立っていく。今だけは何も考えずに、ひたすらロックの激しい旋律に身をゆだねていたい。

明らかに曲とズレている、ダダダというおかしな音がした。

ドラムの男性が演奏を間違えたのかもしれない。

「え？　あのドラムの人、今の失敗だよね？」

周りの若い人たちが、どっと笑う。

するとドラムの男性は気を失い、体ごとがばっとドラムセットの上に突っ伏してしまった。よく見ると、首のあたりから血が流れている。

ステージから悲鳴があがった。

ダダダダダダダダ！

先ほど聞こえたのと同じドラムのような音が、今度は長く聞こえた。あっという間にボーカルの女性とベースの男性が倒れ、苦しそうに呻《うめ》く。二人とも背中から血を流していた。

「あれは銃声だ！　誰かが発砲しているんだ！　みんな伏せろ！」

ハビエルが叫び、あたりが騒然となった。ステージ前の観客たちがいっせいに駆け出して、互いにぶつかりながら散り散りに逃げていく。

ダッ、ダダダダダ、ダッダダダダダ！

乱射音が再び轟《とどろ》く。

しかし銃を撃っている人間の姿はどこにも見えなかった。

「銃声から遠い方向を目指して走るんだ！」

誰かが叫んだ。しかし遠い方向と言われても、瞬時に把握するのは難しい。ハビエルは混乱するメリッサの手を取り、全速力で走った。メリッサの足が恐怖でもつれて転びそうになるたびに、手をぐいと引っ張ってくれる。

逃げ遅れた人たちが、あちこちで倒れたまま動かなくなっていた。流れた血が、地面に水たまりのように広がっていく。鉄のような生臭い臭いが周囲に漂っていた。

多くの人が思い思いの方向に逃げているせいで、何度も人にぶつかった。血だらけの服で走る人。苦しそうに地面にうずくまる人。その場で泣き崩れる人。倒れている人につまずいて転倒する人。

店の前の花壇は派手にひっくり返されて土が飛び散り、窓ガラスには血痕がついていた。

「どこかの店に隠れよう」

ハビエルに促され、近くにあったアンティーク・ショップに急いで避難した。

アンティーク・ショップの中は、流れ弾から身を守るため、多くの人が一気に押し寄せてパニック状態だ。ガラスのランプや皿が落ちて派手に割れ、床のあちこちに破片が散乱している。怪我をした人が手で触れたのか、カップボードやワードローブに血の跡が付着していた。震えながらベッドに座る女性は、顔の半分が血だらけだった。

ダダダ、パパパパパパパパン！

逃れてきたはずの銃声が、近くに聞こえた。

どうなっているんだ？　まさか……。

振り返ると、店の入口にひとりの男が立っていた。男は長くて大きな黒いライフル銃を腕にかまえている。汚れた服を着た、茶色い髪を不潔に伸ばした白人の男。明らかに尋常ではない目つきをしている。ライフル銃は背中にもう一丁、背負っていた。

「うちの店から出て行け！　クソ野郎！」

店員が叫ぶのと、人々が逃げるのと、男が発砲するのは同時だった。

ダッダッ、ダダダダダダダ！

店の裏口に向かって走るメリッサの後ろで、あっという間に四、五人が被弾した。ズッという鈍い音と共に、背後でばたばたと人が倒れていく気配がして振り返りそうになるメリッサを、ハビエルがとっさに止めた。

「振り返るな！　逃げろ！」

慌てふためく人々が、店の中で押しあいながら、もがいている。

「もっと奥へ行け！　早く！」

「周りを見るな！　裏口に走れ！」

やっとのことで店の外に抜け出すと、マーケットの遊歩道に、何十人もの人間が倒れて動かなくなっていた。小さな子供もいる。お年寄りもいる。お腹の大きな妊婦が、腹部から出血して意識を失くし、ぐったりと横たわっている。横転した乳母車《ストローラー》から放り出された赤ん坊が、地面の上で燃えるように泣いていた。

あたりに漂う強烈な血の臭いのせいで、メリッサはたまらず咳《せ》き込んだ。まるで雨の後のように、足元は赤い水でびちゃびちゃに湿っていた。

「しっかりしろ、メリッサ。ライフルの男はまだ近くにいるかもしれない。早くここを去るんだ」

ハビエルの両目は涙と怒りで光っていた。メリッサは恐怖でがくがく震える両膝を思いきり拳で叩いて、走ろうとした、その時だった。

ダッダッダダダダダ！

二人のすぐ近くで銃声が聞こえた。

メリッサをかばうように、ハビエルが後ろから覆いかぶさってきた。彼の重みで倒れ、地面に叩きつけられる。左頬に痛みが走った。なんとかハビエルの体の下から這い出て、空を見上げると、眩しさに目がくらんだ。初夏の太陽が「ウォーター・ストリート・マーケット」を明るく白く照らしていた。

ライフルの男は、もう近くにはいないようだった。血まみれになった遊歩道の敷石に転がっているのは、誰かが残したアイスティーのカップと、片方だけのスニーカー。そしてピンク色のイースターエッグ。

「ハビエル！　ハビエル！」

メリッサは彼を抱き起こして呼びかけた。ハビエルは左のわき腹を撃たれていた。シャツにできた赤い丸いシミが恐ろしい速さで大きく広がっていく。あっという間にジーンズの尻まで色を変えていく。

私を助けようとして撃たれたんだ！

メリッサは泣き出しそうになる自分を奮い立たせた。

「立てる？　一緒に逃げよう。今度は私が助けるから」

メリッサはハビエルの腕を自分の肩にのせてなんとか立ち上がらせると、彼を引きずるようにして、近くのブティックの裏手にあるデッキウォークまで連れて行った。ここなら怪我をしたハビエルを横たえるのにちょうど良い。隠れることもできる。

ライフルの男が近くにいないことを確認し、デッキウォークにハビエルを寝かせると、メリッサは裏口からこっそりブティックに入り、大きめのワンピースをつかみ取ってきた。力ずくでそれを引き裂いて、ハビエルの腹に固く巻きつける。メリッサの両手はハビエルの血で真っ赤になっていた。

「すまないな。こんなことになって」

「しゃべらないで。傷に障《さわ》るよ。ハイスクールの頃、救命救急を少しだけ習ったんだ。あなたほどじゃないけど、私もこういう時に、少しは役に立てるかもよ」

額から大粒の汗を流し、痛みに顔をゆがめるハビエルを少しでも励まそうと、メリッサはそう言ったが、こんなことになるならもっとちゃんと勉強しておけばよかったと、内心は後悔していた。

応急処置をしても出血はまだ治まらなかった。腹部から漏れる血液が、シャツとジーンズを伝ってデッキウォークを赤く濡らしていく。この出血量は普通じゃない。銃弾はハビエルの左のわき腹を貫通しているはずだった。

いや、まさか、貫通してない？

もしかして、二発撃たれているんじゃないか？

脳裏に最悪の想像がよぎり、メリッサは必死にそれを打ち消そうとした。

遠くでパトカーのサイレンが聞こえた。救急車のサイレンもあとに続く。ハビエルのわき腹を手で強く押さえながら、メリッサは安堵の涙を浮かべた。


ダダダダダダパパパパパパパパパパ。ダーン、ダーン。

警察が来たことで助かるかと思いきや、今度は警官と乱射犯の銃撃戦が始まった。

ダーン、ダーンと体の芯を突きあげるような重たい音は、警官が放つ銃だ。

このデッキウォークは安全だろうか？

乱射犯はライフルを二丁持っている。背中にもう一丁、背負っているのを見た。不潔に髪を伸ばし、黒っぽい汚れた服を着たあの男の目は、異様な光り方をしていた。またあの男の目を見ることになるかと思うと、メリッサは恐怖で全身の毛穴から冷や汗が吹き出した。

デッキに横たわるハビエルの顔色は、さっきよりも悪くなっていた。救急車は近くまで来ているはずだが、銃撃戦が繰り広げられるマーケットの中には危険すぎて入れないのだ。

ハビエルはメリッサの手を握り、荒い呼吸を繰り返しながら、なんとか声を絞り出した。「俺のことは…いいから…君は早く…安全なところに…逃げてくれ」

「バカ！　あなたを置いていくわけないでしょ！　ハビエル、あなたはいつも私を置いて、シリアやイラクに行ってしまう。でも、私はそうしない。あんたを置いて行ったりしないよ！」

ハビエルの頭を自分の膝の上にのせて、額に手をやると、驚くほど冷たかった。体温が下がってきている。

「早く！　救急車、早く来てください！」

メリッサは声の限りに叫んだ。私のハビエルをこんなところで死なせるわけにはいかない、絶対に！

「静かにしなさい！　犯人に聞こえるわよ！」

ブティックの裏口ががばっと開くと、中から店員らしき痩せた中年女性が出てきた。人差し指を唇に当てて「しーっ」と咎めると、デッキに横たわるハビエルの姿を見下ろして、ぎょっとしている。

「ひどい怪我なのね。ちょっと待ってなさい」

女性はいったん店に戻ると、テーブルクロスのような長い布を持ってきて、これで止血をしろとメリッサに向かって放り投げた。さっきワンピースで止血したばかりだが、出血はまだ続いている。今度こそ血よ、止まってくれと祈る気持ちで、ハビエルの腹部に布を二重に巻いた。ハビエルが痛みに顔をゆがめる。

「ねえ、そのワンピースって、エナジーカラーのうちの商品よね？　事が済んだら弁償しなさいよ。高いんだから」

女性店員は怒ったように言うと、店の裏口ドアを乱暴に閉めて、がしゃりと鍵をかけた。

ダーン、ダダーン。

空気を切り裂くような大きな銃声が二発、轟いた。

それを機に、あたりに静寂が訪れた。

近くの店に隠れていた人たちが、ばらばらと外に出てきた。怪我をしている人もいる。デッキウォークにメリッサたちがいるのを見た何人かが、

「今やっと警官が犯人を撃ち殺した」と教えてくれた。

「ハビエル、終わったよ。もう大丈夫だって。救急車が来るまであと少しの辛抱だからね」

ハビエルの汗まみれの冷たい額を撫でながら、メリッサは励ました。

「情けないな……俺は今まで…たくさんの紛争地を…渡り歩いてきたのに…アメリカでこんなことになるなんて…」

「声出しちゃダメ！　大丈夫だよ。ハビエル、あんたはパレスチナでも無事だったんだから、今度だって助かる！」

救急車がデッキウォークの前に着くと、救急隊員が走ってきた。三人がかりでハビエルをスト

レッチャーに乗せて中に運ぶと、顔に酸素マスクをかける。メリッサも一緒に乗り込み、怪我の状況を説明すると、救急車は病院に向けて出発した。

救急病院はポキプシーまで行かないといけない。

救急車はハイウェイを猛スピードで突っ走るので、車体が大きくかしいで、ハビエルは苦しそうだった。こんな重症な怪我人を乗せているのに、どうしてもっと安全運転できないのかと怒る気持ちと、早く病院に着きたいと焦る気持ちがせめぎあう。ハビエルはストレッチャーの上でかたく目を閉じ、酸素マスクの中でなんとか荒い呼吸を続けていた。

ハドソン川にさしかかると、フランクリン・ルーズベルト橋がひどく渋滞していた。多くの救急車や怪我人を運ぶ乗用車が、ほかに迂回路もなく救急病院が少ないこの地域で、片側一車線の橋を渡ろうとしているのだ。救急車の窓から見える動かない景色。一分一秒が永遠に感じられた。

「メリッサ…メリッサ」

ハビエルが彼女の名を呼ぶと、突然、片手で酸素マスクを外した。

「君に…どうしても…伝えたいことがあるんだ…」

救急車の中に響く、ハビエルのかすれた声。つないでいる彼の指が小刻みに震えた。

「君は…夢を…小説を…諦めちゃダメだ……ほんとうは……君も自分の想いに気づいているんだろう……ずっと気がかりだった……俺は…君をくじけさせてきたのかもしれない……お願いだから…メリッサ…自分の才能を信じて…小説を……書いてくれ……君なら必ずできる…」

「何言ってるの、こんな時に？　とにかく、落ち着いて。私がついているから大丈夫」

メリッサは急いでハビエルの口元に酸素マスクを戻した。いきなり何を言い出すのだろう？　まさか意識の混濁が始まっているのではないかと怖くなり、静かに目を閉じるハビエルを見守りながら、彼の手を強く握った。


やっとのことで到着したポキプシーの総合病院は、銃乱射の被害者を一手に受け入れてしまったために、明らかに対応が追いつかない状態だった。ベッドも治療も間に合わず、床のあちこちに患者が直接寝かされていた。それでもハビエルは怪我の重症度から優先的にＥＲに送られ、緊急手術が始まった。

メリッサは待合室で待つようにと言われた。

患者でごった返す待合室は、座る場所がないどころか、立っているのもしんどかった。点滴をつけたまま長椅子に横たわる人や、血が滲《にじ》んだ包帯の腕をさすりながら、うつろな表情で壁にもたれる人。麻酔のせいなのか、床で意識を失くしたように眠っている人もいる。どこかで誰かが悲鳴のような声をあげて泣くのが聞こえた。医師や看護師たちが、そうした患者たちの間を必死に駆け回っていた。

「メリッサ先生！　無事だったんですね！」

多くの患者をかき分けるようにして目の前に現れたのは、なんと、アヤカとジョアンヌ、それにオーランドだった。

「さっきフロリダから帰ってきたら、メリッサ先生もハビエルもシェアハウスにいないから、どうしたんだろうと思って。そうしたら近所の人から、ニューパルツで銃乱射事件が起きたと聞かされて。しばらく待ったけど、二人とも帰ってこないから、もしかして事件に巻き込まれたんじゃないかと怖くなって。アルスター郡で大きな病院はここしかないから、とりあえず行ってみようってことになって。でも先生を見つけられないんじゃないかと不安で。でも先生は私と同じ日本人だから、人混みの中でも意外とすぐに見つけられて……ほっとして…とにかく、先生が無事でよかった」

アヤカはそうとう混乱していて、話の途中で何度もつかえては、隣にいるジョアンヌに背中をさすられていた。

「ゲレロさんは、どこにいらっしゃるんですか？」

オーランドが周囲を見回して尋ねた。

三人を前にしてメリッサは涙がこぼれそうになるのをぐっと堪えると、冷静に状況を説明した。

「そんな…あり得ない…ひどすぎる」

ショックを受けて泣き出した三人の肩をメリッサは抱き寄せた。四人で硬くハグをする。それから自分自身に言い聞かせるように念を押した。

「大丈夫、ハビエルは強い人なの。手術はきっと成功するわ。私のハビエルは、世界中の危険な地域を歩いてきたの。無謀なこともしたし、怖い目にも遭ってきた。それでも大丈夫だった。だからハビエルは不死身なんだよ」

待合室の窓の外が、急に明るく光って目をやると、多くのメディアの車が総合病院の外に詰めかけているのが分かった。ライトに照らされて、報道陣がマイクを持つ姿が見える。病院の中も外も騒然としていた。

「周りなんか気にしなくていい。今はハビエルのことだけを祈るのよ」

外を見て不安がる三人に、メリッサは強く言い聞かせた。

それから三時間。メリッサたち四人は張りつめた気持ちで待合室の隅に立ち、手術が終わるのを今か今かと待ち続けた。

ついに、ひとりの看護師が四人のところにやってきた。こちらに来るようにと促され、彼女に誘導されてERに続く長い廊下を四人で歩く。その先にある両開きのガラス扉が開くと、医師が姿を現した。

背の高いアフリカ系の男性医師はメリッサたちの前に立つと、唇を引き結び、硬くこわばった表情を見せた。その顔を見てメリッサは、世界がぐらりと揺らぐ気がした。

「大変残念ですが、助けられませんでした」

　アヤカたちが泣き叫ぶ声が、はるか遠くに聞こえた。廊下もＥＲのガラス扉も天井の照明も、目に映るすべてのものが不気味にゆがむ。水の中にいるように視界は曇り、足元がぐらついた。体から力が抜けて膝から崩れ落ちそうになる瞬間に、看護士に肩を支えられたが、意識も感覚も自分とは遠いところにあるように感じた。

　混乱する四人を前に、男性医師は淡々と説明を始めた。

「ハビエル・ゲレロさんが撃たれたのは『ＡＲ15』というライフルです。左わき腹に二発の銃弾を受けていました。一発は体を貫通していましたが、もう一発は腹部に食い込んだ状態で、摘出はできたものの裂傷がひどく手遅れでした」

　ああ、やはり。二度の応急処置をしても、出血が止まらなかったのはそのせいだ。気づいていたなら、もっと早く何かしてあげられただろうか？　それとも、私にできることは最初から何もなかったんだろうか？　ぼんやりした意識のなかで、メリッサは必死に思考をめぐらせようとした。

　アフリカ系の男性医師は、大きな唇をぐっとゆがめて悔しそうな顔をすると、四人に同情の眼差しを向けた。

「もしかしてハビエル・ゲレロさんは、あの有名な作家さんですか？　大変惜しいことをしました。こんな事件を起こした犯人を絶対に許してはならない。おかしい人間に銃を持たせてはいけません。わたしは医師としてこれ以上、この国で銃による犠牲者を見たくありません。お力になれなくて、申し訳ありませんでした」

メリッサは涙を手の甲で拭いながら、医師の心にある怒りをしっかりと胸に刻んだ。私も絶対に許さない…絶対に…絶対に。

「ハビエルに会わせてください」

「残念ながら、この病院ではご遺体を引き取れるのは、ご家族だけと決まっているんです。ゲレロさんのご家族を呼ぶことはできますか？」

「いいえ。私が家族です」

メリッサはきっぱりと答えた。そう、ハビエルの家族は私だけだ。だから私が心を込めて彼を引き取る。世界を飛び回っていたハビエルが、最期に帰るのは私のもとだけなのだ。

「そうでしたか。それではこちらに」

医師は一瞬驚いたような顔をしたが、すぐに慈悲のある表情を見せると、隣にいる看護士に案内してさしあげるようにと伝えた。

「他の方は先ほどの待合室でお待ちください」

看護士に誘導されて、再び長い廊下を歩いた。ふらついていたはずの足は、しっかりとリノリウムの床を踏みしめていた。視界はクリアになり、彼女の目に映る世界はもうゆがんではいない。

安置所のベッドで眠るハビエルの身体は、ジッパーがついた黒い袋ですっぽりと覆い隠されていた。ジッパーを少し下げて確認すると、とてもきれいな顔で眠っていた。痛みも苦しみもない穏やかな表情。小麦色の肌も、ごわごわしたカールのある硬い黒髪も、太い眉も、上唇がめくれたような愛らしい唇も、いつものハビエルそのものだった。呼びかけたら、すっと目を開けて微笑み返してくれそうなほど、自然にそこにいた。

メリッサの目からこぼれる大きな涙が、ハビエルの顔にぽたぽた落ちていく。しかし彼の瞼はかたく閉じられたままだった。

これはほんとうに現実なのかと、今さらながら疑っている自分がいた。しかし同時に、いつかこんな日が来てしまうのではないかと、心の奥底でずっと怯えていた自分もいた。

ハビエル、私を助けてくれてありがとう。あなたを助けてあげられなくてごめんなさい。あなたのように私も強くなるからね。今までほんとうに、ありがとう。もっとずっとずっと、あなたと一緒にいたかった。

メリッサはハビエルにそっと顔を近づけると、彼の冷たい唇を自分の温度で温めた。

III

12　花であふれるステージ

「早く日本に帰ってきなさい」

国際電話を通じて母から再三叱責されて、岡本アヤカは辟易《へきえき》していた。

「銃犯罪ですって！　治安が良い村だと聞いていたのに、どういうこと？　とにかくそんな危険な国はさっさと離れて、帰ってきなさい。今帰ってくれば、日本の大学受験にまだ間に合うわよ。日本で大学に入り直しなさい。いいわね？　優秀なあんたなら、今から受験勉強しても良い大学に合格できるだろうって、お父さんも言ってるわ。一浪になっちゃうけど、周りには留学していたからだと言えばいいわ。ほんとうのことなんだし」

「勝手に話を進めないで。私はこっちの大学を辞めるつもりなんかないよ。ちゃんと卒業するまで粘るよ」

「コンピュータなんか日本でも学べるでしょ！　英語だってそうよ！　留学なんかしなくても、ペラペラの人はいっぱいいるでしょ！」

耳にあてたスマホから、金切り声に似た母の声が聞こえた。

「そういう問題じゃない。アメリカでしか得られないものがあるんだよ」

「いい加減にしなさい！　銃で人を撃ってるような国で、何を得るものがあるっていうの？　そっちでいつまでもグズグズしてると、日本の受験に間に合わなくなるよ。優しいお父さんだって堪忍袋の緒が切れるよ。とにかく、あんたはお兄ちゃんみたいに、お母さんたちをがっかりさせないで！　あんたがそんなにアメリカが好きだって言うんなら、この世田谷のおうちにアメリカ人を呼んでホームステイさせればいいわ。ご近所にもそうしている家、あるでしょう？　お父さんには、ホストファミリーを始めること、お母さんからうまく話しておくから」

「だから、どうしていつもそうやって勝手に話を進めるの？　もう切るね。とにかく私は帰らないから。お父さんにも、そう伝えておいて」

スマホの向こうで母が癇癪《かんしゃく》を起こすのが分かったが、アヤカは無理やり通話を終了させた。

この二ヵ月あまり、両親とはこのような堂々めぐりのやりとりが続いていた。帰国しろと再三言われるが、アメリカでの学費も生活費も自分で出しているのだから、親の言いなりになる義務はないはずだ。こちらの気持ちをまったく聞こうとしない父と母の姿勢は、昔から一ミリも変わっていない。

今さらながら、兄のカズキが高校時代に不登校になった理由が分かった気がした。カズキからは先日、短いラインが届いた。そこには、

「おまえは俺のようになるな！　父さんや母さんに振り回されずに、自由に生きろ」

とだけ書かれていた。

離れていても、兄さんは私のことを分かってくれていると、アヤカはなんだか励まされた気持ちになった。

イースターにニューパルツで起きた無差別銃乱射事件のことは、日本のメディアでも大きく報道された。あの日、ライフル銃を抱えた男の手によって、七八人が亡くなり、三五二人が怪我をした。犠牲になった七八人の中には、十二歳未満の子供が八人いて、妊婦が一人いて、ニューパルツの学生が四人いた。そしてハビエル・ゲレロがいた。彼の死は日本でも報じられ、日本の読者ファンは大きなショックを受けたという。

そのようなニュースを聞けば、アヤカの両親が娘を心配するがあまりヒステリックになるのも、無理からぬことではあった。アヤカも家族に心配をかけたことは申し訳なく思っていたが、しかしそれでもニューパルツに留まろうと思ったのには、彼女なりの理由があったからだった。

ポキプシーの病院で目にした光景が、忘れられなかったのだ。銃によって多くの人が犠牲になるという現実がこの世にあることを、アヤカはあの時初めて身をもって知った。一生忘れてはいけないと思った。日本に帰って、両親が勧めるように大学生活を東京でやり直したとしても、あの事件が頭から離れることはないだろう。どうせ一生つきまとう悪夢の記憶ならば、しっかり向きあいたいと思った。あの病院での出来事を共に経験したオーランドとジョアンヌと一緒にいたい。少なくとも三人そろって卒業するまでは、自分はこの国に留まり、アメリカの嫌なところも良いところも、とことんまで味わい尽くそう。たとえそれが苦い味ばかりだったとしても、すべて自分の人生の一幕として受け入れようと思ったのだ。

事件の直後から、ニューパルツには報道陣が殺到した。連日メディアの車がメインストリートに並び、道行く人にマイクが向けられた。大学の大講堂では、多くのカメラに囲まれるなか、犠牲になった四人の学生の追悼式が執り行われた。マンハッタンの教会で行われたハビエルの葬儀もテレビ中継されて、多くの関係者が追悼のコメントを述べていた。

永遠に続くかと思われた報道は、しかし、先週ぱたりと終わりを見せた。今月になって今度は別の州で、また似たような大規模な無差別銃乱射事件が起きたからだ。ニューパルツからメディアは去り、今はテレビでもネットでも、別の州の別の事件現場と犯人がクローズアップされている。

「なんでアメリカでは、こんなことがしょっちゅう起こるんだろう？」

あり得ないような悲劇がいとも簡単に繰り返されることに、アヤカはやるせなさや悲しみや怒り、言葉にすればどれも簡単だが、言葉ではけっして的確に言い表せない感情に押しつぶされて、メリッサに思いの丈をぶつけた。

「アメリカはおかしいよ！　メリッサ先生は、そう思わないんですか？　こんな国、どうかしてるよ……」

メリッサは世界中からハビエルあてに届いたお悔みのカードや贈り物を、リビングで整理しているところだった。追悼の品々は彼が亡くなってから二ヵ月あまりが過ぎた今も、毎日届き続けていて、広いリビングは大きな花束や菓子の箱で埋まりそうなほどだった。

メリッサは興奮するアヤカをぐっと抱きしめると、涙を流しながら耳元で頷いた。

「そうだね。私もそう思うよ。アメリカはおかしい。この国はほんとうにどうかしてるね」

メリッサは気丈に振舞ってはいるが、あの日以来、一気にやつれてしまい、学生たちに見せる表情も、今までのものとは違ってしまった。アヤカはメリッサに抱きしめられたまま背中をさすられて、自分の大人げなさを恥ずかしく感じた。

メリッサ先生の方が、私の何万倍も悲しいはずなのに、私を慰めてくれる。

「ごめんね、アヤカ。せっかく遠い日本から来てくれたのに、辛い思いをさせてしまって。アメリカ人として恥ずかしいよ」

「先生が謝ることじゃないです。先生はアメリカ人だけど、日本をルーツに持ってる。だから私と先生は、深いところで似てるはずだと思ってます」

「そうね。日本は戦後の焼け野原から立ちあがった。昔は日本の方が、ずっとずっと大変な国だったのに。アメリカはいつから、どこで間違えたんだろうね」

アヤカの首元に顔をうずめるようにしてメリッサが涙声で言うのを聞いて、アヤカは泣き出したくなるのをぐっと堪えた。

大学では混乱した春学期が終わり、夏学期が始まっていた。

夏学期は秋・春学期に比べて受講する学生が少なく、キャンパスが静かなこともあって、事件前の穏やかさが戻ってきたようでほっとできた。昼にはジョアンヌといつものカフェテリアで昼食をして、学生課の眺めの良い「アトリウム」では、これまでと変わらず動画を配信した。授業が終わった後は「ＰＳＣ」サークルの部室で部員たちと過ごした。普段と変わらないことを続けることで、心の安定を保つことができた。

夏学期から、ジョアンヌとオーランドも「ＰＳＣ」に加入した。部員が二人増えた部室は賑やかになるかと思いきや、あんな事件があっただけに重苦しい空気が漂い、以前のように活発に議論も盛りあがらなかった。

「今から銃規制を求めるデモに行く人、いるかい？」

部長のザックがみんなを見回して訊ねた。挙手する人は少なく、数人がためらいがちに視線を逸らした。

「いちおう、おれは行ってくるけど、まぁ、行きたくない人は無理しなくていいよ」

ザックの声がしんとした部室に響く。あの事件を機に、銃を持とうと考え始めた部員もいて、デモの参加を呼びかけにくくなっていたのだ。

事件から二ヵ月あまりが過ぎ、キャンパスが日常に戻ったように見えても、何かが決定的に損なわれてしまったことを、部員たちみんなが気づいていた。事件によって一人ひとりが傷つき、それによって考え方が変わった人もいれば、変わらない考え方を大切にしようとする人もいた。サークルの中に「分断」が生まれたのかもしれないが、その「分断」について熱く議論を交わせるほど、みんなの心に元気はなかった。

そのような状況でも、ひとりも退部者が出ないのは、（それどころか、オーランドとジョアンヌという二人の入部者を迎えた）おそらくみんなどこかで、つながっていたいからだろう。アヤカ自身もそうだった。たったひとりで辛さを抱えるよりは、互いに意見は違っても、同じ部室で肩を寄せあっていたい。

「おれがデモから戻ってくるまで、部室にあるプレッツェルでもチュロスでも食べて待っていてくれ。デモに参加してきた報告会を開くから。まぁ、待っているのが退屈なら、今日はもう家に帰ってもいいぞ」

ザックの声に、帰り支度を始める部員がいるかと思いきや、みんな静かにテーブルを囲んだまま、スナックの皿に手を伸ばした。

銃規制の強化を求めるデモは、事件の翌日から定期的に行われるようになった。学生だけでなく地元住民も集まり、遠くからやってきた活動団体も交わった。過激なデモで、怒鳴り声をあげたり、銃所持に賛成する人を罵倒したりすることもあった。

アヤカは銃を持つことには反対で、だから銃規制には賛成だったが、この過激なデモに参加する気分にはなれなかった。穏健な活動を旨とする「ＰＳＣ」サークルの理念とも、合わない気がしたからだ。

しかし、今日はアヤカもデモに加わることにした。デモは「ウォーター・ストリート・マーケット」で行われる。最初の銃撃があった音楽ステージは献花台になっていて、アヤカは事件があった日と同じ日に、そこに花を手向けていたのだ。今日はちょうどその日なので、マーケットに行こうと提案すると、ジョアンヌとオーランドも賛同してくれた。

デモのある日は、メインストリートがざわつく。

銃規制強化を求めるプラカードを掲げた人が、あちらこちらに立っていた。

アヤカは花屋で生花を包んでもらうと、ジョアンヌとオーランド、部長のザック、そして副部長のミヌーと共に五人でマーケットに向かった。

仲が良かった部員のラージとティアナは、デモに参加するのはもう少し考えたいと言って来なかった。ラージはどのような暴力にも反対の立場で、だから銃武装することには、たとえそれが自衛のためであっても反対の意見を貫いていた。そんなラージが来ないのは、デモ隊と銃所持に賛成する人たちの間で、先週、路上で殴りあいの喧嘩が起きたからだった。これ以上の暴力をうっかり目にするだけでも俺は耐えられないと、彼はみんなに打ち明けた。

フェミニストのティアナは、自分の身を自分で守ることに対して、これまで以上に真剣に考えていたが、実際に銃を買うことには強い抵抗があると語っていた。今回のことでアヤカは初めて知ったのだが、アメリカ人の間でも自衛のために銃を持つかどうかは、かなり意見が分かれるところだ。もちろん、州によっては銃を撃つ練習をするガン・クラブなどが、普通にあるところもある。しかしそれでも、一家に一丁、銃があるのがアメリカだというのは偏見で、銃を買うことはおろか、銃に触れることさえ拒む人はいるのだ。

ティアナは、デモが政治的なものになっていることに疑問を抱いてもいた。銃規制をめぐる政治論争が高まるあまり、被害者や犠牲者の遺族の気持ちが後回しになっていると、サークルの部室でみんなに訴えていた。

「私、少し頭を冷やしたいんだ。たぶん、今の状況だと物事を冷静に判断できないと思うから。私がデモで何か主張することが、被害者や遺族を傷つけてしまうかもしれない。後になって後悔したくないしね」

ティアナはそう言うと、重苦しい雰囲気が漂う部室で俯いた。

事件現場になったマーケットは、今はきれいに清掃されて、道に広がっていた血痕も、店の壁に埋まっていた弾痕も取り除かれていた。献花台となったステージを埋め尽くす数多くの花束だけが、今も当時の惨劇を物語っていた。

今週も多くのデモ隊が集まり、声をあわせてシュプレヒコールを叫んでいる。

「アメリカから銃をなくせ！」

「もう待ったなしだ！　大統領は何をしている？　銃規制法案のさらなる強化を！」

マーケットはピース・マーチの頃とは異なる種類の熱気に包まれていた。パレスチナ解放を訴えるピース・マーチの時は、参加者の間に正義と優しさのようなものがあふれていると感じたが、今は強い憤りと焦りのようなものが、空気をぴりつかせていた。

プラカードのひとつが、アヤカの目に飛び込んできた。

「精神異常者に銃というおもちゃを持たせるな！　マーク・コーエンに地獄で苦しみを！」

と、そこには書かれていた。

アヤカはスローガンに胸がざわつき、思わず目を逸らした。


マーク・コーエンというのは、あの日このマーケットでライフル銃を放った男の名前だった。ミネソタ州ミネアポリスの出身、三十二歳。アイルランドに祖先を持つ白人。両親ともに数学の教師という教育家庭に育ったが、コーエンが十歳の時に両親が離婚し、以来、父親とは一度も会っていない。ミネアポリスで地元の高校に勤める母親と、二人で暮らしていた。学校の成績は良かったが、友達は少なく、人づきあいが苦手だった。生まれつき肌の色が白く、痩せてひ弱な印象だったので、いじめに遭うこともあったという。ハイスクールのクラスメートの証言によると、コーエンは勉強はできたがスクール・カーストの下の方に置かれていて、一時期は尻を蹴られるなどのいじめに遭っていた。しかし「蹴ってきた相手の目をしっかり見つめて、うっすらと笑うようなところがあり、相手が気味悪がって、いじめは長く続かなかった」という。

高校卒業後、成績が良かったコーエンは大学に進学するものと思われたが、大学には行かず、近所のドミノピザでアルバイトを始めた。そこでちょっとした人間関係のトラブルがあり、二年ほどで仕事を辞めた。二十歳になると、コーエンは単身でニューヨーク州アルスター郡に移住した。なぜそこを選んだのか理由は分かっていない。母親にもどこの州に行くのかを告げずに家を出たという。当時の母親は、数学教師の仕事に没頭するあまり、家で息子との会話はほとんどなかったという。

アルスター郡に移住してからのコーエンは、ニューパルツ近郊のニューバーグやキングストン、ローゼンデールなどで、長いこと車の整備士をしていたという。見習いから始めて、苦労して仕事を覚えたようだが、人づきあいは悪く、ここでも友達は極端に少なかった。

当時のコーエンが務めていた車の修理工場《ボディショップ》の工場長の記憶によれば、マーク・コーエンはSNSやネットで過激な抗議デモや外国のクーデターの映像を見るのが趣味で、同僚たちにも見るようにと、DVDやURLを一方的にメールで送りつけたりして、周りからそうとう気味悪がられていたという。元同僚の話によれば、コーエンは何らかの政治的な意図をもって動画を拡散しているというよりは、暴力映像それ自体に惹かれているようだったという。頻繁にURLを送りつけられて、周りはとにかく迷惑していた。現場での彼は常に浮いていて、何を考えているか分からず、物静かではあったが、同時に何をしでかすか分からない危うさを秘めた雰囲気があったという。コーエンが車の修理のためにスパナを握る姿を見て、工場長はわけもなくぞっとしたことがあったと証言している。

三年前、コーエンは工場長に退職したいと願い出た。突然の話だったので、驚いて理由を聞くと、「俺がいなくても、春は来るからだ」と、まったく意味不明な返事を返してきたという。いよいよ気味が悪くなった工場長は、静かに退職届を受理した。

修理工場を辞めてからのコーエンは、仕事を転々とするようになった。ウェイターやフードデリバリーをしたが、どれも長く続かず、やがて住んでいたキングストンのアパートの家賃が払えずに退去を命じられると、そこからはミニバンの中で暮らすようになった。

車中泊を余儀なくされてからのマーク・コーエンの足取りはつかめない。ニューバーグのショッピングモールの駐車場や、キングストンのバス停の近くでそれらしきミニバンを見かけた人もいたが、運転手の姿はなく、コーエンのものかは分からなかった。

マーク・コーエンがはっきりと目撃されたのは、ニューパルツだった。

大学がピース・マーチを開催した日のことだった。店の前に不審なミニバンが路上駐車されているのを「P&G」の店長が見つけた。車の中を覗くと、コーエンは運転席の背もたれを倒した状態で、昏々《こんこん》と眠っていたという。助手席にも後部座席にも生活用品一式がびっしりと積まれているのを見て、店長は、この男は車の中で暮らしているのだと察したという。その日はメインストリートにピース・マーチの行列が通るから、車はすべてどかさないといけなかった。

どうしたものかと店長は悩み、向かいのバー「マギリカディース」の店長に相談に行った。「マギリカディース」の店長は、とりあえず運転手を起こそうと言って、ミニバンのガラス窓を叩くと、コーエンが目を覚まし、こちらを睨んだという。二人の店長は事情を説明し、車をどけてもらうように説得した。その時マーク・コーエンがこちらに向けた眼光の異様な鋭さと、白くむくんだ顔にぞっとするものを感じたという。

「P&G」の店長は、ホームレス支援センターを今すぐネットで探してやると、コーエンに提案したという。すると彼は、

「俺はホームレスじゃない。これは引っ越しだ。明日の朝、ミネソタに帰るんだ。おふくろが待っているからな」と答えたという。

報道によれば、マーク・コーエンの母親は、六年前にすい臓がんで他界している。父親は現在、行方が分かっていない。

犯行の当日、コーエンは二丁のライフル銃をギターケースの中に隠し持ち、「ウォーター・ストリート・マーケット」の人混みに紛れていた。ロックバンドの演奏にかぶせるようにして、ステージの裏手から最初の一発を放ち、それから発砲を続け、合計二四五五発の銃弾を発射した。駆けつけた警察官によれば、コーエンは手当たり次第にライフルを乱射しながら、

「どうして俺を置いてきぼりにして、春が来たんだ！」と、不可解な言葉をわめいていたという。

コーエンが所持した二丁のライフルは、どちらも「AR15」というもので、殺傷能力が極めて高く、弾が体を貫通しても死に至るほどの威力があるという。そしてアメリカで最もポピュラーな銃の種類のひとつでもあった。

コーエンは今から六年前、ミネソタで母親の葬儀に出席すると、その足でミネアポリス郊外のガンショップでライフルを購入したという。前科も精神科の通院歴もなかったコーエンは、購入に際してバックグラウンド・チェックを難なく通過したという。当時の店員はコーエンの顔を覚えていなかった。銃弾は、その後ネットで少しずつ買い足していった。彼のミニバンの中には、まだ二〇〇発の銃弾が箱に入ったまま残されていた。

なぜコーエンは六年前にライフルを買ったのか？　母親の死は、事件の引き金になったのか？　彼は六年もの歳月をかけて事件を計画していたのか？　コーエンは誰にも計画を打ち明けていなかった。犯行声明の類も残していなかった。警察官に射殺され、亡くなった今となっては、事件の動機は解明できない。

これが、アヤカがメディアを通して知った犯人像だった。

これだけ大きな事件を起こしておきながら、理由も動機も、永遠に知り得ることができないやるせなさに言葉を失う。どんなに理不尽な内容でも、本人の口から理由を聞きたかった。

アヤカは花であふれるステージに、持ってきた花束をそっと重ねた。多くの花束の隙間に埋もれるようにして、キャンドルやぬいぐるみが置かれ、犠牲になった人々の写真がフレームに収められて飾られていた。写真の中の犠牲者は、みんな幸せそうに微笑んでいた。

アヤカは両隣にいるジョアンヌとオーランドと手をつなぐと、三人でそっと目を閉じ、黙禱《もくとう》を捧げた。

「アメリカから銃をなくせ！　法案の迅速な可決を！　規制反対派は恥を知れ！」

デモ隊がささやかな黙禱をかき消すように、割れんばかりの声でシュプレヒコールを叫んでいる。

目を開いて空を見上げると、鮮やかな夏空が広がっていた。

「抗議デモなんてやっても、何も変わらないのにね」

副部長のミヌーが、乾いた声で呟いた。

「バカみたい。こんなデモ、何千回やったって銃はなくならないよ。私たちがどんなに解放を願っても、パレスチナがイスラエルに痛めつけられるように、アメリカは全米ライフル協会には、絶対に勝てっこないのよ」

ミヌーはそう吐き捨てると、目に涙を浮かべて献花台からくるりと背を向けた。

イラン系のミヌーは、みんなをリードしていたピース・マーチの頃とはすっかり変わってしまい、最近は無気力になって言葉にも皮肉が増えていた。それは世界が一向に良くならないことへの彼女なりの苛立ちや、絶望感がそうさせているのだろう。「私はイスラエルに強く抗議します」と、みんなの前で堂々と主張していた頃のはつらつとしたミヌーを思い出すと、アヤカは心底彼女に同情した。

「そうかもしれないけど、それでも声をあげなければ、世界はほんとうに終わるよ。どんな状況でも声をあげ続けることが大事なんだって、教えてくれたのはミヌーでしょ？」

アヤカの言葉に、ミヌーが肩を落として俯いたまま何も答えずにいると、ザックが間に入ってきた。

「アヤカ、ミヌーにはもう少し時間が必要なんだよ。たぶん、おれにも。おれだって絶望しているんだよ。こんなサークル活動、いったい今まで何のためにやってきたんだろうって。だって考えてもみろよ。おれたちはパレスチナの平和を願っていたはずなのに、戦争は目の前にあったんだ。このアメリカにさ。そう思うと、悔しくて……やるせなくて。平和を願わなきゃいけなかったのは、遠いパレスチナより先に、おれたちの足元だったんだ。こんな皮肉あるかよ？　なあ、そうだろ？　アメリカはハビエル・ゲレロを死なせてしまったんだ。あの人の小説について、おれたち部室でよく議論してたよな？　もしいつか、ゲレロさんが亡くなるようなことが起きたら、それはウクライナか、シリアかパレスチナでのことだろうと、想像していた。世界中の危険な紛争地をあんなにたくさん回ってきた人が、まさかアメリカの銃で死ぬなんて。どんな小説家でも思いつかない粋なエンディングだよ……だから……」

「ザック、もうやめて！　聞きたくない！」

ミヌーが怒鳴った。ヘッドスカーフで顔を隠すようにしているが、彼女の頬は紅潮し、両目には涙をためていた。ミヌーはすぐに「怒鳴ってごめん」とザックに小声で謝ると、肩で大きく息をしながら自分を落ち着かせるように胸に手を当てた。ザックはその様子を見て、ミヌーを慰めようと彼女にハグしようとしたが、すぐにその手を引っ込めた。イスラム教徒のミヌーの体に気安く触れることを躊躇《ためら》ったのだろうか。

気まずい雰囲気が生まれ、その場にいる全員が黙っているしかなかった。

ザックもミヌーも事件の傷を背負ってしまっていることを、今さらながら改めて感じ、アヤカは辛くて見ていられなかった。

「私たち、今日はもう帰るね」

アヤカが言うと、ザックは驚いたように「君たちまで怒ってるのか？」と訊いた。

「怒ってないよ。少し考えたいだけ」

「まさか、おれたち、今日で終わりってことはないよな？」

「そんなこと、あるわけないでしょ」

明るさを装いながら答えたものの、気まずい空気は濃度を増していて、ここで去るのも後味が悪く、だからといってこの場に留まるのは息が詰まりそうだった。ジョアンヌとオーランドもどうやら同じ気持ちらしく、ジョアンヌはブレイズヘアにつけたビーズを指先で触ったり、オーランドはジーンズの太ももに握りこぶしをこすりつけたりしながら、この場を離れたい仕草を無意識にしていた。

困惑した表情のザックとミヌーに見送られながら、アヤカたちは「ウォーター・ストリート・

マーケット」を後にした。デモ隊のシュプレヒコールから早く遠ざかりたいという気持ちもあった。

私たちは今日このデモに来るべきではなかったと、アヤカは悟った。私たちにはまだ早いのだ。ぬいぐるみや写真であふれる献花台を見ても、耳をつんざくようなシュプレヒコールを聞いても、平静を保っていられるだけの心を持つには、ザックの言うようにもっと時間が必要なのだろう。

来た時と同じように、ジョアンヌとオーランドと一緒にメインストリートを歩いた。来る時は下り坂だったが、帰りは少し息があがるような上り坂になる。

郵便局がある交差点の近くに、パステルカラーに壁を塗った可愛らしい店構えのジェラートショップが建っている。この界隈《かいわい》にはウッドデッキふうのテラスがあるベーカリーや、店主のセンスが光る手作り小物をそろえた雑貨店、古くからあるイタリアン・ビストロなどがある。これまでアヤカは、多くの商店を動画チャンネルで紹介してきた。配信は今も続けているが、もうあの頃のように無邪気な気持ちでカメラを回すことはできなかった。

後ろを振り返ると、ずっと続く下り坂の遥か遠くに、夏の緑に輝くモーホンク・マウンテンが広がっていた。二つの山が重なりあうようなユニークな形状をした山の景観はとても美しく、この村で起きた悲劇もすべて飲み込んでしまうかのように悠然としていて、思わず心を打たれた。

雲ひとつない青空も、こんもりと茂る木々の明るさも、見つめていると吸い込まれてしまいそうだ。ああ、こんな状況でも、私はまだニューパルツが好きなんだとアヤカは思う。

三人はほとんど無言で坂道をのぼり続けた。

しかし「P&G」と「マギリカディース」の前に出た時、アヤカは恨み言を言わずにはいられなかった。

「もしあの時『P&G』の店長さんが、警察に通報してくれてたら、あんな事件は防げたかもしれないよね？　少しでも異変を感じたのなら、『マギリカディース』の店長さんだって、警察を呼ぶべきだったんだよ」

「それはないわよ、アヤカ。路上駐車くらいで、いちいち警察なんか呼ばないでしょ。みんないつもやってることだし。ほら、今日だって路肩に車だらけ。路上駐車禁止にしたら、店だって儲からないわよ。それにあの日は、ピース・マーチを行うから、ストリートから車をどかせてくれと、うちの大学が町に頼んだんだよ。勝手だったのは、あたしたちの方だよ。店長たちは悪くない」

「それは、そうかもしれないけど……」

ジョアンヌの指摘は的を射ていたが、それでもアヤカは、どんよりした気持ちが胸にくすぶるのを抑えられなかった。そんな彼女の心を見透かすように、ジョアンヌは続けた。

「みんなモヤモヤしているんだよ。誰かのせいにしたくなる気持ちも分かるよ」

「ジョアンヌはいつも正論を言うよね。今の私には、あなたのそういうところがキツく感じるよ」

「アヤカ、あたしのこと、誤解してるよ。あたしはあんたが思うような、いつも正しい人なんかじゃないよ」

ジョアンヌはそこで言葉を切ると、深いため息をついた。

「正直に言うとね、ミヌーとザックがあんなふうに自暴自棄になってしまう気持ち、分からなくもないんだ。あたしも内心はそうだから。報道でマーク・コーエンが白人だと知った時、正直、ほっとしたんだよ。『ああ、アフリカ系じゃなくて良かった』って思った。警察による市民への発砲で犠牲になるのは、いつもアフリカ系だからね。肌の色だけで犯罪者だと誤解されて撃たれる。ほんとうに、やってられないよ、こんな国って、何度思ったかしれない。だから、ニューパルツの銃乱射犯がもしアフリカ系だったら、『ああ、やっぱり黒い奴は要注意なんだな』って、偏見が上塗りされるんじゃないかと怯えてた。だから、あいつが白人だと知って、ああ良かったって胸をなでおろしてる自分がいたんだ。だけどさ、ハビエルは死んでしまったし、メリッサは悲しんでるのに、あたしはなんでほっとしてるんだろうって、心底自分が嫌になったよ。あたしは今のあたしが、ほんとうに嫌いだよ。こんな話聞かされたら、あんたもあたしのこと嫌いになった？」

アヤカとオーランドはじっと静かにジョアンヌの告白を聞いていた。

ジョアンヌとはいつも一緒にいたのに、彼女がそんなふうに悩んでいたことに気づけなかった自分自身をアヤカは呪った。どうして私は友達のことが分からないんだろう？

「嫌いになるわけない。ジョアンヌは悪くないよ。悪いのはアメリカだよ。ごめん、こんな言葉しか言えなくて。でも、これだけは言わせて。私、ジョアンヌとこれからも友達でいたい」

「ありがとう。当然でしょ。ずっと友達だよ。バカだねえ。なに、涙ぐんでるの？」

ジョアンヌはそう言ってアヤカの首に腕を回すと、かたくハグしてくれた。

ジョアンヌの体温を感じながらアヤカは、私は彼女が抱えているものを半分も理解していないだろうと思った。けれど同時に、生まれ育った国も文化も違う友達のことを、簡単に理解できると思う方が傲慢なのかもしれない。

「僕も……話していいかい？」

オーランドがためらいがちに口を開いた。事件以来、オーランドは塞ぎ込むようになり、口数も減ってしまった。憧れの存在だったハビエルを失くしたのだから当然だろう。

「もちろんだよ。あたしが話したんだから、あんたも話しなさいよ」

「僕、マーク・コーエンのこと……あの男のことが、どうしても他人事とは思えないんだよ。君たちも知ってのとおり、僕も車の中で暮らしていた。ずっと孤独だった。精神的におかしくなりそうになったことが、僕にも何度もあったんだよ。だから一歩間違えれば、僕もあいつになっていたかもしれない。そんなふうに考え出すと、眠れないんだ」

「それは違うでしょ！　いくら車で暮らしていたからって、あんたはあいつじゃない。それに、弱気な性格のあんたは犯罪者なんかには絶対にならないから、よけいな心配しなくていいんだよ。だいたい銃だって撃ったことないでしょ？」

「そうだよ。オーランドは共感力が強すぎるんだよ。私のチャンネルのフォロワーにも似たようなこと、リプライしてくる人がいるよ」

あの日以来、アヤカは『あやかんジャーナル』で、ニューパルツの銃乱射事件のことを発信し続けてきた。回を重ねるごとにフォロワーからの反響は大きくなっていき、事件への怒りの声や犠牲者へのお悔みの言葉が、たくさん彼女のもとに寄せられた。同時に、「銃がない日本でも似たような事件は起こるから、遠いよその国の話とは思えない」という懸念も多く受け取ってきた。なかには、「僕は学校でいじめに遭っています。みんなが憎いから、僕もコーエンになるかもしれません」と書き込んでくる日本のフォロワーや、「合わない職場でキレそうになることがあります。あいつと俺は紙一重なんじゃないかって感じる時があります」といったコメントを目にすることもあり、アヤカは毎回複雑な気持ちにさせられた。

「でも、オーランドが言うように、他人事だと思わない姿勢は大事だと思うよ。日本はアメリカみたいに一般市民が銃を持っている国じゃなくて、ガンショップもない。そんな日本でも、似たような無差別テロは起こるんだよ。トラックで人混みに突っ込んだり、駅でナイフを振り回したりする人がいる。私、あの日から、どうして世界ではコーエンみたいな人がしょっちゅう現れるんだろうって、ずっと考えてるんだ。今、ニューパルツが静かになったのは、他の州で同じような事件が起きたからだよね？　次の犠牲者のおかげで、この村は平穏を取り戻したのかと思うと、いたたまれないよ」

いや、でも違うのかもしれない。次の事件が起きなかったとしても、やがてメディアはアヤカが思うよりも早く、ニューパルツから去っていっただろう。アメリカ人はこうした事件に慣れ過ぎている。あり得ないようなことが起きているのに、珍しくないことだと感じてしまうほど、銃犯罪に対して感覚が麻痺しているのだ。

「それで、考えた結果、君なりの答えは見つけられそうかい？」

オーランドに訊かれて、アヤカは返事に困った。自分なりの答えを見つけたかと問われれば、見つけたかもしれない。しかしそれは人に説明して簡単に納得を得られるような解答ではなく、そして何よりも、アヤカ自身がそのとりとめのなさに圧倒されていたからだ。代わりに彼女はこう答えた。

「ハビエルさんのお葬式の時のこと、覚えてる？」

「もちろんさ。忘れるわけない」

「そうじゃなくて。お葬式をやったマンハッタンで、教会の外の様子、ちゃんと見ていた？」

いったい何の話だと、首を傾げるオーランドとジョアンヌを前に、アヤカは自分の頭の中を整理するように、あの教会で見た光景をゆっくりと思い返した。

葬儀の日、アヤカは式に少し遅れて行った。生前のハビエル・ゲレロと一緒に住んでいたことで、日本のテレビメディアの取材を受けることになったからだ。

ズームでのインタビューを終えるとすぐに、ニューパルツのバス停からマンハッタン行きの長距離バスに飛び乗った。ポートオーソリティ駅に到着すると、そこから地下鉄に乗り換えて会場に着いた。教会の外階段には喪服の参列者の長い列ができていたが、並んでいたのは葬儀に来た人だけではなかった。

その日は著名人の葬儀が開かれるとあって、家のない多くの人々が教会の前にやってきては、参列者たちに小銭を恵んでくれと声をかけていたのだった。

「Give me change?（小銭くれませんか？）」

「Any change?（あまった小銭くださいよ）」

汚れた服を着た無表情の人や、瘦せて疲れた顔をした人たち。外階段に並ぶ喪服の参列者たちはみんな困ったような顔で、ホームレスたちと目を合わせないようにしていた。彼らの体が放つ強烈な臭いに鼻をおさえる人もいた。

ニューヨークの教会は、扉の前に長い階段がある造りになっているところが多く、夜になるとホームレスの人たちが、階段で暖を取ったり眠ったりしていた。教会のなかには、食事や二段ベッドを提供するシェルターとして開放しているところもある。ハビエルの葬儀をあげた教会はシェルターではなかったが、教会の周りを取り囲むように小さな三角のテントがいくつも並んでいて、男女ともに黒っぽい服を着た人たちが、うずくまるような格好で中で眠っていた。彼らはホームレスではなく、最近この街にやってきた遠い国からの移民たちだ。

ホームレスの人たちは、移民たちのようにテントに入ることもできず、腰かけていた外階段から立ちあがっては、葬儀に来た人たちに小銭をくれと手を伸ばしていた。

ニューパルツではこうした光景は見たことがなかった。食べ物の配給を受け取りにオーランドとポキプシーに出かけたことがあったが、そこで見かけた人たちと、今ここにいる人たちは、何かがはっきりと違っていた。

ここではみんなが殺気立っていた。ホームレスと移民たちが、アヤカには分からない何かをめぐって競いあっていた。

ショルダーバッグから財布を取り出した。小銭をあげなければ、このまま外階段で道を塞がれたまま、教会の中に入れないと思った。すると、背後に並んでいた他の参列者から注意された。

「あげたらダメですよ。無視しなさい」

「でも……」

「早く財布しまいなさい。こういうのは、一度あげたらキリがなくなるから」

「おい！　あんたら、なんだって！　キリがないだと？」

　二人の会話を聞いたのか、汚れた顔をした年老いた女性が、怒りを滲ませた声でそう言ってこちらを睨んだ。夏だというのにぼろぼろの長いコートを着込んでいる。

　女性は野太い声で、

「Mean people suck!（こいつら意地悪な奴らだ、イケてねえ！）」

と、怒鳴った。

　女性の怒りが周囲に飛び火したように、一瞬にしてその場の空気が変わった。

　ホームレスの人たちは、外階段に列を作る参列者たちに詰め寄っていくと、口々に大声で何かを怒鳴り始めた。移民たちもテントから出てくると、参列者を罵る言葉を浴びせかけた。すぐさま警備員がやってきて、揉みあいが始まった。

　アヤカは誰かに肩をつかまれて、階段の後ろに引き倒されそうになり、「助けて」と大声で叫んだ。

　アヤカより先に教会に着いていたオーランドが、外の騒動を聞きつけると、急いで階段を降りてきた。もみくちゃになりながらアヤカを救い出し、なんとか教会の中に入ることができた。

「やれやれ、とんだ災難だったな」

　他の参列者がそうぼやく声が聞こえた。背後のドアを振り返ると、ホームレスの人々も移民たちも、外階段では激しく警備員とつかみあいをしていても、その勢いで教会の中にまで乱入してくることはなかった。教会の扉は広く開いていたが、まるで透明な鉄壁がそこに存在するかのように、けっしてこちらに足を踏み入れてはこないのだ。

牧師の話が始まっても、アヤカは騒動に巻き込まれたショックで、胸の鼓動が収まらなかった。ポエムの朗読が始まった頃になると、ようやく心が落ち着いてきた。

文学関係者だと名乗る年配の人たちが、代わる代わる壇上にのぼってきては、自作のポエムを読みあげている。それが日本でいうところの弔辞なのだろう。緻密に韻を踏んだポエムはどれも凝っていて、悲しみを美しく表現していた。なかには、文壇で偉業を成し遂げたハビエル・ゲレロのために、このポエムを捧げることができて光栄だと詠んでいる人もいた。

喪主のメリッサは長いスピーチをした。リビングのソファーで伏せっていた昨日までの彼女とは別人のように凛々しく、冷静なスピーチはかえって会場の涙と共感を誘った。

アヤカはメリッサを強い人だと思った。

アヤカが知っているハビエル・ゲレロは、シェアハウスのソファーで冗談を言って笑ったり、サークルの部員たちを呼んで一緒に寿司を食べたり、誰に対しても飾らない気さくな人だった。だから、見たこともないほど大きくて豪華な白い花で飾られた棺も、悲しみを文学的な言葉で脚色したポエムやスピーチも、彼のイメージとは違うような気がした。もちろん、こちらの方が本来のハビエルだ。この立派な葬儀は、彼がこれまで歩んできた道のりそのものだ。しかし、それでもアヤカは、天国にいるハビエルは、このような見送られ方を望んではいないような気がした。

——教会の外にいるあの人たちは、死んだら誰かに悲しんでもらえるんだろうか？

路上やテントで暮らす人たちは、誰かに葬儀をあげてもらうこともできないかもしれない。ハビエルのために素晴らしいポエムを詠む人たちは、彼らに小銭の一枚もあげなかった。ハビエルが天国からこの場所を見下ろしていたら、どう思うんだろう。

葬儀には、パレスチナやウクライナやシリア、それにイラクやアフガニスタンからも、友人たちが駆けつけていた。彼らは大変な状況下の母国に家族を残し、ハビエルのためにアメリカまで来てくれたのだ。みんな急いで飛行機に飛び乗ったのだろう。喪服を用意している人はいなかった。それだけハビエルが、彼らと強い絆で結ばれていた証拠だ。

彼らは教会の外のアメリカの現実を見て、どう思うのだろう？

葬儀が終わって教会を出る頃になっても、外階段の状況は変わらなかった。先ほどのような揉めごとが起きないように、警備員が厳重に監視を続けるなかで、ホームレスの人たちと移民たちが階段を降りる参列者を取り巻いて、小銭をくれと手を伸ばしている。

アヤカはショルダーバッグから財布を出すと、目の前に突き出された手の中にコインを渡した。一緒にいたオーランドはアヤカを止めなかったし、ジョアンヌは呆れたように首を左右に振りながらも、彼女も財布を開いてコインをあげていた。財布の小銭入れはすっかり空になったので、次に一ドル紙幣を出した。

「ありがとう」

髪が抜け、皺だらけの顔をした若い男性から、しゃがれた声で感謝された。

それは、アヤカがこれまで言われた中で、最も心地の悪いありがとうだった。自分は良いことをしたなんて、少しも思えない。この人たちと自分とは、どうして違ってしまったんだろう。

高校生の頃、兄のカズキに教わって、ちょっとした好奇心から始めた動画が、偶然バズった。そこからアヤカの幸運は始まった。もっとたくさん拡散されたいと夢中になり、自身のチャンネルも開設した。インフルエンサーになろうと試行錯誤を繰り返し、もちろん努力もしてきたが、すべてのきっかけは、あの時の偶然が始まりだった。

だからアヤカは、偶然というものは、空に投げるコインのようにあやふやで、危険すら孕《はら》むものだと考えていた。自分はたまたま良い方にバズったから、トントン拍子で物事がうまく進んだが、あの時もしも炎上を招いてしまっていたら、家族まで巻き込まれて誹謗中傷され、大変なことになっていたかもしれない。たった一度の炎上によって、仕事も家も失うまで追い詰められてしまう人は、現実にいるのだから。そう思うと、教会の外階段にいるホームレスの人たちと自分とは、わずかな違いしかないような気がした。

自分は偶然、日本という国に生まれた。もしも自分がパレスチナやシリアに生まれていたら、自分も生まれ育った故郷を出て移民となり、今この教会の周りでテントを張っていたかもしれない。偶然のいたずらは、残酷なまでに人間同士を引き離し、まったく違う運命にしてしまう。そんなふうにして世界は回っていると考えたら、なんていびつなんだろう。

——ああ、だから、あんな事件が起きたんだ！

アヤカの心の中で、探していた答えが、ふいに降りてくるような感覚があった。

どうして銃乱射のようなむごい犯罪が起こるのか、ずっと考えていた。世界はあり得ないほど不条理で、人間は絶望的なまでに隔たっている。おそらくマーク・コーエンのような男は、そうした世界のいびつさを尋常ではない敏感さで受け止めて、強い怒りの力だけで世界を是正しようとしたのだろう。


「あんまり事件に感化されすぎちゃダメだよ」

アヤカの話を聞き終えたジョアンヌが、心配そうに言った。

「被害者に寄り添うんならともかく、犯罪者の心を知ろうとするのは無理だよ」

「だけど、犯人はもう亡くなっていて何も語れないんだから、私たちが想像するしかないでしょう？」

「だからって、あの男が世界の格差に敏感だったとか、世界を是正しようとしていたなんて言ったら、アヤカ、あんたもあの男に同調してるみたいになるじゃない。あんたまでテロリストみたいな考え方にならないでよ。確かに、コーエンは幸せとは言えない人生だったかもしれない。だけど、世の中には彼よりもっと不幸な人は、いっぱいいるんだよ」

ジョアンヌに否定されて、アヤカは反論するのをやめた。確かに自分の考え方は、事件の被害者からすれば、とうてい受け入れられないものかもしれない。それでも胸にくすぶるモヤモヤは消えなかった。

「君があの時、そんなこと考えているなんて知らなかった。葬式の帰り道、君はずっと無口だったから、てっきりホームレスのいざこざに巻き込まれて、怖くてショックを受けてるのかと思ってた。確かに、アヤカの物の見方は独特だけど、君がそう思うなら、それは君にとっての答えなんだろう」

オーランドはそこまで言うと、いったん言葉を切り、それから何かを思い詰めたような表情で、アヤカとジョアンヌをまっすぐに見つめた。

「僕、君たちに、聞いてもらいたいことがあるんだ。じつは心に決めていることがあるんだけど、ずっと言い出せなかった。シェアハウスに帰ったら、聞いてもらってもいいかな？」

「突然どうしたの？　もちろんいいけど、大丈夫？　何か困ったことでも抱えてるの？」

「あんた、じれったいわね。言いたいことがあるんなら、ここで今すぐ言いなさいよ。まあ、いいよ。とりあえず早く帰ろう」

三人はメインストリートのゆるやかな上り坂を歩いた。

大きなもみの木が目印のメソジスト教会の前を通りかかると、今日はバイブル・スタディの日なのか、人の出入りが多かった。ニューパルツの教会に外階段はない。聖書を胸に抱えた子供たちが母親に連れられて、開け放った扉の奥に吸い込まれていく。

マーク・コーエンはどんな子供時代を送ったのだろう。彼もあんなふうに母親と一緒に、教会に行ったことがあったんだろうか？

ふと気づくとコーエンのことばかり考えている自分は、ジョアンヌの言うように、犯罪者に感化されているのかもしれない。教会はコーエンのように、心に深い闇を抱える人間を、踏み止まらせることはできなかったのだろうか？　無宗教のアヤカには、教会の役割というものが分からなかった。

そういえば、ハビエルとメリッサも無宗教だったはずだ。それなのに、なぜハビエルの葬儀を教会で行ったのだろう？　アヤカは天国のハビエルに、色んなことを尋ねてみたくなった。

——ああ、もう声を聞くこともできないんだな。

生きていたら、今頃彼はウクライナにいたはずだった。じつは、ハビエルが撮っていた動画チャンネル『ハビエル・ゲレロの世界の旅物語』にアヤカもズームで出演して、「平和について考える日本人の声」と題して、『あやかんジャーナル』とのコラボ企画をしようと、二人で計画していたのだ。キーウとニューパルツ、互いに地球の反対側にいようとも、物理的な距離なんか、生きてさえいれば、なんてことはないのだと、今なら強く思える。生きてさえいれば、何だってできるのに……。

強烈な寂しさが、アヤカの胸の奥に滲んでいく。

——ハビエルが創ろうとした未来のために、私ができることは何かあるんだろうか？

心にふとそんな疑問が浮かんで空を見上げると、透き通るような明るい雲が、ゆるやかな風に流されていった。

13　ペイフォワード

「夏休みになったら、僕、この家を出て、キャンピング・カーに戻るよ。じつは、ある目的で全米を旅するプロジェクトを立ちあげたんだ」

オーランド・シュナイダーは、アヤカとジョアンヌをリビングのソファーに並んで座らせると、さっそく話を始めた。

先ほど、シェアハウスまでの帰り道で、彼は二人に話を聞いてほしいと言った。あの事件以来ずっと胸の内に温めていた計画を打ち明けるなら、今だと思ったからだ。

「僕はこれから、僕を待つ知らない人たちに会うために、知らない町に出発するよ。どんな遠い州だって行くし、治安の悪いエリアでも、そこに僕を待っている人がいる限り、避けたりしないで必ず訪れるつもりだ。アメリカを縦横断する長い旅になるだろう。でもキャンピング・カーがあるから大丈夫。たどり着いた先で、どんな人たちが僕を待ち受けているか分からない。でも、僕はやると決めたんだよ。多くの友達を作って、励ましの輪を全米に広げていきたい。それが旅の目的だから……」

アヤカとジョアンヌが、何がなんだか分からないというふうに、途中で口をぽかんと開けたのを見て、いったん話を中断した。突然の決意表明のようなオーランドの意気込みに、二人は明らかに面食らっているようだった。

アヤカは漫画のように目を丸くして、

「友達を作る旅なんて言うけどね、人づきあいが苦手なあなたが、どうして急に友達増やそうなんて思い始めたのよ？」と訊いた。

「そうだよ。わざわざ遠くに行かなくても、友達なら、まずは大学で増やしなさいよ。それに、アメリカを縦横断するってことは、あんた、車中泊に戻るってことだよね？　あんなに惨めで辛かったキャンピング・カー暮らしに、戻りたいってわけ？」

「ごめん。僕は説明が下手だね。話すより先に、これを見せた方が早いかな」

オーランドは慌ててジーンズのポケットからスマホを取り出すと、ネット画面を開いて二人に見せた。

「じつは、あの事件からしばらくして、こういうサイトを開設してみたんだ」

それはオーランドのプロフィール紹介と、キャンピング・カーを背景にして撮った彼の写真、そしてメッセージをやりとりする広い書き込みスペースという、シンプルなウェブサイトだった。

タイトルに大きくこう書いてある。

あなたの話をとことんまで聞きます。今、孤独を感じている人、辛い人、悩んでいる人、連絡ください。キャンピング・カーに乗って会いに行きます。僕の車の中はあなたの居場所です。

「最初はこんなサイト、誰も気に留めないか、怪しまれるかだと思ってた。それが開設して数日で、驚くほどアクセスがあったんだ。毎日、毎日、悩みを抱える人たちから、じつに具体的なリプライが届くんだよ。僕がニューパルツに住んでいることをプロフィールに書いたせいか、銃犯罪の被害に遭って苦しんでいる人からも連絡を受けたよ。反対に、『銃を触ってると心が落ち着く。おれは危うい状態だから助けてほしい』っていう緊迫したメッセージも受け取った。辛さを抱えてる人が、世の中こんなに多いんだと知ったんだ。だから僕は彼らに会いに行くことにした。とことんまで彼らの話を聞いて、彼らの悩みを分かちあおうと決めたんだ。アヤカやゲレロさんが、僕が辛い時に助けになってくれたように、今度は僕が誰かに恩返しする番が来たと思ってる」

オーランドの話を聞きながら、アヤカとジョアンヌはテーブルの真ん中に置いたスマホを覗き込んでいた。

「確かに、たくさんの人にアクセスされてる」

「なんかスルーできない真剣さを感じる内容だね」

二人は口々にそう言いながら、画面を指先で手繰り、届いたメッセージに目を通していった。

【ぼくはアーロンといいます。オハイオ州クリーヴランドに住んでいます。半年前におやじが家を出て行きました。ぼくの兄貴は、銃を集めることに取り憑かれていて、あいつの部屋は銃だらけです。おやじが出て行ったのは、たぶん兄貴のことが怖くなったからだと思う。何か問題を起こしたら、親として責任取るのが嫌で、逃げたんだと思う。オーランドさん、ぼくの話を聞いてほしい。兄貴にも会ってやってほしい。兄貴は友達も彼女もいないし、ぼく以外に話し相手がいないんです。オーランドさんに何かしてほしいわけじゃない。ただ、真剣に話を聞いてくれる他人と出会えば、兄貴は変われるかもしれないと思うんです。あいつがほんとうに欲しいのは、銃じゃなくて、話し相手だと思うから】

【ノース・カロライナ州の高校に通っているレイモンドです。おれが住んでるローリーという町で三ヵ月前、銀行強盗に巻き込まれました。それは不運としか言いようのない出来事で、いつものように外のＡＴＭでカネを降ろしていたら、黒い覆面の男たちが、銀行の中から飛び出してきたんです。一目見て強盗に襲われたんだと分かったけど、おれも動揺していたから、逃げ遅れてしまった。そのせいで、強盗が撃っていたショットガンの流れ弾が、おれの上腕をかすめたんです。結局、一週間くらい入院して、今はもうすっかり元気なんですが、なぜか事件を機に、高校生活がうまくいかなくなりました。怪我をしたことが学校で噂になって、みんながおれを避けるようになったんです。銀行強盗の被害者だから、同情されてるのかもしれないけど、友達のパーティーにも、おれだけ誘われなくなりました。腕の怪我は大したことなかったし、事件のことは、おれの中ではもう終わったことなんです。なのに、周りが忘れてくれない。みんなとすっかり距離ができてしまいました。オーランドさんのサイトを見つけ、あなたと話したくなりました。おれとしゃべってくれませんか？　ニューパルツからローリーは遠いけど、キャンピング・カーで来てくれるんですよね？　待ってます】

【オーランドさん、はじめまして。ウェブサイトを見て連絡しました。あたしの名前はナターシャです。名前からお分かりいただけるかと思いますが、あたしはロシア系です。子供の頃、両親に連れられてモスクワから、ここ、ペンシルバニア州ピッツバーグに来ました。モスクワのことは、ほとんど覚えていません。

オーランドさん、あたしの悩みを聞いてください。単刀直入に言うと、あたしは高校の男子が憎いんです。男子なんかみんな死ねばいいのに、学校ごと燃えればいいのにって毎日思いながら、高校に通っています。

具体的に言うと、あたしに嫌なことを仕掛けてきたのは四人の男子です。バスケットの試合を見に来ないかと、誘われたのが始まりでした。会場の体育館に行ったら誰もいなくて、そうしたらあいつら、背後からあたしに覆いかぶさってきて、あたしのお腹を殴り、それからあたしの額に銃を突きつけてきたんです。重く低い声で、「ロシア人は死ね！」と言われました。怖くて動けませんでした。声も出せませんでした。やつらはさらに三発、あたしのお腹を殴ったあと、あたしの顔に唾を吐いて消えていきました。

以来、あたしは今も、あいつら四人に脅されています。下校途中につけ回されて、校舎の周りの植え込みの陰から、こっそりあたしにハンドガンの銃口をちらつかせてきたりします。高校生なのに、なんでそんな物持ってるんだろうと思うけど、たぶん、親のをくすねたとか、年上の人から盗んだとかだと思う。高校には金属探知機がついてるので、構内では大っぴらにあたしを狙えない。だから隙を突こうとしてくるんです。

もちろん、学校にこのことは相談しましたが、「こんなご時世だから、君みたいなロシア系は辛いね」と同情されただけで、具体的な対策は何も取ってくれませんでした。こういう相談に真剣にのってくれる学校は、世の中けっこうあると思うのですが、どうやらあたしの高校は違ったようです。先生方は明らかに「戦争問題には関わりたくない」という態度でした。

結局、転校することにしました。でも、次の高校でもあたしがロシア系である限り、また同じようなことが起きるかもと思うと、不安で仕方ないです。

最近ずっと歴史の本を読んでます。かつては日系人も、ベトナム人もイスラム教徒も、あたしと同じような目に遭ってきたことを知りました。でも正直、慰めにはならなかった。昔の人たちが辛かったからって、今のあたしが癒されるわけじゃない。

オーランドさんのウェブサイトを見て、あなたなら、あたしの気持ちを分かってくれるんじゃないかと思いました。オーランドさんの村は、銃でめちゃくちゃにされたんですよね？　あなたもあたしのように、心が怒りでいっぱいなんでしょう？　ニューパルツの話を聞かせてくださ い】

「オーランド。これはメッセージじゃなくて、SOSだよ。今すぐ会いに行った方がいいよ」

読んでいる途中ではっと顔をあげたのは、ジョアンヌだった。

「ようするに、あんたがやろうとしてることは、対話と傾聴なんだよね？　ウェブサイトにアクセスしてきたこの人たちは、心から誰かに話を聞いてもらいたいと思ってる。赤の他人の方が時として、友達やカウンセラーより心を開けることがあるんだよ。だからあんたのプロジェクトには、きっと意味があるよ」

いつも自分に対して辛辣なジョアンヌから背中を押してもらえるとは、オーランドは意外だった。「反対しないのかい？」と思わず問い返すと、彼女はまさかと言って首を振る。

「あたしもハイスクールの頃、友達いなかったんだよね。ほら、あたし、他の子より真面目だしドラッグもやらないから、周りから浮いてたんだよ。クラスの女子から、嫌がらせめいたこともされたよ。トイレに引きずり込まれて、無理やり腕にコカインかなんかの注射打たれそうになったんだ。まあ、あたしの場合は幸い、大声で叫んだせいで先生が気づいてくれて、その子たちは退学になったけど。ずっと勉強だけが友達だった。おかげで成績トップになれたけどね。でも、ほんとうはあの頃、誰かひとりでも、あたしの話し相手になってくれる人がいれば良かったなって思うよ」

「強そうに見える君も色々あったんだね」

「だけど、どうして急にこんなプロジェクト始めようなんて思いついたの？　やっぱりハビエルさんの影響？」

アヤカが訊ねた。

「ああ。彼から言われた言葉が忘れられないんだよ。あの人がいなくなった今も、その言葉がずっと頭の中で聞こえるんだ。まるで動画の音声が再生されるみたいにね。『ペイフォワード』。ゲレロさんは、僕にそう言ったんだ」

「何それ？」と言って、アヤカがスマホの辞書機能をクリックしようとするのを、ジョアンヌが制した。

「知ってる。それって、自分が誰かから受けた恩を、別の誰かにパスしていくことでしょ？　親切にしてくれたその人に恩返しするんじゃなくて、他の人に回していくことで、幸福の輪を広げていこうっていう考え方だよね？」

「へえ、そうなんだ。いかにもハビエルさんが言いそうな言葉だね。そういう考え方が好きそうだもの」

アヤカが感心したように言った。

「じつは君たちに、ずっと言えないでいたんだけど、僕、ゲレロさんからお金もらってたんだ。家賃タダで住まわせてもらってるだけじゃなくて、生活費まで恵んでもらってた。『そんな不平等なことあるか』って、君たちに責められても仕方ないと思ってる。今までずっと黙っていて、とても心苦しかった。ほんとうにごめん」

オーランドの告白に、アヤカとジョアンヌは驚いた顔をしたが、しばらくして、二人はそろって肩をすくめるような仕草をした。

「それが、ハビエルの『ペイフォワード』なんだね？　あんたを可哀そうだと思ったんだ？　あんな大寒波の夜に、身ひとつで転がり込んできたんだもんね。あの時のあんた、ひどい顔で泣いてたよ」

ジョアンヌに指摘されて、オーランドは気まずそうに俯いた。

「そりゃまあ、不平等って言えば、そうなるかもだけど、あんたを責めるほど、あたしたち心は狭くないから。そうだよね、アヤカ？」

「うん。もしかして、今までシェアハウスの掃除してくれたり、私の動画編集よく手伝ってくれたりしたのは、後ろめたかったから？　なんか変だなと思ってたんだよ。ここで一緒に住むようになってから、前みたいに仲良くしてくれなくなったでしょ。よそよそしくなった。避けられてるのかなって思うこともあったよ」

「あんた、アヤカを寂しがらせてたの？　ダメだねえ。ハビエルはただ、困ってる人を放っておけなかったんだよ。恩を着せようとか、向こうは絶対思ってないから、あんたも堂々としていればよかったのに」

二人の言葉にオーランドは心底ほっとして、真剣な顔で「ありがとう」と言った。二人に話せたことで、喉の奥にずっとつかえていたキャンディが溶けたように、気持ちが楽になっていく。

ハビエルは自分を可哀そうだと思い、放っておけなかったのだとジョアンヌは言ったが、ほんとうは、もう少し込み入った事情があった。もう隠し事をしたくないから、二人に伝えてしまおうかとも迷ったが、ハビエルの名誉のために、それには触れないことにした。

オーランドはメリッサと二人で囲んだ、ある日の夕食のことを思い出していた。


「きっとハビエルは、あなたと家族になりたいんじゃないかしら？」

夕食のテーブルで、メリッサは確かにそう話していた。

春学期の中間試験が終わった頃のことだった。その夜はハビエルが出版社の人と会う用事があるとかで、マンハッタンまで出かけていて、アヤカとジョアンヌも夕方遅い時間のクラスがあって不在だったので、メリッサと二人だけで簡単な夕食にした。

中間試験の結果がオールAだったオーランドは機嫌がよく、その夜は珍しく饒舌だった。年の離れた先生相手に話が弾み、つま先に穴が開いたソックスをゲレロさんからもらった金で新しいものに買い替えたと言って、メリッサの前で嬉しそうにスニーカーを脱いでみせたりしていた。

メリッサは優しく微笑みながらオーランドの清潔な白いソックスを眺めると、話し始めた。

「このシェアハウスはね、ハビエルがアメリカで安らげる唯一のホームなの。ここでみんなと過ごす時間は賑やかだし、温かいでしょ。彼はあなたのことも、アヤカのこともジョアンヌのことも、まるでほんとうの家族みたいに気に入ってるわ。あなたにお金をあげるのも、そういう理由からなんだと思う。じつは彼、お金のことで家族から困らされた経験があってね。そのせいで両親とも兄弟とも疎遠になってしまった。だから彼、お金は奪い取ろうとしてくる人じゃなくて、ほんとうに必要としている人にあげたいんだと思うの」

オーランドは「え？」と驚いたまま、なんと返事をしていいのか分からなかった。

いつだったか彼は、ネット検察していた時に、偶然、古い報道映像を見つけてしまったことがあるのだ。それは、ハビエル・ゲレロが自身の家族相手に裁判を起こしたと、パパラッチにスクープされた時の映像だった。息子のクレジットカードを不正使用する父親。息子に黙って無謀な事業契約を結んだ母親。金銭を要求して警察沙汰を繰り返す兄弟たち。パパラッチのカメラを避けるように急ぎ足で去っていくハビエルの横顔は、今の自分のように若かった。

オーランドはずっとそれをフェイク動画だと思っていた。世界の平和を訴えるハビエルのイメージと、あまりにもかけ離れた報道内容だったからだ。それに映像も古くてぼやけていたから、容姿が似た別人を貼り付けて作ったものだろうと思った。

——あれはフェイクじゃないっていうのか？

それでも動画を真に受けはしなかった。メリッサの今の話から、いくらかの事実はあるにせよ、報道はスキャンダラスに誇張されたものだろうと思った。

しかし、ハビエルの葬儀に誰ひとり彼の家族が現れなかったのを知り、あれはフェイクではなかったのだと、オーランドはようやく知ることになる。多くの友人が中東諸国からはるばる出席してくれたというのに、じつの家族がひとりも来ないなんて。

葬儀の翌日、オーランドはメリッサと話をした。

「ご家族にはちゃんと連絡したわよ。電話番号、昔と変わってなかった。電話なんかしてやらなきゃよかった」

メリッサの口調は明らかに怒っていた。

「お義父さん、私に何て言ってきたと思う？『カトリックじゃないだろ、ふざけるな』ですって！」

聞けば、ハビエルが生まれ育ったヒスパニック・コミュニティはカトリック信者が多いのだが、メリッサが葬儀会場に選んだ教会はプロテスタントだったという。ハビエルの父親はそのことでメリッサを咎め、がしゃんと乱暴に受話器を置いたというのだ。

「昔からあの家族、誰も神様なんか信じてるように見えなかったけどね。信じるのはお金だけっていう感じだったし。実際に教会より警察の方がお世話になってたのに、何が今さらカトリックよ。息子のお葬式にも来ない信仰なんてある？」

メリッサはそう吐き捨てると、彼の家族との嫌な想い出を振り払うように、首を左右に振った。

「でも、どうして昨日の教会を選んだんですか？」

「あそこは私の祖父《グランパ》と祖母《グランマ》のお葬式をあげた場所だからよ。二人とも戦時中は、コロラドの日系人強制収容所に入れられてたの。戦争が終わってからはサンフランシスコに戻って、それからニューヨークにやってきてね、ミシン販売をゼロから始めて成功させたわ。努力の人たちだった。晩年はどういうわけか、二人ともクリスチャンになってね。昨日の教会に二人仲良く通ってたの」

「なんだか小説みたいな話ですね」

「そうでしょう！　あんなにたくましくて立派な祖父母がいたのに、ああ！　どうして孫の私には、何の才能もないんだろう！」

メリッサが突然わっと泣きそうになって、椅子の上で前屈みになり、両手で頬を覆ったので、オーランドは慌てて彼女の背中をさすった。最近のメリッサは情緒が不安定になりがちで、饒舌にしゃべっていたかと思うと、突然泣き出したりすることがあった。

「思い詰めちゃダメです。お疲れなんですよ。葬式も終わったことですし、しばらくお休みになってください」

思えば、メリッサの精神状態は、あの時すでにギリギリだったのだろうと、オーランドは振り返る。

オーランドはシェアハウスの二階の隣室から、メリッサが真夜中にうなされる声を何度も聞いていたのだった。ハビエルの名前を大声で呼ぶ声。時々あげる悲鳴。気丈な昼間のメリッサからは想像できない、ほんとうの姿がそこにあった。

時が経ち、季節も変わったが、彼女の時間は、たぶんあの日のまま止まっている。夢の中で今も銃弾から逃げ続け、恋人を必死で救おうとしている。

オーランドは、メリッサのことを心から気の毒に思った。

「エンジンの調子いいな。タイヤの弾みも、ちょうどいい」

オーランドはキャンピング・カーのハンドルを握り、アクセルを踏み込んで走行具合を確かめると、満足げに独り言を呟いた。

隣町からの帰り道だった。シェアハウスのガレージに停めたままだったキャンピング・カーを、隣町の整備工場で点検してもらってきたのだ。

古い車種だが大切に扱ってきた甲斐あって、エンジンはまだまだ元気で、これから始まるアメリカ縦横断の旅にも十分耐えられるということだった。ワックス洗車をしてもらうと、茶色と白の車体のストライプが以前よりもくっきりして見えた。念のために、タイヤも奮発してワンランク上のものに交換してもらった。すると走りにぐっと安定感が出て、これなら風の強いハイウェイでも横揺れの心配はなさそうだ。

出発前からだいぶ出費がかさんでしまったが、幸い、困ることはなかった。ハビエルからもらった金がまだ残っているし、プロジェクトのサイトには寄付を募るためのリンクも貼っておいたからだ。クラウド・ファンディングに協力してくれる人は思いのほか多く、寄付金は順調に増えていったが、それはそのままアメリカの現実を物語ってもいた。支援者の中には、「親友の家が拳銃を持った男に押し入られ、親友ともども一家殺人された」という衝撃的な体験を綴ってくれた人もいた。また、「公園で友達がハンドガンを撃とうとするのを、力ずくで止めた」という勇敢な中学生もいた。そうしたメッセージを読むたびに、オーランドは旅の出発に向けていっそう気合が入った。

赤信号で止まると、ハンドルに両手をのせて、まるで友達に語りかけるように車に話しかけた。

「これからも、よろしくな」

あと二週間で、夏休みが始まる。さあ、いよいよ出発だ！

ニューパルツを一周してからシェアハウスのガレージに車を戻すと、家には入らず、そのままガレージに籠もり、車内のリフォームに取りかかった。

板張りの床はよく見ると、細かい傷がたくさんついてデコボコだったので、思い切ってぜんぶはがして、ホテルのフロアーのような毛足の長いふわふわのカーペットに張り替えることにしていた。オーランドに会いたいとメールをくれる人の中には、銃被害のせいで体に障がいを負った人も多い。あいにくこのキャンピング・カーは、バリアフリーではないから、車に乗り込む際には車イスを降りてもらわないといけない。今のような硬い板張りの車内で這ったり座ったりするのは痛いだろうから、ふかふかのカーペットに替える方がいいだろう。

組み立て式のベッドのマットレスも、寝転んでみたら汗臭かったので、交換することにした。新調したのは真っ赤なタータンチェックのマットレスで、派手すぎるかなと心配したが、取りつけてみたら正解だった。ベッドを展開してダイニングスペースにした時に、まるで田舎のダイナーのような明るく温かい雰囲気になるからだ。これでどんな人を招き入れても警戒されることなく、くつろいでもらえるだろう。

キャンピング・カーは、他人と打ち解けるのに最適な場所だと、オーランドは確信していた。カフェのように誰かに見られる心配もなく、他人に会話を聞かれることもない。アヤカと毎日この中で一緒にお茶をしたり、他愛ない話で笑いあったりしたことで、頑なだったオーランドの心は解きほぐされていった。自分がキャンピング・カーに救われたのだから、今度はそれを使って他の誰かの助けになりたい。

今、辛さを抱えている人たちと、ひとりでも多く出会い、話を聞いて、悩みを分かちあいたい。

それが今のオーランドの願いだった。

しかし、そんなことをしたって、何の解決にもならないと、批判するもうひとりの自分もいた。無意味かもしれない。無力かもしれない。

それでも彼は、前に進まずにはいられなかった。

胸の奥にくすぶり続ける罪悪感から、目を逸らせなかったからだ。

憧れのハビエル・ゲレロと、他の大勢の命を奪った犯人のことを、オーランドは絶対に許せないと思った。事件現場で警察官に射殺されたと聞いて、怒りがさらに膨らんだ。マーク・コーエンという男は、たった一度の死では足りないほど、残忍なことをした。できることなら僕が何度でもあいつを生き返らせて、何度でも撃ち殺してやりたいと、一〇〇万回呪っても足りないほどだった。

しかし事件後、報道で詳しい犯人像を知るにつれ、オーランドはマーク・コーエンという男が、人間の心を持たないモンスターだとは思えなくなっていった。子供の頃の両親の離婚、暴力的な抗議デモの動画、車中泊の孤独な日々。コーエンが歩んできた日々は、キャンピング・カーで喩《たと》えようのない怒りと孤独に打ちのめされ、コインランドリーで過激な抗議デモの動画に無性に興奮していたあの頃の自分とそっくりだった。

――わずかなボタンのかけ違えで、僕もあいつになっていたかもしれない！

オーランドは毎週金曜日の夜に、メインストリートで殺意をたぎらせていた自分の姿を、昨日のことのように思い返した。バーで楽しく踊って酒を飲む学生たちを憎んでいた。同じ大学に通っていながら、どうして僕とあいつらとはこんなに違うんだろうと、軽蔑しながらも、内心は妬ましかった。先の見えない車中泊の暮らしに絶望していたせいもあって、彼らがよけいに輝いて見えた。だから、みんなまとめてひき殺してやったら、どんなにスッキリするだろうと思った。人混みの交差点で加速しそうになる一歩手前で、我に返ったこともある。当時のオーランドは、「みんな」の中に一人ひとりの個性や人生があることなど、考える余裕すらなかった。自分と母をこんな状況に追い詰めた社会を呪った。自分はたった独りだと、ずっと思っていた。

まさかあの頃、同じアルスター郡のニューパルツからさほど離れていない町に、自分と似たような境遇の男がいたなんて。あいつはどこでどうやって、あの大寒波を乗り切ったのだろう？

――僕の中にも、マーク・コーエンはいるんだ。

アヤカやゲレロさん、メリッサがいてくれたから、自分は持ちこたえることができた。だから同じように、マーク・コーエンにも手を差し伸べてくれる誰かがいたら、今とはまったく違う結末になっていたかもしれない。

車中泊の頃、もしも路上のどこかでマーク・コーエンに出会っていたら、どうしていただろうと、オーランドの想像は駆け巡った。同じ郡にいたのだ。むしろ出会わなかった偶然の方が、稀だったのではないか？　たとえ路上のどこかで知りあったとしても、最初は互いを警戒し、すぐに口を利くような間柄にはならなかったと思う。しかし、もしもわずかでも打ち解けあっていたら、僕はあの男の無差別テロを止められただろうか？

事件の後、オーランドは「銃規制の強化を求めるデモ」に積極的に足を運ぶことはなかった。自分もコーエンのように、一線を踏み越えるギリギリのところを彷徨《さまよ》っていたのに、関係ないふりをしてデモ隊と一緒にスローガンを唱えるなど、とてもできそうになかったからだ。

大学からの帰り道、遠くでデモ隊のシュプレヒコールが聞こえるたびに、オーランドは自分を責めた。どうして僕は何もできなかったのだろう？　心の中でそう繰り返すたびに、息苦しくなった。

――もしかしたら、あいつを止めることができたのは、僕だけだったんじゃないか？

そう思った。

同じような境遇にいた者同士だからこそ、理解できることがある。真冬の車の中はどんなに寒いものなのか、深夜の駐車場はどれほど孤独なものなのか、コーエンが体験したであろう車中泊の辛さが、オーランドには手に取るように分かるのだった。だからこそ、彼を救い、彼の暴走を止める機会を逃してしまったことに罪悪感を覚えた。

――もしもあの頃の僕に、自分以外の人間に対して、もう少し想像力があったら……？

今さらながら、オーランドは自分のふがいなさを責めた。

もちろん、コーエンと出会っていたからといって、必ず犯行を止められたという保証はどこにもない。しかし、それでも何かはできたのではないかと、オーランドの思考はぐるぐるめぐり、そしてどこにも行きつかない。

――天国のゲレロさん、僕はどうしたらいいですか？

空に答えを求めるように、オーランドは白い雲を見上げた。

ハビエルから返事など返ってくるはずもなかった。しかし、不思議と淡いヒントのようなものが、頭の奥にすっと降りてくる感覚があった。

――そうだ、これからできることを見つけるんだ！

ハビエル・ゲレロの小説をオーランドはすべて読んできた。彼の読者として、このまま罪悪感に絡めとられながら、無為に毎日を送ることはしたくなかった。平和を願う小説をたくさん書いてきたハビエル・ゲレロなら、そんな生き方はしないはずだ。

憧れの作家のようにはなれなくても、僕は僕らしく前に進もうと、オーランドは心に決めたのだった。

車内の板張りの床をはがすのは、予想していたよりも重労働だった。

もともと相当頑丈にできていたのだろうか。専用の工具を使っても、かなり力が必要で、早くも腰や腕が痛くなってきた。額から汗が滴り落ちて、はがしかけの板を湿らせるので、うっかり手が滑った。指先に痛みが走り、思わず顔をしかめる。爪の隙間に滲んだ一筋の血がどんどん広がり、指の関節まで流れていくのを、オーランドはじっと見つめていた。

「床、はがしてんのか？　大変そうだな。おれたちにも手伝わせてくれよ」

開け放っていたスライドドアの向こうに、馴染みの顔が現れた。ザックだった。

両隣にはミヌーも、ラージもティアナもいた。

「指、怪我してるじゃないか。ひとりで作業するからだよ。おまえもいい加減、サークル仲間を頼れよな」

ザックはスライドドアに片手をかけると、ステップを軽く跨《また》いで車の中に入ってきた。彼に続いて他のみんなも入ってくる。

「プロジェクトのこと、アヤカから聞いたよ。私たちにも協力させてよ。ていうか、ひとりで何でも決めちゃう前に、相談してくれたらよかったのに。ピース・マーチを共にやった仲でしょう？　私たちのこと、もっと信頼してよね」

ミヌーが半分呆れたようにふっと笑うと、ヒジャブの上から斜めがけにしていたサコッシュを開き、中から絆創膏と小さいパックのスコッティを取り出して、オーランドに手渡した。

「ほら、これ使って。ピース・マーチの時に、プラカードの角で肘をすりむいてから、こういうのは持ち歩くべきなんだって気づいたの」

「ありがとう」

「たったひとりよりも、誰かしら仲間がいた方がいいってこと、これで分かったでしょ？」

突然現れた「PSC」サークルのメンバーたちの親切に、オーランドは少々気圧されながらも、素直に絆創膏を受け取った。スコッティで指先の血を拭き取ってからそれを貼る。

「たったひとりでやれることなんて、限られてるんだよ」

ティアナが話に入ってきた。ティアナは赤く染めた髪を今日はいつものポニーテールではなく、頭のてっぺんで小さくまとめている。彼女は「これも、アヤカから聞いたんだけどね」と前置きすると、話を続けた。

「あなたのプロジェクトのサイトには、女性からのSOSも多いそうじゃない？　そういう場合は男子よりも、私たち女子の方が、悩み相談の相手にふさわしいんじゃないかな？」

「それは……そうかもしれない」

オーランドは、ロシア系の女子高生からもらったメールの内容を思い出していた。

「だけど僕は男子だし、どうしたらいいんだろう……」

「そのために、私たちを連れて行くんじゃない！」

「一緒に来てくれるのかい？」

「あたりまえでしょ。『PSC』サークルだよ。こんな時に、みんなで活動しないでどうするのよ。オーランドがうちのサークルに入会したのは今学期からだけど、ピース・マーチの時に、シェアハウスを作業場として解放してくれるように、あなたが大家さんに頼んでくれたよね。私たちちゃんと覚えてるから」

「そうだよ。私たち、もう仲間って呼んでもいいんじゃないの？」

「仲間？」

確かに、みんなとはマーチの準備がきっかけで親しくなった。彼らと仲良くなったから、引っ込み思案な自分でも彼らのサークルに入りたいと思ったのだ。しかしプロジェクトを彼らと共にやることは、考えてもいなかった。すべてひとりで実行する心づもりで準備を進めてきたから、想定外の展開にオーランドは戸惑った。

ミヌーとティアナの前で沈黙するオーランドの様子を、ザックは車内のキッチンに寄りかかった姿勢で眺めていた。ザックは咳払いをして注意を引きつけると、話し始めた。

「白状するよ。ほんとうはアヤカから、君の様子を見に行ってくれと頼まれたんだ。プロジェクトを立ちあげたのはいいけど、君がなんだか気負い過ぎていて、まるで自分だけの殻に閉じこもってるみたいで心配だって、アヤカが話してたんだ」

ザックに続いて、ラージも言葉をつないだ。

「それで、やっぱり来てみたら、そうだった。おまえは指から血を流してるのに、わき目も振らずに作業してた。工具の使い方も間違ってるのにさ、そのまま突き進んだら確実に大きな怪我するぞ。ひとりで何でもできると思ってるなら、バカだよ、おまえは」

ラージは呆れたように首を左右に振った。

「アヤカがそんなことを……？」

「おまえって、ほんとうに良い友達を持ってるよなあ」

ラージが今度は感心したような口調になった。

「言っておくけど、俺たちはアヤカに頼まれたから協力するんじゃないぞ。良いプロジェクトだと思ったからだ。おまえに断られたって、ついていくつもりだ。俺もザックも、ミヌーもティアナも、みんな自分たちの意思で、おまえに協力しようとしてるんだ。あと、アヤカの友達のジョアンヌも参加したいそうだ。すごくいいプロジェクトだって、彼女、俺たちの前で熱く語ってたよ。あのイタリア製の高級車で、おまえと一緒に全米を周りたいんだってさ」

オーランドは予想もしなかった温かな言葉を受けて、胸の奥にあった何かが、じんわりと緩んでいくのを感じた。

「僕は……ひとりでも多くの人に会って、話を聞いて……悩みを聞いて、辛さを分かちあいたいと思ったんだ。銃乱射事件を止められなかった……それで大切な人を亡くした僕だからこそ、できることがあると信じたい。でも、まさか、出発前から君たちにこんなふうに励まされるなんて……僕だけ幸せな気持ちになっていいんだろうか……なんだか、かえって不安になってしまうよ」

「まったく、君は、どうしてそうなるんだよ」と言ってザックが小さく笑うと、オーランドの肩にぽんと手をのせた。

「ひとりでも多くの人の話を聞くんなら、多くの視点が必要だろ？　君ひとりでは答えが出せないような悩みを相談されたら、どうするんだよ？　そういう時こそ、おれたちがそろって知恵を出しあって、答えを探すんじゃないか。それに、あの事件で傷ついたのは、君だけじゃないんだよ。おれたちみんなそうなんだ。だからこそ、ここにいるみんなが、君と同じように何かを変えたいと思ってる」

ザックの言うとおりだった。多くの人の苦しみに寄り添うには、広い視野が必要だ。オーランドは自分の強い想いだけで、突っ走ろうとしていたことに、ようやく気づかされた。あの事件でみんなが傷ついたからこそ、みんなで立ちあがろうとしている。そんな仲間を置いてひとりで出発しようなんて、僕はいったい、いつまで独りよがりでいるつもりだったのだろう？

「みんな、僕に力を貸してください」

オーランドは一人ひとりの顔を見つめてお願いした。

「分かってるって。これからもよろしくな」

「じゃあまずは、目の前のことからやっつけるよ。さっさと車の床、はがすよ！　新しいカーペットはあっちだね」

ミヌーのかけ声に、みんなが始動した。

「俺、こういう作業、得意なんだ。演劇専攻だからさ。大道具組み立てたり、バラしたりする要領でやるんだよ」

ラージが口髭のある頬の片方だけをあげて不敵に微笑むと、床にしゃがんで工具を持つ手を器用に動かした。床板を少しずつ浮かせながら、車内の他の物を傷つけないように慎重に作業を進める様は、さすがに上手だった。

ラージとは対照的に、ティアナは背伸びをして、車の天井付近のキャビネットを手のひらで乱暴にばんばん叩いていた。

「ここのキャビネット、壊れてるみたいよ。ほら、フタが浮いてて ちゃんと閉まらないの。ついでに直しておこうよ」

「いいや、壊れてないと思う。物、詰め込み過ぎなんだよ。少し減らせば閉まるはずだ」

ラージが立ち上がり、キャビネットの奥に手を入れて荷物をかき出した。すると、丸い物体がごろんと落ちてきて、足元に転がった。

それはオーランドのデジタル一眼レフだった。落ちても壊れないようにタオルで何重かに包んでいたが、長いストラップが端からのぞいているので、カメラだと分かる。

「どうしてこんな立派なもの、持ってるの？」

ラージとティアナが、タオルをほどいて中身を確認すると、驚いた声を出した。

「僕、写真が趣味なんだよね」

「意外だなあ。おまえが何か撮っているところ、見たことないよ」

「動物しか撮らないんだ。フクロウとか、キツネとか」

オーランドは液晶モニターを立ちあげて、今まで撮りためた写真を二人に見せた。シェアハウスに住むようになってから、一度もカメラに触れていなかった。重く冷たい鉄の感触を久しぶりに手の中に感じた。

「夜行性の鳥って、暗闇で目をぎらぎら光らせているんだね。可愛らしいけど、どこか寂しそう」

ティアナが白いフクロウの写真を眺めて呟いた。

大きなフクロウは、いつだったか深夜に大学の駐車場で見つけたものだった。真っ白でぽっちゃりした姿が、自分とよく似ているとオーランドは思った。あの可愛いフクロウは、今も大学のどこかにいるだろうか？

しかし、またあのフクロウに会いたいとは思わなかった。今の僕には撮るべきものが、他にたくさんあるからだ。

「今度、君たちの写真を撮ってあげるよ」

オーランドが言うと、ラージとティアナが「ぜひクールに撮ってくれ」と答えて笑った。

夕方になると、授業を終えたアヤカとジョアンヌが、大きな六箱のピッツァをそれぞれ両手に三箱ずつ抱えて、シェアハウスに帰ってきた。

「ディナー買ってきたよ。家の中で食べる？　それとも庭にする？」

「庭にしよう。夜風が気持ちいいよ」

　みんなでシェアハウスの庭に張り出した白いテラスに移動した。夏の夜は日が長くてまだ明るく、薄紫色の雲がゆっくり流れていく。

　キャンプ用のテーブルを出して、ピッツァの箱を開いた。

　アヤカがシェアハウスの冷蔵庫から、大きなソフトドリンクのボトルとグラスを抱えて庭に戻ってくると、テーブルに並べた。オーランドはアヤカに対して、言葉では伝えきれないほどの感謝の気持ちと、同時に照れくささが湧いてきて、彼女の顔を直視できなかった。

「マッシュルームとブラックオリーブがのってるのは、ヴィーガン・ピッツァだから、ザックとジョアンヌ専用だからね。他の人は食べないでね」

「ペパロニ、最高！　やっぱりピッツァのトッピングは肉だよ、肉に限る。この美味しさ、ヴィーガンには分からないだろ」

「ドリンクもっとほしい人いる？　冷蔵庫にマウンテンデューが冷えてるよ」

　みんなの賑やかな声を聞きながら、オーランドはガーデンソファーに腰を下ろしてスマホを手に取り、プロジェクトのウェブサイトに新しいメールが届いてないか確認した。さっきも確認したばかりだが、日に何度もチェックするようにしていた。

　嬉しいことに、クラウド・ファンディングにまた一人、新しい支援者が現れた。寄付金はなんと五〇〇〇ドル。オーランドは思わず飛びあがり、みんなにスマホをかざして見せた。

「今まででいちばんの額だよ！」

「良かった。これで夏が終わるまで心配ないね」

「キャンピング・カー、もう一台レンタルしようか？」

「だけど、いったいどんな人が寄付してくれたんだろう？」

支援者は匿名だったが、応援メッセージが添えられていた。


【ハロー。わたしは銃犯罪のサバイバーです。今から十二年前、わたしの町も、あなたの村と同じように無差別銃乱射の襲撃に遭いました。主人と娘を失いましたが、わたしだけは、なんとか今も生き長らえています。生存者《サバイバー》として言わせてください。何年たとうとも、悲しみは癒えることはありません。それでも悲しみは、いつか必ず力になります。今は信じられないとお思いでしょうが、やがて悲しみは、私たちに暗闇から立ちあがる勇気をくれます。必ずです。だからご自身を信じてください。そして、あなたを信じてくれる人を信じてください。お若いみなさんのプロジェクトを応援しています】


明るく盛りあがっていたテラスの雰囲気が、突き落とされたように、一気に重苦しいものになった。

「旦那さんとお子さんを亡くしたなんて……」

スマホの画面を消すと、オーランドは俯いたまま動けなくなった。二週間後には出発すると決めた今になって、改めて自分の無力さを突きつけられたようで、虚しさが胸に滲んでいく。

「僕たちが、これからやろうとしていることって、誰かの救いになるんだろうか？」

オーランドの言葉を受けて、みんながテーブルに肘をついて顔を覆ったり、深いため息をついたりしていた。

あの事件はいつだって一瞬にして、僕たちをあの日に引き戻す。負けるものか、立ちあがろうと気力を振り絞っても、あっけなくすべての力を根こそぎ奪っていく。

沈んだ空気を破ったのは、ザックだった。

「おれたち、ハビエル・ゲレロの読者だろ？　ゲレロさんなら、くじけないと思うよ。今みたいな状況でも、彼なら前に進むはずだ。あの人は自分の小説のように生きた人だから」

「ねえ、ピース・マーチの時のこと、覚えてる？」

ミヌーが唐突にみんなに問いかけた。

「ほら、みんなで色んな山車《だし》を作ったでしょう？　『天井のない監獄』をテーマにして、材木を細長く切ってペンキで黒く塗ってさ、けっこうリアルな監獄を作ったよね？　他にも、ベニヤ板を灰色に塗ったりして、イスラエルとパレスチナの国境の壁を作ったよね？」

ミヌーはそこでいったん言葉を切ると、テラスから庭に降りて、芝生に立った。

「私、今になって思うんだけど、『天井のない監獄』なのは、パレスチナだけじゃなくて、アメリカも同じなんじゃないかな？　この国は広いし、みんな自由だと思っている。でもほんとうは、みんな銃に怯えていて、怯えるから銃を買って、銃を買うから銃が増えていって、銃が増えるからさらに銃が怖くなって、いつおかしい人が撃ってくるんだろうって、みんな気が休まることなく警戒してる。なんだかそれって、透明な監獄の中に暮らしているみたいじゃない？」

テラスにいる誰もがうまく返事をすることも、はっきり頷くこともできずに、黙ってミヌーを見つめていた。

彼女は大きな黒い目でじっと手のひらを見つめた。「私、もう前みたいに冷笑的になったり、皮肉を言ったりしないって決めたんだ。だってそれって、銃社会に負けることだから」

「僕も決めたよ」

オーランドも庭に降りた。気のせいだと分かっていたが、植え込みの陰からハビエル・ゲレロが、こちらを見守ってくれている気がした。

「僕たちが、誰かの救いになれるかなんて、分からない。簡単に答えを出せることじゃないし、簡単に答えを出してはいけないんだと思う。でも、これは僕が始めたプロジェクトだ。だから必ずやり遂げるよ。その意義について、これからもずっと自問自答していくよ。でも諦めないと決めたんだ」

オーランドの強い意志のある口調に、周りのみんなが徐々に力を取り戻していく。

「まずは、自分たちを信じて進むしかないんだろうね」

「とにかく、このままじっとしてるなんて、あり得ないだろ。俺たちができるすべてを出し切れば、何か変わるかもしれない」

みんなが口々に言い、ようやくテラスに和やかな雰囲気が戻ってきた。

「二週間後には出発するんだ。おれたちのプロジェクトに名前をつけようよ。インパクトのある名前を、みんなで考えよう」

ザックが提案したので、それならもう決まっていると、オーランドは答えた。

「ペイフォワード・プロジェクトっていうんだよ」

14　カプチーノのあるいつものカフェで

メリッサ・ナガノは数年ぶりに、長年の恩師であるスーザン・ケッセルマン教授が暮らしているナーシング・ホームを訪れていた。

「よく来てくれたわね」

ナースに車イスを押されてロビーに出てきた教授は、心配していたよりも顔色が良く、明るい笑顔もあり、声もしっかりしていた。先週末、電話をもらった際には声が震えていて、言葉も聞き取りづらく、話の途中で何度も苦しそうな咳をしていたので、もしや教授とのお別れが近いのではないかと、メリッサは心配になってホームにやってきたのだが、どうやら杞憂に終わったようだ。

ケッセルマン教授は車イスから両腕を伸ばすと、メリッサの体をぎゅうっと抱きしめて、「ずいぶん痩せてしまったのね。でもあなた、まだまだお綺麗よ」と言って、メリッサを励ましてくれた。

「よいお天気だし、お庭に出ましょうか」

教授はロビーの広い窓の向こうに広がる庭園を指さした。色鮮やかなペチュニアの花壇に、明るい日差しが降り注いでいる。

車イスを押しながら、よく手入れされた芝生を歩いた。庭園の先には低木の雑木林が広がっていて、まばらな木々の隙間から、ショッピングモールのフラットな白い建物が見える。

ここはニューヨーク市郊外の緑豊かなウッドベリーという街の中にあり、「ウッドベリー・コモン」という大型アウトレットモールがあることでも知られていた。アウトレットは増殖する雑草のように年々敷地の拡大を続けていて、前回ホームを訪れた時にはなかった「Michael Kors」と「Coach」の派手なブランドロゴの看板が、二人の目線の先に出現していた。

「ねえ、この景観、ひどいものでしょ」

メリッサの心を見透かしたように、教授がそう言って笑った。

「ゲレロ君だったら、ああいう看板を見てなんて言うかしらね？　アメリカの風景は権力者によって作られているんだって、あの子、わたしの授業でよく主張していたからね。でも、アウトレットなんか権力のうちに入るのかしら？」

「ハビエル、いつも先生を困らせていましたね」

ケッセルマン教授が昔のことを覚えていたことに、メリッサは驚き、そしてなぜだかとても嬉しくなった。

生意気な大学生だったハビエルと一緒に授業を受けながら、必死に文章を書いていた自分。若い頃のケッセルマン教授のぴんと伸びた背筋や、よく通る声を思い出すと、過ぎ去った遠い日々がまるで昨日のことのように蘇ってきて、懐かしさで苦しくなる。

「もちろん覚えているわよ。わたし、ゲレロ君には好かれてなかったみたいだけど、あの子の小説はぜんぶ読んでいるのよ。もちろん、あなたの評論もね」

教授はそう言うと、深い皺に包まれた目でウインクした。年齢を重ねて肌は衰えてしまったが、ケッセルマン教授の彫りの深いユダヤ系の目や、黒くて太い眉、すっと通った高い鼻筋や、毛量の多い髪は昔から変わっていない。

教授は車イスからメリッサを見上げると、穏やかな口調で言った。

「あなたがまとめた最新のアンソロジー、よくできていたわ。わたしがまだ現役だったら、確実に合格点をあげているわ」

「読んでくださったんですか？　ありがとうございます」

先日、メリッサは新しい本を出したばかりだった。ハビエルがこれまで書いてきた数ある短編の中から、特に卓越したものだけを選び出し、詳しい解説も添えて『ハビエル・ゲレロ短編選集《アンソロジー》』という一冊にまとめたものだった。

「でも、あまり無理しないでね。たまには休息を取ることも、今のあなたには必要なんだから」

「いいえ、私は仕事している方がいいんです」

ハビエルを亡くしてから、メリッサは貪るように彼の小説を読みあさり、何かに憑かれたように評論を書いていた。ハビエルの文章に触れていると、まるで彼が今も傍にいるような気がするからだ。ベッドの下にも枕元にも、彼の小説を置いて眠り、起きたらすぐにページを開いた。長編小説も短編も、エッセイもインタビュー記事も、ハビエルがこれまで発表したものは膨大な量があったが、すべて隈なく読み返した。アンソロジーを出すために関係者と頻繁に打ちあわせをし、批評も新たに書き直した。メリッサの研究室は「ゲレロ文学」に関するあらゆる資料が散乱して、足の踏み場もない状態になってしまったが、片づける間も惜しんで論文も書き進めた。執筆の合間に入れている夏学期の授業も、手を抜くことなく熱心に教えた。自分でも驚くほどのハイテンションが続いていたが、不思議と疲労も空腹も覚えなかった。

自分でも少しどうかしていると思ったが、スピードを緩めることはできなかった。今のメリッサには、止まっている方が辛いのだった。わずかでも立ち止まった瞬間に、圧倒的な悲しみに絡めとられるくらいなら、ひたすら走っていたかった。

ケッセルマン教授は、そんなメリッサの心の状態を見抜いているのか、気の毒そうな表情をこちらに向けると、優しげに微笑んで話題を変えた。

「ところで、デモには今も行ってるの？」

銃規制の強化を求める集会のことを教授は言っているのだと分かると、メリッサは静かに首を左右に振った。

ニューパルツの「ウォーター・ストリート・マーケット」で、毎週金曜日に開かれていたデモは、メディアがニューパルツから去った頃から勢いが翳《かげ》り始め、最近はもう開かれなくなっていた。

メリッサはハビエルの葬儀が終わった翌週には、デモに参加していた。

自分と同じように大切な人を銃で奪われた遺族と知りあうことは慰めになったし、また、デモ隊と共にスローガンを唱えながら、ストリートを練り歩くという身体的行為そのものが、悲しみから意識を逸らすのに多少なりとも役立ってくれた。デモが過激であるとか、政治的な意図に利用されているのでは、といった指摘も聞こえてはきたが、そんなことはメリッサにはどうでもよかった。大勢の人と連帯することで、自分は独りではないと力をもらえた。ハビエルとその他多くの人の命を奪った銃が、アメリカから一丁でも減っていくことを純粋に願った。

あの事件に遭ってから今日まで、メリッサは犯人の名前を一度も口にしたことがなかった。

マーク・コーエンと、声に出して言うことで、あの男に「人格」を与えてしまうようで許せなかったからだ。黒っぽい汚れた服を着て、不潔な茶色の髪を伸ばし、ぎらりと鋭く目を光らせていたあの男は、今も亡霊のようにメリッサの夢にたびたび侵入してきては、静かな眠りを妨害した。夢の中の「ウォーター・ストリート・マーケット」は、血で赤く染まった路上に多くの人が倒れていて、永遠にあの日を繰り返している。

デモに参加する人のなかには、犯人が射殺されたことで、犯行動機が解明できなくなったと嘆く人もいた。しかしメリッサは、動機を知りたいと思ったことは一度もなかった。全米で頻発する無差別銃乱射事件において、犯人の言葉はいつだって遺族の感情を逆なでするだけで、納得や同情や理解が得られるものなど、ほとんどないからだ。理不尽な動機を聞かされて、傷つけられるくらいなら、何も聞きたくはなかった。メリッサにとっては、ハビエルを奪った犯人が生きていないことが、せめてもの救いだった。犯行動機を解明することを望まない遺族がいることを、どうしてデモ隊の中でさえ理解してくれない人がいるのだろうと、悲しく思ったりもした。

そうした意見の違いはあったが、しかしそれでも今振り返ってみて、ニューパルツで毎週デモが開かれていたことに、心から感謝している。あの集まりがなかったら、いちばん苦しい時期を乗り切れなかったと思う。

「今はもうデモが開かれないのは、ニューパルツが日常に戻ったってことですよね。きっとこれでいいんだと思います」

メリッサは自分に言い聞かせるように呟いた。

金曜日のメインストリートは、今はデモではなく、以前のようにバーに集う学生たちの賑やかな笑い声と、陽気な音楽に包まれていた。時間は無情にも悲劇を押し流し、まるで何事もなかったかのように平穏を取り戻していく。しかしいつまでも悲しみに打ちひしがれているわけにもいかない。どんなことがあっても日常に還ることが、強さなのかもしれなかった。

ケッセルマン教授は足元の花壇に咲くペチュニアの花を眺めていたが、ふうっと長いため息をつくと話し始めた。

「あんなことが起こるなんてねえ。うちの大学の学生も犠牲になったんでしょう？　悔しいわね。わたし、文学を長いこと教えていたけれど、文学って、こういう時になんの力にもなれないのかしらねえ？」

「どうなんでしょう。こんな時こそ、人は文学が必要だと、考えることもできるんじゃないでしょうか。文学ひとつを武器に、世界と戦おうとしていた人もいましたから。私、ハビエルがいかに危ない賭けをしていたか、今になって改めて分かるんです。きっと彼は、私なんかが想像できない強さで、文学の力を信じていたんだと思います」

平和活動に身を捧げる作家として多くの紛争地をめぐり、いくつもの作品を残しても、すべてはたった一発の銃弾で終わりにさせられてしまう。暴力が持つ圧倒的な威力の前では、文学はあまりにも無力だ。ハビエルはそんな最弱な武器ひとつを頼りに、世界を渡っていたのかと思うと、メリッサは今さらながらその無謀さに言葉を失う。

「ゲレロ君は、新しい小説をもう書けないのよね？　なんだか信じられないわ。あの子は永遠に書いてくれると思っていたのに。こんなふうに思うなんて、わたし、変かしら？」

「いいえ、先生。私もそう思っていました」

メリッサの胸にずきんと重い痛みが走る。ハビエルがもう書けないという事実は、メリッサがいまだに辛すぎて向きあえないことだった。

ハビエルの作品を自分が批評することで、私たちはひとつになる。そう信じて今までやってきた。彼がどんなに遠い危険な国に行こうとも、何年離れていようとも、心はいつもつながっている。二人を強く結びつけていたのは、愛情だけでなく、文学の絆でもあったのだ。文学の絆があるから、私たちの愛はより強い。そう信じてきた。だからハビエルが新しい小説をもう書けないということは、彼ともう二度と唇を重ねあわせられないことや、声を聞くことができないのと同じだけの悲しみを、あるいはそれ以上の喪失感をメリッサに与えていた。

亡くなって半年も経たないのに、急いで「短編選集《アンソロジー》」を出したのも、喪失と向きあえない自分自身をごまかすためだった。ハビエルの過去作品を片端から読みあさり、新たに解説や批評を書くことで、ハビエルに新作の原稿を催促しているのだと、無理やり自分に思い込ませようとしていた。

「まだ体が動くうちに、懐かしいニューパルツに戻りたいわ。車イスだけど、こう見えても腕に力はあるから、一人でもちゃんと押して進めるのよ。マーケットで黙禱《もくとう》を捧げたいし、今の学生たちの様子も見てみたいわ」

ケッセルマン教授はそう言って、ブラウスからのびる細い両腕で、車イスのタイヤを前後に揺らしてみせた。

「いらっしゃる時は、いつでもお声がけください。一緒にキャンパスを周りましょうね。先生が教鞭《きょうべん》を執られていた大講堂、今は改築されてきれいになったんですよ」

「そう。きれいになったのは良いことだけど、なんだか寂しいわね。うっかり手を突くと、ガタついたあの教壇も、講堂の古い匂いも、気に入っていたのに」

「そうですよね。何でもきれいにしてしまうのは、少し味気ないですよね。そうだ、先生が引退された時にフェアウェル・パーティーを開いたカフェテリア、覚えていらっしゃいますか？」

「ハスブルックでしょ？　学生寮の真ん中にある、二階建ての建物よね？」

「あそこは今も昔のままです。お料理のメニューもテーブルの配置も、変わってないんですよ。でも名前がハスブルックから、ペレグリン・ダイニング・ホールになりました」

「ペレグリン？　あら、残念ね。ハスブルックの方が良かったのに」

「そうですよね。ハスブルックの方が良かったですよね」

そこで二人は同時に微笑んだ。

懐かしそうに彫りの深い目を細めるケッセルマン教授の笑顔を見ていたら、メリッサはなんだか、心が洗われるような気がした。庭園のよく手入れされた柔らかい芝生に両膝をつき、車イスに座る教授と目線の高さを同じにすると、問いかけた。

「ねえ、先生。もし私が、小説を書こうと思っていると言ったら、どう思われますか？」

「まあ、あなた。そんなに忙しくしているのに、さらに小説まで始めるつもりなの？」

ケッセルマン教授は驚いた声を出し、それから何かを考えるように少し黙っていたが、やがてゆっくりした口調で、「あなたなら、いつかそう言うんじゃないかと思ってたわ」と答えた。

「小説はね、誰かと比べるものじゃないのよ。もちろん、ゲレロ君と比べることでもないわ。あなたは、あなたの書きたいものを、素直に書けばいいのよ」

ケッセルマン教授はそう言うと、痩せた小さな両手を伸ばして、メリッサの手をぎゅうっと握った。「期待しているわよ」

それから二人はしばらく庭園を散歩した後、広い窓のあるロビーに戻った。

「また連絡するわね。今日は来てくれてありがとう」

帰り際、教授はナーシング・ホームの駐車場までメリッサを見送ってくれた。ここに来た時と同じように互いにハグをしてから、車に乗り込んだ。バックミラーに映るケッセルマン教授の姿が小さくなるまで、メリッサは窓から出した手を振り続けた。

まだ朝の早い時刻に、庭のテラスに出た。

風はなく、芝生に露が降りて、湿った草の匂いがした。空は高く澄み、遠くに大きな入道雲が広がっていた。真夏でも朝はひんやりしているので、膝丈まである長いカーディガンを羽織ると、温かいほうじ茶を用意した。ガーデンソファーに腰を降ろすと、座面がなんとなく湿っているような気がしたので、薄い毛布を広げてそこに座り直し、膝の上でパソコンを開く。書き始めたばかりの小説の続きを朝の静寂の中で書くのは、とても心地良かった。久しぶりに穏やかな気持ちになれた。

今、このシェアハウスにいるのは、メリッサひとりだった。昨日から大学の夏休みが始まり、学生たちがそろって旅に出たからだ。

まだパンデミック前のことだが、この家を買ったばかりの頃は、こんなふうにひとりで過ごしていた。ひとりで起きて、自分のためだけに朝食を作り、ひとりで鍵をかけて家を出て、大学から帰宅したら、再びゆっくり自分のためだけに夕食を作る。少しの間だけだったが、そんな毎日を送っていた。ここをシェアハウスにしてからは、毎日が賑やかすぎて、時にうるさすぎて、騒音から離れるために、大家である自分が家から追い出されるような格好で、近所の静かなカフェに避難することもあった。しかし今こうして数年ぶりに、たったひとりで音のない落ち着いた朝を迎えてみると、なんだか少し寂しい気もした。

昨日のちょうど今と同じくらいの時刻に、メリッサは玄関先で、出発する学生たちを見送ったのだった。

「メリッサ先生、色々ありがとうございました。行ってきます！」

学生たちはオーランドのキャンピング・カーの他にもう一台、天井が伸びるタイプのキャンピング・トレイラーを用意していた。クラウド・ファンディングが予想外に多く集まったおかげで、長期旅行に適したトレイラー車をレンタルすることができたそうだ。これで「ＰＳＣ」サークルのメンバー全員が、夜は足を伸ばして眠れて、シャワーも浴びることができるらしい。

旅には、アヤカとジョアンヌも同行することになった。

ジョアンヌはどういうわけか、プロジェクトに深く共鳴するところがあるらしく、愛車のフィアット５００の後ろにいかつい装具をつけて、キャンピング・トレイラーを牽引する役目を自ら引き受けていた。

アヤカは新しいパソコンと、大がかりな撮影機材をいくつか購入した。プロジェクトの立ちあげから、出発、そして旅の道中の様子をすべて撮影して、日本とアメリカで同時配信するそうだ。旅先で出会う人のプライバシーに配慮しながら、大切なメッセージだけをうまく伝えるにはどうしたらいいか、出発前のこの二週間、サークルのメンバーたちと深夜まで真剣な打ちあわせを重ねていた。

「出発前からあまり疲れちゃダメよ。体力、温存しておきなさいね」

見かねたメリッサが心配して、アヤカに話しかけた。アヤカはしっかりした口調で「私、日本とアメリカの架け橋になりたいんです」と語っていた。

「先生、私、思うんですけど、こういう取り組みを必要としてる人って、日本にもいるんじゃないかな。対話と傾聴なんていうと、難しく聞こえるかもしれないけど、今ひとりぼっちで誰かに話を聞いてもらいたい人は、どこの国とか関係なく、きっと世界中にたくさんいると思うんです。『ペイフォワード・プロジェクト』の存在を知ってもらうことで、日本で悩んでいる誰かのヒントになるかもしれない。私の『あやかんジャーナル』で情報を拡散すれば、励ましの輪が広がるかもしれない。ほんのわずかでも、誰かの何かを変えるきっかけになれたらいいな、と思うんです」

こちらを見つめるアヤカの黒い大きな瞳は、まっすぐで力強かった。メリッサはアヤカの中にゆるぎない意志を感じて、心を動かされた。

アヤカもオーランドもジョアンヌも、他の学生たちも、彼らなりのやり方であの事件を、ハビエルの死を克服しようとしていた。若者たちが懸命に前に踏み出そうとしているのに、私がいつまでもハビエルの小説を読み返し、立ち止まっていてはダメなのだと、ようやく背中を押されるようだった。

『ペイフォワード・プロジェクト』には、若者たちの希望が詰まっている。メリッサはそう感じた。希望といっても、きらきらした明るいものではない。言い尽くせないほどの絶望や、恐怖や無力感や、敗北感に打たれた末に、それでも暗闇の中で一筋の光が差すのをひたすら信じて進むような、微かな希望だった。「ウォーター・ストリート・マーケット」で起きた銃乱射事件から、どう立ち直っていったらいいのか、若者なりに考え抜いて、こうした取り組みを興したことに、メリッサは救われた思いがした。自分の中のけっして消えない悲しみと喪失感が、徐々に昇華していくような気さえした。なぜなら、そこにハビエルの魂が生きている気がしたからだ。文学とは違っても、ハビエルがプロジェクトに形を変えて生き続けられるのなら、メリッサが応援しないわけがなかった。

『ペイフォワード・プロジェクト』は、大学でも注目されていた。プロジェクトの内容に共感して応援する学生もいれば、懐疑的な学生もいて、賛否両論があった。

話題が話題を呼び、夏学期が終わる数日前になると、ついにプロジェクトの是非をめぐって公開ディベートが開催された。学生だけでなく、教授たちまで参加するという盛況ぶりで、メリッサも階段状になった講堂の後ろの席で、様子を見守ることにした。

ザックを部長とする「ＰＳＣ」サークルのメンバーは、数日後には出発する今になって、いきなりディベートに引っ張り出されて、あきらかに動揺していた。

「銃犯罪がいっこうに減らない今だからこそ、こういう取り組みが必要なんです。僕たちのサークルに限らず、もっと多くのサークルが、合流してくれたら嬉しいです」

プロジェクトの発起人であるオーランドが、緊張した面持ちで大勢の前でそう述べると、さっそく反対意見が飛び出した。

「他人の悩みを聞くだけで、現実的にどうやって銃犯罪を減らせるんですか？」

「具体的な解決につなげられないなら、いったい何の意味があるんですか？　対話と傾聴のプロジェクトなんて、ただの自己満足にしか思えませんね」

「大統領だって、アメリカから銃をなくせないのに、君たちのプロジェクトに何ができるって言うんだい？」

「どうせやるなら、もっとラディカルに、政治的な運動をやるべきではないか？　ようは、君たちには過激さが足りないんだよ。トランプの支持者みたいに、ホワイトハウスを叩き壊しに行く方が、悩める人に会いに行くよりも、効果的だと思いますがね」

苛烈な反論をいっせいに浴びて、「ＰＳＣ」サークルのメンバーの何人かは、うまく反論ができずに途中で泣き出してしまった。

彼らはふだん穏健に活動するサークルなので、相手を強烈に論破したり、大勢から吊るしあげに遭う中で、果敢に自分の主義主張を述べたりすることに、まったく慣れていないのだった。

メリッサは講堂の後ろの席で、背中に冷や汗をかきながらディベートを見守っていた。彼らが受ける「いったい何の意味がある？」という批判は、まるで自分自身に突きつけられたかのように、メリッサの心をえぐった。それはそっくりそのまま「小説なんか書いて何の意味がある？」という問いに、当てはまるような気がしたからだ。

アヤカが目に涙を滲《にじ》ませながら、たどたどしい口調で反論を開始した。

「私たちは政治家じゃないし、警察でもない。カウンセラーでもないです。だから私たちは、人の話を聞いて、ああしなさい、こうしなさいって、アドバイスを出したいんじゃなくて、一緒に考えたいんです。だって、銃の被害に遭うことも、戦争で大切な家族を失うことも、一人ひとり違う物語なんです。誰とも比べられない、報道として一括りなんかにできない、その人だけの物語です。たとえば、私は留学で東京からニューパルツに来ました。十五時間のフライトの飛行機と、二時間の長距離バスを乗り継いで、この村にやってきました。たったそれだけのことだって、私にとっては、私だけの他の誰とも違う物語なんです。『ペイフォワード・プロジェクト』に意味があるかないか。それはこの会場にいるみなさんが決めることじゃない。私たちメンバーがこれから先、出会う人たちが決めることです」

会場がざわつき、ヤジと賛同の声が、同時に飛び交った。

「いや、だから、君の話は具体性に欠けるんだよ」

「銃犯罪や戦争を、留学と一緒にするな！」

「彼女、いいじゃない。彼女みたいな人に話を聞いてもらったら、癒されそう」

「あの子なんだか頼もしいな。案外、ああいう子が、アメリカを変えるのかも」

アヤカのスピーチに力を得たのか、オーランドがマイクを取った。ぽっちゃりした体を緊張でわずかに震わせているオーランドに、反対者をまとめて論破する迫力はなかったが、それでも負けないで一言、ひと言を噛みしめるように話していく。

「僕がこのプロジェクトを始めようと思った動機は、とてもシンプルなものでした。この村で起きたあの事件を止められなかった。そう悔やんだことがきっかけでした。一年前の僕は、自分だけが世界でいちばん不幸だと、思い込んでいました。他の人の苦しみに思いを馳せることも、目を向けることもなかった。でもあの事件が起きて、気づかされました。悪い人だけが銃を撃つわけじゃない。普通の人でも、不運な状況が重なればおかしくなって、悪い人になってしまうのかもしれない。だから、普通の人が悪い人の領域に滑り落ちないように、僕たちの力で、こちら側に引き戻すことはできるんじゃないか？　僕が今、普通の人の領域に留まって、こうしてみなさんの前に立っていられるのは、あの時の僕をこちら側に引っ張ってくれた人たちのおかげです。だから今度は僕が、誰かを手助けする番になりたい。受けた恩を他の多くの人たちに、返そうと思います」

講堂がどよめいた。

会場のあちこちから、怒りの声が飛んできた。

「おまえの話は漠然としてるんだよ！」

「おまえは、あのマーク・コーエンを擁護するつもりなのか！」

今日のディベートが始まって以来のいちばん多くの非難の言葉だった。会場が騒然となり、「PSC」のメンバーたちは明らかに委縮していたが、もう泣いたりすることはなかった。オーランドはきつく唇を噛んで、声の方をただじっと黙って見ていた。

メリッサは後ろの席から、ヤジの嵐が一刻も早く止むのをひたすら祈った。

その時、ディベートに参加していた、年輩の男性教授が立ちあがった。

「まぁ、そう否定しなくてもいいじゃないですか」

と言って、手を大きく上下に振る仕草をしながら、ヒートアップした会場を笑顔でなだめてくれた。

「学生たちが自主的に始めた取り組みなんですから、温かい目で見守ってあげましょうよ」

すると、他の教授も続いて、それぞれの主張を始めた。

「政治的に偏ったような運動ではないのですから、ことさらに懸念する必要はないと思いますよ。先ほど、どなたかがご提案された、ホワイトハウスを叩き壊すような過激な活動をするサークルでしたら、全力で止めなきゃいけませんけどね」

会場に教授たちの低い笑い声があがった。

「ニューパルツは昔から、学生の自治を尊重するリベラルな校風なんです。大学の伝統を守るためにも、彼らの活動を否定するべきではないでしょう？」

「まあ、始める前から結果を求めるのは、難しいことですよね。新しい取り組みというのはたいてい、将来的な展望は未知数なものですしね。しかしながら、もしも君たちのプロジェクトが多くの人に認知されて、全米に広がっていったら、わが校としても喜ばしいことです。大学関係者のみなさんも、そうお思いでしょう？」

「ええ。良い結果になるのを期待しております」

教授たちの間では、おおむね賛同的な意見が多かった。

賛成派の学生たちは教授たちに拍手を送り、反対派の学生たちは白けた顔をした。

結局、賛否の溝は埋められないまま、ディベートは後味悪く終了した。


後日、メリッサはディベートで好意的な意見を述べてくれた教授たちを探し出し、それぞれの研究室を訪ねてまわった。

「プロジェクトに協力してあげてください。よろしくお願いします」

ディベートの時に、自分ももっと賛成意見を積極的に言うなどして、アヤカやオーランドに加勢してやればよかったと、メリッサは後悔していた。会場で彼らを守ってやれなかったぶん、今から力になってあげたい。

それに、『ペイフォワード・プロジェクト』には、ハビエルの魂が宿っているのだ。夏休みだけでプロジェクトを終わらせてしまうのではなく、秋学期に入ってからも長く続けられるような、うまい手段はないだろうか？　多くの教授たちの力を借りたら、何かうまく事が運ぶかもしれない。

数日かけて教授一人ひとりと丁寧に交渉した結果、いくつかの学部が、オンラインでの授業を提供してくれることになった。

学部によっては、学年が上がるにつれて授業数が少なくなったり、出席日数よりも論文の提出の方に重きを置くクラスが増えたりするので、そうした場合は融通がきくが、まだ一、二年生が受講する必須の一般教養《リベラルアーツ》の科目となると、そう簡単にはいかない。しかし、そこをズームでも受講できるようにうまく采配してあげようと、教授たちは約束してくれたのだった。そうすることで、科目ごとの授業日をうまく組みあわせれば、月の半分を旅に出ていたとしても、オンラインで受講しながら単位を取得することができる。プロジェクトと大学を両立できるわけだ。

メリッサは協力してくれた教授たちに礼を伝えるため、一人ひとりの研究室を再び訪ねてまわった。

「ありがとうございました」

礼を受けた女性教授のひとりは、研究室の壁一面を埋める大きな本棚を背もたれにして、腕を組んで立っていた。地肌が透けて見えるほど短く刈り込んだ金髪のショートヘアーに、両耳に大きなピンク色のフープイヤリングをつけた姿は、とても個性的で好感が持てた。教授はメリッサに椅子をすすめ、座るように促した。

「ずいぶん熱心なんですね。でも、どうしてあなたがそこまでするんですか？　直接の教え子でもない学生のために、一日中キャンパスを駆けずりまわるなんて、私ならしませんよ」

「たぶん、今の彼らを若かった頃の自分に重ねているのかもしれません。あの子たちを見ていると、元気でまっすぐで、私の方がなんだか励まされるんです」

「そうね。今の若い子たちって、いいですよね。昔の私たちみたいじゃないですか？」

教授はおそらくメリッサと同年代なのだろう。目尻に皺が目立ち始めた両目をぱっと大きく開くと、人懐っこい笑顔を見せて話を続けた。

「でも、今の若い子の方が、私たちの頃よりも、生きるのが大変なんじゃないかしら？　この前のディベートはさんざんでしたよね。みんな反対意見を述べるのはいいにしても、あんなに頭ごなしに批判しなくてもいいのに。今はやたらと強烈にバッシングすればカッコいい、みたいな風潮になってるでしょう？　あれもSNSの影響なんでしょうかね？『PSC』サークルの子たちは、よく耐えてましたよ」

「私も見ていて可哀そうでした。でもあの子たち、そう簡単にくじけたりしません」

「それを聞いて安心したわ」と教授は言うと、研究室の隅にあった梯子を引っ張ってきた。本棚の高い所にある本を取るための梯子だ。教授はその下段に器用に腰かけると、また話を続けた。

「批判することは簡単なんです。誰かの何かの悪いところを探して悪く言うのは、とても容易いし、優越感も得られるでしょう？　でも、その逆は難しい。誰かの良いところを見つけるのは、とても難しいんです。でも、もしも私たちが、身近にいる人たちの良いところを見ようとしたり、遠くの国にいる知らない人たちの良いところを探そうとしたら、世界はきっと少しずつ、良い方に変わっていくんじゃないかしら？『ペイフォワード・プロジェクト』の話を聞いていて、私ふと、そんなことを思ったんですよ。平和への一歩は、私たちの小さな変化から始まるんじゃないかなって」

淡くて優しい感情が、出来立てのスープのようにメリッサの心の奥をじんわりと温めていった。きっと色んな人の小さな善意が、このプロジェクトをつなげていく。そして、それこそがハビエルが願っていたことかもしれない。

メリッサと教授は、研究室の小さな窓に夕日が差すまで互いに話を弾ませた。その日から、二人は友人になった。

✿✿

そんなわけで、朝のテラスで、小説の執筆ははかどっていた。

どんな物語にしようか、あれこれ考えをめぐらせていたが、ようやく昨夜、書くならこれしかないと閃《ひらめ》いた。

タイトルは『カプチーノのあるいつものカフェで』。メリッサが学生時代にハビエルとよく通っていた、想い出の店を舞台にした中編小説だ。

最近のメリッサは、過去を懐かしむことが増えた。そのカフェは、もう閉店してなくなってしまったが、マンハッタン島の東側、モーニングサイド・ハイツという一角にあって、ハーレムも近いからかアフリカ系の客が多く、店内に大きなブラウン管テレビがあるのが特徴だった。

木の香りがする店の壁には、民主党支持を意味する、青いロバのバナーが堂々と飾られていた。天井には四枚の羽根がついた大きなファンが回転していて、トイレの近くには、派手な色のピンボール台が置かれていた。レジの傍にあるガラスケースに並んだブルーベリーマフィンはいつも焼き立てで、コーヒーマシンはぷしゅぷしゅぷしゅと可愛らしい音を立てていた。店では見知らぬ客同士が、よく政治について語りあっていた。いちばん人気のメニューはカプチーノで、常連客はたいていそれを注文した。大ぶりのカップに、ふわふわで真っ白な泡がこんもりと浮かんだカプチーノを飲みながら、客たちはテレビに見入っていた。

すべては二十年以上も昔のことなのに、まるでタイムスリップしたかのように、驚くほどのディテールを伴って、あの頃の風景がメリッサの脳裏に蘇ってきた。

二〇〇一年の秋。アメリカがアフガニスタンに空爆を開始した月だった。

メリッサとハビエルは満席の店にいた。大勢の客がひしめきあうようにして、店の隅に置かれた大きなブラウン管テレビにかじりついて、ニュースを見ていた。アフガニスタンの深緑の森の中に、爆弾が次々に落とされて、オレンジの炎が弾けていく光景は、恐ろしく迫力があったが、どこか映画のようで現実味を感じられなかった。アメリカの力によって、今まさに世界が変えられようとしているのに、映像に既視感さえ覚えるほどリアリティが薄かった。

ハビエルが大学を卒業してイラクに渡ってしまったあと、大学院に進学したメリッサは、ひとりでカフェに行くようになった。ちょうど世の中に薄型テレビが登場した頃で、店がいち早くそれを置いたこともあって、ぴかぴかの大きなプラカードみたいな珍しいテレビを見たさに、多くの客が集まってきた。

メリッサは見知らぬ客と肩を並べて、バグダッドが破壊されるニュースを見ていた。気が気ではなかった。二〇〇三年に始まったイラク戦争は激しくなる一方で、二〇〇五年、ハビエルはイラクとアフガニスタンを行き来する日々を送っていた。テレビの向こうで粉々に崩れていくアパートの下に、どうかあの人がいませんようにと、ひたすら祈った。カプチーノの味はいつも苦かった。

ある日、授業を終えていつもどおりカフェに立ち寄ると、イラクの子供のニュースが流れていた。アメリカが落としたミサイルの爆風で、両目が見えなくなった三歳の男の子が、バグダッドの病院に運ばれたと報道されていた。医師から失明ですと告げられた男の子の母親は、涙も見せずに息子をぎゅっと抱きしめると、「私がこの子の目になります」と答えていた。

「あたしたち、一生恨まれるね」

隣のテーブルにいた、アフリカ系の女性客がしみじみ呟くのが聞こえた。「They hate us forever」

その言葉は、メリッサを震えあがらせた。

ハビエルは今、テレビの向こうの国にいる。アメリカ人であるハビエルのことを、彼らは一生恨むのか。ハビエルは無数の人間の永遠の憎しみに囲まれながら、どうやって毎日を乗り切るんだろう。

メリッサには、恋人を追いかけて、イラクやアフガニスタンに行く勇気がなかった。今このカフェにいる人たちも、みんなメリッサと同じ側にいる人たちだった。9・11の報復のために、アメリカが遠い国の人々の暮らしを根こそぎ破壊し、人生を狂わせたことへの罪悪感を覚え、彼らから憎まれることに怯えていた。テレビの向こう側の世界が、こちら側でなかったことに密かに安堵しながら、そんなふうに安堵している自分から目を逸らすために、カプチーノに甘いシナモンパウダーをふりかけた。

ハビエルの葬儀に、イラクの人もアフガニスタンの人も参列してくれた。メリッサは心から彼らに感謝した。そして心から申し訳なく思った。

あのカフェのテレビで見た、爆風で両目の視力を失った三歳の男の子は、今も生きているだろうか？　生きていれば、もう大人になっているはずだ。

メリッサは、カフェを舞台に小説を書くことにした。カプチーノは、アメリカ人に現実を突きつける。カップの表面が真っ白で甘いふわふわの泡で盛られていようとも、その下にある苦い液体からは逃れられないのだ。

しかし、カフェが舞台の小説とは、なんてスケールが小さいんだろう。自らの足で世界中を飛び回って取材を重ねたハビエルの小説と比べたら、自分の力量のなさに早くも落胆しそうになる。

――あなたは、あなたの書きたいものを、素直に書けばいいのよ。

ケッセルマン教授から言われた言葉が頭に浮かんだ。

そうだ、私は私の書きたいものを書けばいいんだ。そのとおりだった。そんな当たり前のことに気づくのに、メリッサには長い時間がかかった。そして、それに気づかせてくれたのは、ハビエルだった。

事件の時、あの救急車の中で、ハビエルは唐突に酸素マスクをはぎ取ると、かすれた声を絞り出すようにして、メリッサに小説を諦めるなと訴えたのだった。

「ほんとうは……君も自分の想いに気づいているんだろう……ずっと気がかりだった……俺は……君をくじけさせてきたのかもしれない……メリッサ……自分の才能を信じて……小説を……書いてくれ……君なら必ずできる……」

あの時のメリッサは、何を言われているのかよく分からなかった。出血と怪我の痛みのせいで、ハビエルの意識が混濁しているのかと思った。

今なら分かる。ハビエルは、メリッサが長いこと胸の奥深くにしまい込んで蓋をしてきた、書くことへの情熱をきっと見抜いていたんだろう。自分の存在が足かせになって、メリッサを書けなくしたと懸念してもいた。彼はぜんぶ分かっていたのだ。

文学の絆で結ばれている二人だからこそ、何も言わなくても、心の言葉を読み取られてしまう。結局、救急車の中で交わしたあの言葉が、ハビエルとの最期の会話になった。最後に残したのが、悲しいものでもなく、ロマンティックなものでもなく、あんな言葉だったなんて。いかにも文学に生きた彼らしいなと思うと、メリッサはますますハビエルのことが愛おしく、そして少し憎らしい。

文学は、誰かの救いになるだろうか？

静かな朝を迎えられない人が、世界中にたくさんいる現実を思えば、こうして朝の芝生を眺めて小説を書くこと自体が、罪深いことなのかもしれない。今日も世界のどこかで、テロや戦争が続いている。人は悲劇に見舞われるたびに、憎しみを増幅させていく。そんな世界と向きあいながら書くということは、光を探す作業ではなく、闇と向きあう永遠の試練に違いない。

それでもメリッサは書くことにした。後ろめたさも、怖さも、悔しさも、虚しさも、怒りも、ぜんぶ背負って、書くことにした。

パソコン画面に、メールが届いたと通知するポップが浮かんだ。

アヤカたちからだった。

「今、オハイオ州に入りました！」というメッセージとともに、朝のハイウェイの景色と、ハンドルを握るオーランドの横顔、そして「ＰＳＣ」サークルのメンバーたちを撮った短い動画が添付されていた。

「頑張りなさいね。運転、気をつけて」

メリッサもすぐに返信を打って、送信ボタンを押す。

心の中でもう一度、頑張りなさいねとエールを送った。

未来へ続く

〈著者紹介〉

カワカミ　ヨウコ

1975年、神奈川県生まれ。
東京女子大学で女性学に出会い、ジェンダー問題を深く学びたいと思い渡米。
ニューヨーク州立大学、サンフランシスコ州立大学卒業。
ジェンダー・スタディーズ修士号。9.11をアメリカで経験。
他の著書に、サンフランシスコで奮闘するアーティストたちの姿を描いた『ロンリー・プラネット』がある。

ペイフォワード
ニューヨークから
心をつなぐ物語

本書のコピー、スキャニング、デジタル化等の無断複製は著作権法上での例外を除き禁じられています。本書を代行業者等の第三者に依頼してスキャニングやデジタル化することはたとえ個人や家庭内の利用でも著作権法上認められていません。

乱丁・落丁はお取り替えします。

2025年4月12日初版第1刷発行
著　者　カワカミヨウコ
発行者　百瀬精一
発行所　鳥影社（www.choeisha.com）
〒160-0023　東京都新宿区西新宿3-5-12 トーカン新宿7F
電話　03-5948-6470, FAX 0120-586-771
〒392-0012　長野県諏訪市四賀 229-1（本社・編集室）
電話 0266-53-2903，FAX 0266-58-6771
印刷・製本　シナノ印刷
ⓒYOKO Kawakami 2025 printed in Japan
ISBN978-4-86782-150-3　C0093